一闋詞・一份情

唐宋詞的情感世界

劉少雄 著

上

【自序】

不僅僅是一首歌、一闋詞

我喜愛詩詞，在音樂和美術之後。

我一直都想找到最好的方式來紓解情緒，表達自己想法，或是詮釋我對世間事物的感受和體會。

最早走入我的人生，與我的情緒、心靈相會的是音樂與歌曲。童年時，家裡有一臺不知從何處搬來的大型唱機，寥寥幾張黑膠唱片整天播放著。我時常跟著哼唱披頭四的〈Yesterday〉、李香蘭的〈小時候〉和〈三年〉，還有粵曲像林家聲的〈落霞孤鶩〉、新馬師曾的〈客途秋恨〉。那時我並不是真懂得歌詞內容，可能只是因為旋律好聽，或是當中有一兩句歌詞不知怎的讓我特別感動，哼唱著就喜歡上了。

是的，我仍隱約記得當時用心地唱，跟著旋律節拍，情緒亦隨之波動，彷彿若有所感……，那絕非音樂的抒情效果而已，那是源自善感的心。善感的心一經啟動，感受力緩緩延伸，越加敏銳，久而久之，就變成了一種本能，屬於自己的一種生命特質。

善感的心引領我不只隨唱片哼唱，我也慢慢學會了用聲音來傳達情意。每當心情不好，我會拿起口琴吹奏一些哀傷的樂調，吹著、聽著，自己也會被感動。後來經歷了火災、搬家、轉學，面對許多成長中帶來的不安與困惑，以及青春期的失落與苦悶，我不斷地藉由音樂、電影、歌唱、繪畫和文學，稍稍得到些慰藉，卻也一直深陷在情緒的波濤中。

我在一所英文學校度過青澀的少年時期。那時學會唱歌，也嘗試組隊參加比賽，希望得到些肯定。其實，更希望有人聽懂自己，並知曉我特意選擇要表演的，不僅僅是一首歌。

It's not just a song。那是怎樣的心情？我清晰記得當時確實有某些特別的情緒，某種真實的感覺，卻又茫茫然，不知如何去表達……。有時，找到發洩的出口，就盡情地用那選擇到的某樣符號形式來傳達，有時唱、有時畫，似乎都訴說著同一件事、同一份情，卻也感覺好像不盡相同，恍惚之間，我似有所感亦若有所失。那時的生活片段如同電影情節，各種動作、畫面與配樂都互有關聯，構成一個整體，共同詮釋著那個時空的生命意義。

我唱的那些幽怨的歌，我畫的那些冷色調的畫，都是我內在的心聲與投影。而我所讀所寫的，又何嘗不是來自同一個源頭——我的心靈？如果你到我書房翻一翻我的課外讀物，看看那些書名，如《少年維特的煩惱》、《徬徨少年時》、《美麗與哀愁》、《日安憂鬱》、《魂斷威尼斯》等等，就可知道我是怎樣刻意雕塑自己的少年形象。在我們年輕的歲月裡，容易作繭自縛，自尋煩惱，編織一縷縷的愁思，以為那就是生活的全部。那一段生命篇章，豈是「徬徨」、「憂鬱」那幾個關鍵詞能道盡？

當然不是。現實人生自有不能推卸的責任，人間情誼也是真實的存在，我無法任性地活在自己的世界裡。如何務實、理性地面對人生，亦是成長必須學習的課題，畢竟父母的工作需要幫忙，弟妹也得照顧。我本來就喜歡思考問題，也在實際生活中付出行動而得到些歡愉，那時更期盼能進一步認識自己，後來發現閱讀思考是最好的選擇。

我開始欣賞詩詞，學習體會詩人詞人的情緒，李素的《讀詩狂想錄》給了我許多啟發。透過作者知性與感性的導引，我讀到了詩詞與人情之美，那是我在教科書中無法得到的閱讀體驗。有別於沉醉於音樂旋律，或是耽溺在故事情節，滲入過多主觀意識，乃至自傷自憐，此時我細心閱讀詩詞的賞析文字，讓自己比較理性一點地面對詩詞中的情意世界，從而學會與人同情共感，並在學習理解詩心詞情之餘，加深了對自己的認識，也從作家身上學習到處理人情的態度與方法。同時，我也閱讀弗洛姆的《愛的藝術》和阿德勒的《自卑與超越》等書，試圖尋求個人成長與他人聯結之間所遇到的問題解答。人生的問題，誰能給我們完滿的答案？

∞

我一直在探尋。後來我離開香港，來到臺灣，成為古典文學的專業研究者，在大學裡講授詩詞，撰寫詞的普及書籍。出入詞情世界，我過去的所感所思，所有接觸過的文學、藝術與哲學，曾有的生活體驗，通通都發生了作用。一字一句，皆有聲有色、有情有義。我深知各種符號形式，在生命底層、在心的運作下，都是互有關聯、彼此依存的。文學藝術之所以發生作用，關鍵在人同此心。人雖是獨立的個體，也需與人分享物質或精神之所得，願意與人（不論多寡、直接或間接的）合作完成某種事業，並且相信溝通的可能，才能證實存在的意義。因此，文學藝術可以交流共感，我們不會懷疑。

作為研究者，一則要探究詩詞文學之美及其情意內容的特色，一則須經由各種比對參照，釐清不同文體的抒情特性，理解各別文體所代表的情感意義。換言之，要知其同，也要別其異。而在辨體的過程中，將會深化我們對情感的體認。每種文體都有其獨特的抒情效果，詩所表達的情，和詞所抒發的情，不會完全一樣，要細心分辨。我們選擇任何一種事物，難道沒有寓意在其中？作家擇體為文，為其所體認的情決定了形式意義，其實就做了價值判斷。物事與人情總是相關，讀者特別喜歡某種文體，是因為文體的抒情特質正與其用情態度、生命情調相契應。

詞心的萌動，我跟學生說，就在我們意識到時間變化、想留住某些美好的事物卻發現留不住的時候開始。詞情，隨著樂韻盤旋，往往就是一種耽溺、留戀。童年的消逝、生理的改變、環境變換、理想落空，或者是愛情失意、生離死別等事情，不斷地發生，落差的情況越大，我們的感慨就越深。這時候，配合旋律流轉迴蕩的歌曲，不知不覺就開始在心頭繚繞。回想我童年時愛聽愛唱的都是些感時傷逝的調子，不是沒有原因的。只是我當時沒有意識到，原來時間的憂慮早已潛藏在我心。

我們經歷各種名利得失、悲歡離合，頓然感到生命裡充滿著許多不能彌補的缺陷，不少無法癒合的傷痕，在這個彷彿無可撫慰的世界裡，我們還相信什麼？

我聽〈蒹葭〉（《詩經．秦風》）歌者吟唱他的悵惘和無奈，仍然感到他終究不能完全否定的，就是情愛本身，雖然他始終都得不到。那種若即若離的感覺，我也不陌生。愛的追求，尋尋覓覓，鍥而不捨，化為一種溫柔如水的堅韌力量。如波蕩漾，在時間這頭，我也感受得到。

於是，我寫下了這樣的詩句：

從此，我便沉浸在水中
時間失去了重量，好像這頭
又不在那裡——無涯的海域
我的船啊，飄搖細雨中
輕輕的，一根絲線
繫著我牽引著我也纏繞著

我已無法遠離，不知如何靠近
低首走入蘆葦的秋色
我已凝結成霜……

歌者為聽者而唱，也為自己而歌。作者為讀者而寫，也為自己而作。文字、聲音傳達心意，也關係著人情。因此，我們聆聽、閱讀歌詞的情意，以情感喚起情感，與作者、歌者彷彿融成一體。

音樂與歌曲確實能召喚和宣洩感情。我喜歡柳永的〈雨霖鈴〉、蘇軾的〈水調歌頭〉，因為我看見那畫面，我聽見那聲音，那是一種似曾相識的感覺，因為離別相思乃人之常情，我也曾經歷。歌雖悲，詞雖怨，但情不變，那是唐宋詞的主調。只要人們不斷地去傳唱、去欣賞，則在「人同此心，心同此理」的體證下，無疑更肯定了此情不渝那種精神的價值。

∞

我之研究詞，詮釋詞人心事，無非是想藉此沉澱、梳理一己的情思，並從中論證、體悟詞情的意義。我相信你和我一樣，透過詞的欣賞與理解，出入於文學與生活之間，情理交互作用之際，興發感動，必然會引起內外各種感官與過去各種經驗的迴響，闡發出新的意義，使我們對自己的情意世界有更深切的體認，並與作者、詮釋者產生同情共感，加強了與人聯繫一體的感覺。

這樣的話，你在本書裡聽見的何止是一首首的歌，讀到的也不僅僅是一闋闋的詞，而是一份份關係著彼此你我、共同創造的人間情。

目錄

上冊

之五

今昔與真假 李後主詞的雙重對比性

之六

時變的感思 宋詞裡的時間意識

下冊

之九

魂銷與情長 宋人面對離愁的態度

之十

同心與相思 生離死別的哀傷

之十一 往事與今情 物是人非的感嘆

之十二 忠憤與抑鬱 家國興亡的悲感

之十三 多情卻無言 莫名所以的感喟

之十四 同情與共感 男女同心與人我互通

【前言】

詞，一個有情的世界

我們為何要讀詞，讀古人的詞？詞是怎樣的一種文體？詞裡抒寫的「情」，難道只是些傷春悲秋、相思怨別的內容？讀這些幽怨纏綿的作品，讀多了不是令人更不快樂？這些古代作品有何現代意義？負面的情緒，化為傷感的文學，能否提供正向的能量？我在大學裡研究唐宋詞，講授詞的課程，以上的問題一直都是我想解答的問題。

既然要談詞，我先簡單說明詞的基本特色。首先要知道，詞是宋朝的代表文學。唐詩、宋詞，代表兩個時代的文化精神與藝術風采。唐詩的氣象，宋詞的韻致，充分展現了唐宋文人的才性與情思。

詞，興於唐，而盛於宋，原是配合當時的流行樂曲而能歌唱的詩，具有一種幽隱深微的特質，其寫景言情最能表現輕靈細緻、陰柔婉約之美。由唐迄宋，詩人詞家出入於樂曲與詩歌間，或精研形式韻律，或開拓內容意境，各擅勝場，並於詞苑中展現出深美閎約、清麗舒徐、豪宕放曠、清空騷雅的多彩姿貌，成就兩代的風華。

詞是中國文學中最優雅精緻的文類。詞之為體，韻律諧美，情辭並茂，善於表達委婉曲折的情思。它是一種融合美麗與哀愁的文體，作家填詞往往在妍雅的筆調下，蘊含著真摯動人的情懷。

因此而知，文人詞的世界是一個有情的世界。它的主調，通常是以好景不常、人生易逝的情節，表達此情不渝的精神。詞體的肌理中流動著詞人陰柔而有韌性的氣脈，別具跌宕之姿，最能反映宋文化中那種知其不可而為之的意韻。

對一般讀者而言，他們喜歡詞，原因很單純，就是因為詞像是歌詠青春的詩篇，他們喜歡詞中那種浪漫的愛，那些美麗的文辭。的確，宋詞歷久不衰，有如此大的魅力，主要的原因就是詞中有情，詞的字裡行間充滿著普遍、深刻而動人的男女情思。

詞的語言是古典的，它所抒發的盡是人類共通的情懷，所有悲歡離合的題材、感時傷逝的內容，都是超越時空，存在於倫常人間，所以總能感動世世代代的敏感心靈。相信許多讀者看金庸的武俠小說《神鵰俠侶》時，讀到楊過念著蘇軾的〈江城子〉，「十年生死兩茫茫。不思量，自難忘」，或許也曾跟著主角黯然神傷；而且對連殺人都不眨眼的女魔頭李莫愁居然一直念著元好問〈摸魚兒〉的詞句，「問世間，情為何物，直教生死相許」，也留下深刻的印象。在年輕的歲月裡，讀到這樣的情節，常常會不自禁地有著某種莫名的感動。通俗小說反映了通俗人生。

∞

我每年在大學開設詞的通識課程，選課的人數出乎意料的多，可見詞之魅力。不只年輕的生命陶醉在詞情的世界，班上還有不少退休人士來旁聽，也同樣喜歡宋詞之美。我讀過一段胡適的訪問錄，這位提倡新文學、也編過詞選的時代人物，他說晚年時每天都背誦詞篇來消磨病中的時光。

歐陽修說：「人生自是有情癡。」（〈玉樓春〉）人之有情，迷戀於情愛，那是與生俱來的。宋詞之所以容易觸動人心，因為作者緣情興感，真誠為文，能將大家普遍都有的經驗，以更精妙、更貼切的語言表達出來，說到讀者的心坎裡，而讀者之所以感動不已，也是因為心中有情的緣故。

我們閱讀宋詞，除了單純的感動之外，當然還有些好處的。簡單地說，第一，欣賞文辭之美確實是一種享受，這可以提升個人的涵養與品味。

第二，藉詞來尋求心靈的慰藉，也會有不錯的療癒效果。讀了詞人傾訴的情話，會讓人感到有一種很貼心的感覺，好像自己心底裡的悲鬱情緒，也一併宣洩了出來。

第三，詞是最能抒情的文體，詞人深情而多感，他們的情感世界相當精彩，因此我們閱讀詞篇，可以認識人間情愛的多種面貌，更能從中得到些啟發，知道如何面對複雜的情緒。情感問題是我們人生的大問題，在過分追求功利、著重理性的世界裡，我們尤其需要情感的滋潤。如何去理解、面對、表達情緒？這都是我們應該關心的人生課題。閱讀唐宋人的情詞，體會他們深切的感受，學習他們誠摯的態度，這不只能幫助我們紓解情緒，更使我們認識自己，突破疏離、冷漠的心理屏障。

蘇格拉底說：「沒有反省的生活不值得活。」閱讀與聆聽是面對自我最好的一種方式。我們不斷地閱讀，讀進不同作家的情意世界，分享他們的經驗，同時也發揮同理心，設身處地去感受，因而經過一番醒悟，就能讀到自我更深層的一面，更認識真正的自己。另一方面，我們深受文學中的情意所感，願意嘗試去理解它，體察當中的意義，知其然並知其所以然，或者試著去表達自己的感受時，某種程度上我們已經在學習如何處理情緒了。

詞既然是最能表達隱約幽微情感的一種文體，我們在閱讀詞的時候，相對地，就必須學習細細聆聽、靜心體會詞人傾訴的心聲。「人有悲歡離合，月有陰晴圓缺」（蘇軾〈水調歌頭〉），世間事物確實很難如我們所願地配合得那麼完美，總有不盡如人意之處，讓人頓感悵然失望，徒留遺憾與感傷。如何面對人倫世界中的愛恨情仇，始終都是人間難以迴避的課題。

宋人以優美動人的筆觸言愁說恨，著實令人沉醉。但我們讀詞，不應只是尋愁覓恨，陷溺其中。宋代許多偉大的心靈，如晏殊、歐陽修、蘇軾、辛棄疾等，都表現出勇於承擔、面對失落情緒的態度，歷盡艱辛，仍不失對人世的信任，依舊相信人間情愛之美好。東坡說：「多情應笑我，早生華髮。」（〈念奴嬌〉）多情，難免帶來煩惱，但也只有情能讓生命展現光彩，不至於枯萎，並能見證生命的意義。

詞具備一種陰柔中的韌性，表現為一種此情不渝的精神，而感情就好像水一般，看似柔弱，其實持久堅韌而有彈性，可帶來活化生命的力量。我們在理性之外，還能兼具感性的生活體驗，這樣才算是完整的生命型態。

我之所以特別強調文學的情感意義，是有鑒於現代人的情感問題而發的。我們利用各種電子媒介互通消息，交了許多朋友，但為什麼夜深人靜時仍然感覺孤單寂寞？我們真的了解對方嗎？真的聽得懂別人所說的話語嗎？我們用按讚、貼圖能夠充分表達想要表達的情緒嗎？

李清照不是說過：「怎一個愁字了得？」（〈聲聲慢〉）一個「愁」字如何能完全說清、講明自己心中的感受？顯然她已經意識到文字未必能充分達意。情感的世界，確實是個複雜而不易理解的世界。語言表達畢竟有其限制，如果使用不夠精確，要傳情達意就更加困難了。人際間不少齟齬爭執，無端引起的煩惱，往往都是語言溝通出現問題而發生的。

於是有了這本書的構想。我選擇了一些富有代表性的詞篇，分析這些作品裡的情感特質。每首詞裡面所說的「怨」、「恨」、「傷」、「痛」、「悲」、「愁」，都不是三言兩語能夠說清楚的，要依據文本的脈絡，細細去體會，用更精確詳盡的語言去分析、描述、說明，才能夠把詞中所呈現的詞情充分掌握。

什麼是「惆悵」？什麼是「斷腸」？什麼是「銷魂」？這些情緒語言我們又懂得多少？我希望為大家講解這些詞篇，讓大家學習如何去聆聽、分享詞人的心境，知道怎樣去理解這些詞中的情緒，分辨它們的異同。我相信，每闋詞裡面有著詞人的情感，也有我們熟悉的心事，是可以跨越時空相互了解、彼此溝通的。

∞

為了更全面地介紹唐宋詞的情感內容和表現方式，這部書規劃了十六個單元，簡單說明如下：

導論的部分，先說明詞是怎樣的一種文體、我們該如何閱讀一闋詞，讓讀者對詞體有個概括的認識，並知道本書所採取的詮釋方法。

詞的賞析部分，也是本書的重要內容，將分兩個段落來論述：第一講至第五講談唐五代詞，會依時代先後分析名家作品的詞情特質。第六講至第十六講談宋詞，主要是據主題論說，分門別類，比較、分析相關作家的詞。希望循序漸進，帶領大家體驗兩宋詞人由「入乎其內」到「出乎其外」的歷程，最後指出向上一路，期盼讀者有所體悟而得到成長。

唐五代詞部分，首先論析唐代文人詞的人間情懷，他們所展現的幾種抒情樣態，看詞人在傷離與感時的主調中，如何處理無盡相思、觸景傷情、回憶舊日的美好和年華流逝的感傷這些課題。接著，講解花間詞的物質性和精神面，旨在分析溫庭筠的客觀敘寫和韋莊的主觀抒情兩種風格，也略述其他有代表性的花間詞人的表現，體會他們如何融合美麗的文辭與哀愁的情意，形成獨特的美感特色。第四講談南唐詞的情感境界，論述南唐中主李璟和馮延巳的詞，探討時代如何影響個人、又怎樣深化詞的意境。第五講分析李後主詞的雙重對比性，詮釋後主今不如昔、以假為真的情意世界，重新評價他的前後期詞。

宋詞的部分，討論的主題包括：宋詞裡的時間意識、蘇軾詞中的人生空漠之感、宋人化解時間憂慮的方式、宋人面對離愁的態度、生離死別的哀傷、物是人非的感嘆、家國興亡的悲感、莫名所以的感喟、男女同心與人我互通、留住人間的美好、詞境與心境的開拓等項目。這些都是詞人在時空流變中普遍關注的人間課題，也是與我們的倫常生活息息相關的。

每一個主題，大概會舉一至三首代表作加以賞析。希望藉由詞情的分析，讓大家充分認識唐宋詞人所面對的情感問題，並體會他們處理情感的方式與態度。詞人的風格特色，和詞的寫作背景，都會適時加以介紹。大家對詞史與詞學的相關知識應會有所增進。不過，文本詮釋才是本書的重點。我會帶領大家一起依循詞體的基本特性，就詞而論情。

對我來說，能與大家分享詩詞之美、人情之美，是十分快樂、美好又有意義的事。這部書稿原為音頻節目而撰述的。我衷心感謝道善文化公司崔正山先生誠意邀請我錄製「唐宋詞的情感世界」這個課程。這是我第一次錄製音頻節目，對一直在大學教室裡講課的我而言，感覺十分新鮮。如何掌握時間，如何調整語調，怎樣將專業的知識化為容易理解的方式，深入淺出地論述，都需要重新學習處理。幸好有柯琳娟小姐從旁熱心協助，得以順利完成這個費時超過半年的錄製工作，我也由衷感謝。

這是我最特別又最難忘的講課體驗。那段時間，全神貫注在這件事情上，既充實又辛勞，但每寫完一講、錄完一講，想想頗有些新意，不時又會感到快慰，繼續下一回的挑戰。整個工作完成後，發現自己的知識增進了不少，對詞體與詞情有了更多更深刻的體會，激起我持續做學理上探索的想法。這趟奇特的講授之旅，實在令人回味。

在出發邁向下一階段的學習旅程之前，我重新審訂講稿，潤飾文辭，加強篇章結構，以書本的形式出現，讓唐宋詞之美除了聲音之外，還提供文字的傳播方式，希望能與更多喜歡詞的讀者朋友分享，也為自己留下一個美好的紀念。

歡迎你與我，一起進入唐宋詞的情感世界。一闋詞，一份情，值得我們細細品味。

之一

詞的美感特質及其欣賞

01 詞是怎樣的一種文體？

我們喜歡詞，愛讀詞，可以是因為欣賞詞的文字之美，或是被詞情感動所致。那麼詞情是如何感動我們，引起我們的共鳴？詞的美感又是怎麼形成的呢？我想，在分析詞體的美感特質之前，我們先來欣賞一闋詞，單純地感受一下詞情、詞質之美。

秦觀（字少游）被譽為最具「詞心」的作家，他的詞最能呈現宋詞特有的美感。〈浣溪沙〉這首小令是他的代表作：

漠漠輕寒上小樓。曉陰無賴似窮秋。淡煙流水畫屏幽。　自在飛花輕似夢，無邊絲雨細如愁。寶簾閒掛小銀鉤。

默默讀一遍這闋詞，會感覺它傳達出一種頗特殊的美感。從文辭意象去推想，這闋詞應是敘寫閨中女子的所見所感。詩人往往會借閨怨題材，寫美人遲暮的情意，來抒發一己懷才不遇的處境。不過，秦觀這首詞看不出是出於這樣的創作心態。作者在詞中鋪陳了一些畫面，渲染了一種氣氛，傳達了一種似夢如愁的感覺。我們讀著讀著，不知不覺會被它吸引，覺得詞的語調很輕柔，情景交融，意境隱約淒迷，一字一句都極盡細緻之能事，娓娓道來，有著幽怨動人的韻致。

秦觀怎樣創造這首詞的美感？我們試著依據文本，看他如何鋪述情意。首先要知道，詞的敘寫通常是跟著音樂往前推進的方式來鋪排的，由外而內，由景到情，層遞發展，構成相當綿密的組織。這首詞的情意內容，就是按照這樣的敘述模式來書寫。

第一句「漠漠輕寒上小樓」，先描寫外在景象。「漠漠」是形容廣遠密布的樣子，「漠」這個字是雙唇鼻音。中國文字的聲音與意義往往是有關聯的，你們試著念念看，一些用雙唇鼻音發出來的字音，像「密密、麻麻、迷迷、濛濛、渺渺、茫茫、瀰瀰、漫漫」，這些詞語是不是給你一種迷濛不清、舒展不開、寬泛渺遠的感覺？作者寫詩填詞，通常會考慮到用音韻配合文意來表達心情。這裡的「漠漠」是形容「輕寒」，指的是外面一大片輕輕的寒意。而接著「上小樓」，是說布滿著天地間的迷濛寒氣，在早上的時候，由外而內，蔓延到小閣樓上。這就好像攝影鏡頭由外而內運作，帶領我們跟著這股寒氣逐漸潛入室內去。

接著說「曉陰」，界定了時間是在清早，那是清晨的陰鬱天氣下所形成的一大片寒氣。這種春陰寒重的天氣往往讓人感到百無聊賴、無所適從，所以說「曉陰無賴」。更重要的是，屋裡面的人（應該是一女子）主觀認定這種天氣「似窮秋」，好像深秋的感覺，顯然她對某個深秋有著難忘的記憶。她之所以有此聯想，當然不會只是跟天氣有關，可能另有不為人知的事情，就在那個時候發生了。

下一句「淡煙流水畫屏幽」，設想這女子還沒起床，剛張開眼睛，彷彿看見外面淡煙流水的景象，這可以看出她內心的期盼：很想撇開眼前煩悶的景色，眺望遠處的風光。但是仔細一看，原來不是真正的自然風光，而是屏風上的山水畫面而已。那個「幽」字，表達了一種經過這番轉折後特別感受到的幽深，強調女子所處的空間是如此空虛寂寞。

詞的上片鋪設好景物氣氛後，下片照慣例就要述說心情。那年秋天發生了什麼事？今天的她又興起怎樣的情緒？接下來應該要有所交代。詞人可以明白說出，也可以暗暗透露出來。秦觀採取後者，用了暗喻的方式。

「自在飛花輕似夢」，這「自在飛花」應是女子起床後，站在樓臺窗邊看到的庭院景象。所謂「自在」不是自由自在，而是自然凋落的意思，花朵自然而然的變化，那「自在」也暗喻旁人不可作為的一種無可奈何的情懷。花兀自地開，兀自地謝，而人卻無從干預。這「自在飛花」用「輕似夢」形容，說它輕輕柔柔地飄下來，好像縹緲的夢境一般。這個形容跟我們平常的用法很不一樣。我們通常會用比較具體的事物來形容較為抽象的概念，譬如用花開鳥叫比喻快樂心情，或者用玫瑰來象徵愛情。然而秦觀在這裡卻反其道而行，他竟然將實物虛化了。

以花來連接夢，就是將物事結合人情，無形中便透露了詞中人的情思——她對夢有著非常深刻的體會，因此一看到飛花的景象，立刻有種似曾相識的感覺，好像她經常作的夢一般，輕易便幻滅了。換言之，這女子在現實世界裡有所失落，所以常藉著夢尋找慰藉，可是好夢也不長久。這裡所說的「夢」，應該是指那種短暫、美麗又容易轉醒的春夢，它與花的性質相當，花雖然美，卻容易凋零。這正是詞委婉述情的一種方式，將美麗與哀愁融合在一起表現。

下句說「無邊絲雨細如愁」。詞中女子看到花落了，夢也破滅了，不想再看，於是抬起頭來，看見「無邊絲雨」。這已經不是之前的「漠漠輕寒」，此時由近到遠處望去，是一片綿綿細雨。這是由平面往外看的景象，與前面寫的由上往下飄落的景色，構成一縱一橫的畫面，整個天地的空間感就寫出來了。那如絲一般的雨像什麼？他說「細如愁」，就像愁緒一樣綿綿密密。同樣地，作者在這裡也將外在的景色鋪滿了主觀的情緒，藉此反映觀景人的內在心境——她常愁怨，體會極深。這句應該是觸景傷情的表現，卻寫成雨中含愁，渲染出一片哀戚的氣氛，帶給人一種彷彿無法掙脫的悲劇感。

如今夢已醒，愁更濃，那到底是怎樣的情況？是哀傷青春年華消逝？還是愛情失落、理想幻滅？作者最後沒有說出真正的原委，只交代了一個空景。

「寶簾閒掛小銀鉤」，珍珠簾子隨意掛在小小的銀製掛鉤上。我們回頭看，「自在飛花輕似夢」，「無邊絲雨細如愁」所寫的，原來是那女子掀起珍珠簾子掛在鉤子時所看到的外面景象，她就這樣待在那裡動也不動。上兩句寫女子從窗邊往外看，最後一句則看到室內情景，這有點像電影畫面的分鏡處理，鏡頭雖分開呈現，其實是同時並置的。窗簾已掀開，落花、細雨依稀仍在。這就是詞的意境，含蓄委婉，點到為止。

整首詞究竟說了些什麼？詞中呈現了一些動作，鋪設了一些景色，有一種時間消逝的感傷，但不顯著；彷彿有情，但不明所以。這首詞運用了非常巧妙的「以景寓情」的手法。所謂「一切景語皆情語」，這六句都是寫景的語言，或動或靜的，或明或暗的，分別點染，催生愁情。前面為了解釋方便，遂把人物的動態與感受都描述出來，其實文本中那女子的身影始終是隱藏不露的。但我們細細閱讀詞句，自然感到景中有人在，而人心中那種春日愁情，亦隱隱在一字一句中透現出來。

∞

秦觀所創造出來的美感，是詞的文體屬性的一種展現。那麼詞究竟是怎樣的一種文體？當今學界一般都這樣界定詞的意義：詞是依附唐宋以來新興曲調而創作的新體詩，是音樂與文學緊密結合的特種藝術形式。它的內容以表達男女之情為主，寫景多不出閨閣庭園，言情則不外傷春怨別，遂表現為一種精微細緻、含蓄委婉、富於陰柔之美的特質。

就文學美而言，詞乃當時流行音樂和詩歌的組合，是在商業都市文明中發展出來的，自然傾向物質性、裝飾性的美感。音樂悅耳流暢，辭情嫵媚動人，而且經過大量文人參與創作，使得歌詞的文句更加典雅清麗，寫情更為婉轉深刻。文人用以配合樂曲的詞，主要是律體的詩的語言，律詩在聲韻格律、練字修辭上是大家公認最講究、最鍛鍊的一體，現在以律合樂，將如此美麗高雅的文辭配合那麼優婉動聽的樂音，相得益彰，自然成就了詞體富有美感的特色。

就詞的音樂屬性而言，詞乃配合音樂填寫，而音樂的感染性特強。音樂相對於繪畫、建築之為空間藝術，乃屬時間的藝術。如何面對時空變化，找到人生的定位，賦生命以意義，一直是文學裡關心的課題。中國文學的情意世界，交織著「時間推移、空間遙隔、死生契闊」的感思，作家多有時空易變、難以自主的焦慮，在他們寫作的字裡行間經常流露出傷時嘆逝的悲感。這些情意內容，見於各文類，但表現方式則各有不同，形成多樣的抒情美感。

王國維的《人間詞話》說：「詞之為體，要眇宜修，能言詩之所不能言，而不能盡言詩之所能言。」所謂「要眇宜修」，出自《楚辭．九歌．湘君》的「美要眇兮宜修」。要眇，形容精微美好的樣子。宜者，善也。修，即修飾。宜修，就是善於修飾。「要眇宜修」，是指詞具備女性陰柔之美，在內容與形式上都有著細緻美好的特質。詩，除抒情外，還可敘事、說理和議論，而詞則以言情見長，所言者多為男女情事，或個人身世之感。詞，因為配合著盤旋起伏、曲折變化的音樂，時間意識特別強烈，幽怨纏綿，最能發揮中國文辭的抒情特性。

詞的抒情性，主要是以不變的時空對照變化的人事為主軸，一方面表現為對人間情愛的專注執著，另一方面則表現為對時光流逝的無窮感嘆，因此，美人遲暮、年華虛度、往事不堪、理想成空等情思遂變成詞的主題。而詞的體製，如樂律章節的重複節奏、文辭句法的平衡對稱、長短句的交錯運用、上下片的對比安排，更強化了這種婉轉低迴、留連反覆的情感韻味。

歐陽修的〈生查子〉說：「去年元夜時，花市燈如晝。月上柳梢頭，人約黃昏後。今年元夜時，月與燈依舊。不見去年人，淚滿春衫袖。」去年元宵節的美好，是因為有人同在，但今年則物是人非。依舊是月，依舊是那樣的燈，卻因為人不在，便不覺得它美好了，反而讓人觸景傷情，淚滿衣襟——美麗的景色與哀傷的心情，去年的歡樂與今年的寂寞，形成了鮮明的對比。

又如辛棄疾的〈醜奴兒〉說：「少年不識愁滋味，愛上層樓。愛上層樓。為賦新詞強說愁。而今識盡愁滋味，欲說還休。欲說還休。卻道天涼好箇秋。」這首詞今昔對照，情思的轉折變化清晰可見，很容易讓人感受到當中的悲喜與辛酸。

因此而知，詞是一種融合著美麗與哀愁的文體，具有獨特的情韻。在高華的格調中，蘊含著哀怨的情意，形成一種獨具魅力、惹人憐愛的美感。

8

詞的情韻，就是一種時光流逝的意識與悠悠不斷的音韻節奏結合而成的情感韻律，迴環往復，通常是以吟詠「好景不常、人生易逝、此情不渝」的哀感和精神為主旋律。如李後主說「春花秋月何時了，往事知多少」（〈虞美人〉），周邦彥說「人如風後入江雲，情似雨餘黏地絮」（〈玉樓春〉），一方面是變化的體認，一方面是不變的執著，外在時空對照人間情事，兩相對應，拉扯互動，便產生了抑揚頓挫、起伏不已的動能，性情因此而搖蕩，音聲隨之而激昂，遂譜成一曲曲婉轉動人的情詞。

想想我們為什麼喜歡讀詞？如果你更喜歡現代的流行歌曲，又是為什麼？這些配合著音樂旋律，在都市中傳唱的歌曲，不論古今中外其實都有著基本的主題，大都吟唱著時空流轉中人事變化的無奈心聲，撫慰著孤獨、寂寞、失意的靈魂。童年消逝、愛情幻滅、青春不在、理想落空、好夢難成，這些都是古典詞和流行歌曲中常見的內容，那是人之常情，我們當然都不會陌生，聽著自然容易引起共鳴。

此外，在詞的世界裡，我們看到作家歌詠種種男女之情、夫妻兄弟朋友之愛，以及家國之思、故鄉之念，並深切感受到人情世界中普遍存在的盛衰哀樂的情懷。詞中更不時可體會作家面對種種情事的方式與態度，及其形成的生命情調與意境。這些都會加強我們對人間情誼的認知，銳化我們的觸感，也會帶給我們許多啟示。

情感問題，是人生的大問題。宋人在詞中以優美動人的文辭表達哀怨愁情，著實令人沉醉。宋人多情，但也長於思辨。在詞的世界裡，他們所抒寫的情、所呈現的意境，有多樣的姿態，在出入之間，展現出各種跌宕的情思，充滿著興發感動的力量。我們細讀兩宋名家詞，既感受他們真摯的情，也能從中體會宋文化的特性。

宋文化的特性是什麼呢？宋代自建立統一政權以來，即處於相當艱難的境地，內部積貧難療，對外積弱不振，不若漢唐之富強。然而國勢貧弱的宋，卻是秦漢統一王朝之後年祚最長的朝代。兩宋周邊環伺的敵人都非等閒民族，先後是遼、金兩大強敵，最後面對的則是橫掃歐亞的蒙古。北宋為金所滅，宋室南渡，雖失去半壁江山，但也支撐了頗長的時間。可見宋絕非不堪一擊的弱國，仍有它頑強的一面。這種國族精神，也反映在宋代整個文化當中。

鄭騫先生在〈詞曲的特質〉中說：「宋朝的一切，都足以代表中國文化的陰柔方面，不只詞之一端。……柔並不一味的軟綿綿，而要有一種韌性。」宋詞代表中國文化陰柔的一面，但所謂「陰柔」，不是一味的纏綿軟弱，而是有一種堅定的生命力，可稱之為「韌性」。

詞有韌性，才能成為文學的一體。這種韌性，來自認真熱誠的生命態度、不屈不撓的精神，抒發為文自有一種格調、一種骨氣。詞雖寫感傷之情，但名家之作普遍都不卑下，反而筆力沉健，抑揚有致，正因為有這韌性在。宋詞裡所表現那種執著的信念——即使歲月多變，人事難料，但此情不渝——正呼應了宋人「知其不可而為之」的積極入世情懷。如同春天的生命，像野草一般，柔中帶剛，總有著無窮的生機。

∞

詞是怎樣的一種文體？據前面所述，可歸納出三個重要的特色：

一、詞之為體，善於言情，具備文辭美、音樂性，以及以不變的時空對照變化的人事為主軸的抒情特性，構成了規律中有變化，容易觸動人心的一種特質，極富含蓄委婉、陰柔細緻的美感，和婉轉低迴、留連反覆的情韻。

二、一般的文人詞是以好景不常、人生易逝、此情不渝為主旋律。

三、詞所表現的陰柔中的韌性，正足以代表宋文化的精神特質。宋人的陰柔與韌性，形成生命中一種不斷拉扯的動力，配合長短參差的句式、起伏變化的語調，使詞之為體，辭情頓挫有致，多了一種婉轉曲折的韻味。宋詞之美，就美在有這跌宕之姿。

02 我們如何閱讀一闋詞？

詞作為一種獨特的抒情文體，有著文辭美、音律美，和以時空對照人事的相對性美感特質，構思精巧，情意動人。它可以說是中國韻文中最精緻的一種文類。那麼我們應該以怎樣的態度與方式來閱讀它、體會它？如何進入詞的情感世界，真正領略它的美？

首先要知道，詞和詩的語言是不一樣的。杜甫的詩句「無邊落木蕭蕭下，不盡長江滾滾來」（〈登高〉），意境雄渾，語意奔放，這是詩的語言。而范仲淹的詞句「碧雲天，黃葉地。秋色連波，波上寒煙翠」（〈蘇幕遮〉），同樣寫秋天的落葉和江水，意境淒迷，語調委婉，這是詞的語言。看這些詩詞的用字造句，稍稍讀一遍，就能夠體會它們聲音的差異和情調的不同。

繆鉞在〈論詞〉一文中說，詞有四個特徵：其文小、其質輕、其徑狹、其境隱。所謂文小，是說詞既然要透過女子表達一種陰柔的美感，它的遣詞造句就不能用那麼男性化的口吻，而是傾向輕靈細微的表現。詞的用語輕盈，文辭小巧，像「微風」、「細雨」、「斜陽」、

「垂柳」，寫的都是偏柔的情景。詞的質感輕柔，善於表達細緻幽渺的意態，不長於寫雄豪之慨；若用水來比喻，詩是大江、長河，是驚濤、飛流，詞則是清溪，是微波蕩漾。詞的題材偏狹，如王國維《人間詞話》說它「不能盡言詩之所能言」，詞擅長抒情寫景，而不宜說理、議論或敘事。詞的意境比較隱約淒迷，自有動人之處。

我們一方面欣賞大峽谷那般壯闊的景象，也可以喜愛小橋流水的清幽；如同詩詞，各有風貌，彼此不相排斥。

雖然詞與詩的情調不同，但它們都潛藏了中華民族某種特殊的情感基因。詩，在古老的年代是與歌、樂、舞一體的，它不是單純給人閱讀、聆聽的文本或歌曲，而是必須人們參與、投入，透過發聲，跟著節拍，手之舞之足之蹈之，與人同感共樂的一種活動。換言之，它充滿著興發感動的力量，讓人們精神得以提振，並藉反映出來的情緒觀察到個人和社會間的和諧與否，在和人一起的互動中有著群體的感覺，也可藉此發洩個人的情緒。那就是《論語．陽貨》中孔子說「詩可以興，可以觀，可以群，可以怨」的作用。

但不要忘記，這作用是要用整個身心去感知，會為生命帶動起一種啟發、洞察、共感、宣洩的反應。這對我們調理情緒、促進情誼、提升生命意境，應該會有幫助——這是傳統詩教的理想。詩能如此，詞也應能做到這樣。詞，如果不想把它視作書本知識，就該賦予它生命力，真正去感受它，必能煥發精神，達到詩「興觀群怨」的效果。

確實，唐宋詞是千百年前的作品，靠著一套文字符號、一種文體形式，得以流傳下來，即使經歷朝代的改變，由元朝到明清，都有著不少讀者，更何況大江南北，大家說著不同的話，字義有古今之變，文體有簡繁之別，而我們依舊讀著、聽著。我想，能夠超越這些時空限制、外在形制變化而依然喜歡，應該是那些文辭中有著我們共通的民族情緒。

詞在唐宋時期不只是可供閱讀的文本，它原本就是配合音樂，倚聲製作，由樂工歌女彈唱表演的樂曲歌詞，甚至也可以配合舞蹈演出，因此它既有文學性，也具娛樂性、戲劇性的特質，充滿著美感與動感，極富抒情感染的效果。現在，唐宋詞的樂譜幾乎都失傳、不能唱了，但在它的文字、聲韻、意象中，我們依然可感知它的畫面、音聲、動作與心情。

∞

那麼我們怎樣進入詞的世界？我想，我們得先了解詞的抒情特性。詞是結合詩、樂的一種文體，它在「創作與欣賞」的交流互動間，其實包含了寫作、閱讀、傳唱、表演、聆賞、觀看等多重作用。詞用來表達情感的方式，有三個方面須注意。

首先要知道，詞有著一種如當面向人訴說的特色。歌唱的臨場感，本身就包含了主唱者和聽眾的互動關係。像周邦彥的〈少年遊〉下片說：「低聲問，向誰行宿，城上已三更。馬滑霜濃，不如休去，直是少人行。」這段話模擬女子口吻，向人嬌嗔地探問，希望對方留下來，因為太晚了，天氣又不好，路上行人也少，「你能去哪裡住宿呢？不如不要走吧。」這情境單憑想像已足以動搖人心，如果在歡宴場合中演唱出來，必定讓王孫公子醉倒不已，產生極好的互動效果。

其次，詞中敘述的情景，無論是回憶過去或想像未來，往往都在當下呈現，彷彿一切如在目前。這就像電影的呈現方式，我們在觀賞的當下，同時看見過去、現在、未來的畫面穿插出現。詞裡寫回憶的情景，不是已逝的過去，卻是喚回到現在的景象。如李後主的〈憶江南〉：「多少恨，昨夜夢魂中。還似舊時遊上苑，車如流水馬如龍。花月正春風。」詞中用「正」這個字，就是指正在發生著的事。當年的種種，在夢中重現，而填詞的當下，一切都呼喚到眼前來，讓人感覺彷彿現在就身處這情景當中，一切都好像沒有變化一樣。

第三，還需注意的是，音樂有方向性、時間性和空間性，它本身運用節奏、旋律向前推進，層遞發展，表現為一種連續進行、整體一致，而又充滿動力的形式。因此，詞配合音樂來填寫，便自有一套有別於詩文的敘述方法。和音樂往前行進的方式一樣，詞的構篇也相當有層次，有著逐步推進的步驟，前句與後句相接，韻與韻之間脈絡連貫，情節安排往往也是「由遠而近，由景及情，由外而內」，很少突兀的轉折。

詞的篇章結構，特別重在結句，而詞之境界高低，須看收篇，不是沒有原由的，因為那是樂章終止處，得要重點處理，以期收到餘音蕩漾的效果。譬如柳永的「衣帶漸寬終不悔，為伊消得人憔悴」（〈蝶戀花〉），東坡的「但願人長久，千里共嬋娟」（〈水調歌頭〉），秦觀的「兩情若是久長時，又豈在朝朝暮暮」（〈鵲橋仙〉），辛棄疾的「驀然回首，那人卻在，燈火闌珊處」（〈青玉案〉），李清照的「知否，知否，應是綠肥紅瘦」（〈如夢令〉），都是令人激賞的佳句，安放在詞的最後，就是這個道理。

了解這三點，就是詞的向人傾訴的話語方式、詞的當下展現的臨場感，以及詞的往前推進的運作模式，我們就應該知道，面對詞這樣的文體，不能單純只透過文字去理解它，而是需要主動地參與，靈活運用各種感官，去看、去聽，用身體和心靈去感受與體會，才能得到最好的效果。

講到這裡，如何閱讀一闋詞也就非常清楚了。我想提出兩個要點：

第一，回到感官世界——中國文字兼具形象、聲韻、意義的特色，詩詞自然也融合了聲色之美、言外之意。過去的詩詞教學，特別著重內容、意境的詮釋，很少教我們如何透過語言文字，體知詩詞中的情景，享受感官世界之美。分析語法、修辭，得到的是客觀的知識，無法讓我們感動，激起主動參與的熱忱，真切體會詩詞的辭情和美感。

詩詞詮釋是以情感喚起情感的過程，也是一種觀察、發現並創造意義的活動。我們閱讀詩詞，不是被動地接受，而是透過文本的內容，憑藉個人的生活體驗，互為主動地去組織各種感官意象，拓展一個新世界，創造新的意義。詞人既是透過文辭語音向我們傾訴，我們也要學著吟誦詞句，隨著語音的起伏跌宕，領受作者的情緒，同時扮演聆聽者的角色，體會他的心聲。

第二，心歷其情其境——就是用心去體會，學會運用想像，融情入境。現在的流行歌曲，配合著MV影像，我們很容易進入歌詞的意境。以前沒有這些設備，因此作家要引起讀者的共鳴，在詞中就需要具體寫出看見的景物、聽到的聲音、聞到的氣味，並且交代情節，配合動作，構成可觀、可感的世界。聽眾讀者在聆賞閱讀時，可隨著樂音、文辭，在腦海中轉化並創造出如在眼前的景象，走進作者所在的時空，從鏡頭一幕一幕的推進中看到詩詞的情境，身歷作家所見所感。

因此，過去的歌詞著重寫景敘事。王國維《人間詞話》說「一切景語皆情語」，就是說詞中的景物都是寓有情意的。換言之，在文學裡沒有完全客觀的事物，文學裡所呈現的景物都有主觀的色彩。所以，欣賞詩詞不只是理解其情意而已，更應透過所寫的景物去感受它的情、享受它的美。

∞

我們試讀一首辛棄疾的〈西江月〉詞，跟著他「夜行黃沙道中」，嘗試體會一下詞的敘說方式：

明月別枝驚鵲，清風半夜鳴蟬。稻花香裡說豐年，聽取蛙聲一片。　七八箇星天外，兩三點雨山前。舊時茅店社林邊，路轉溪橋忽見。

黃沙道在江西上饒的西面。作者彷彿導遊一般帶著我們走一遍山中道路。全詞一句一景，上片寫明月、清風、驚鵲、鳴蟬、稻花香、蛙聲；下片寫疏星、飄雨、茅店、溪橋。這些景物隨著音樂節奏往前推進，單一的畫面立刻變成流動的影像，空間的移動也帶動時間的變化，由月夜寫到清晨。裡面各種感官都有，由視覺、聽覺、觸覺寫到嗅覺，一路行程清晰如見，給人置身其中、十分立體的感覺。而整首詞敘事寫景，上下片貫串，若不經意卻運轉自如，語調輕快流暢，讓人讀來仍可感受到作者夜行的樂趣、喜悅的心情。

前面引用過范仲淹〈蘇幕遮〉的詞句，現在再將整首詞引錄下來，和大家略加說明如何沿著文本讀一闋詞。

碧雲天，黃葉地。秋色連波，波上寒煙翠。山映斜陽天接水。芳草無情，更在斜陽外。　黯鄉魂，追旅思。夜夜除非，好夢留人睡。明月樓高休獨倚。酒入愁腸，化作相思淚。

這首詞上片寫景，下片述情。上片所寫的景，是景中有情，充滿著時間消逝的感傷。空間由藍天白雲的飄逝，寫到黃葉墜落大地，一片蕭瑟的秋色連接到江面，綠波上瀰漫著冷冷的煙嵐。詞的景物書寫常常就是這樣，逐漸推進、加強、加深、著色渲染，相當有層次。作者在這裡是模擬遊子眼中所見的景象，由近而遠。「山映斜陽天接水。芳草無情，更在斜陽外」，最後引申到畫面之外，說無情芳草更在落日山頭之外綿延生長，比喻思鄉愁緒之無窮——芳草遙接天涯，遠連故園，令極目望鄉的遊子難以釋懷。通常所謂的「以景寓情」，關鍵就在景色中意識到時間變化。

當一切都在變化中，人們更想留住那不渝之情，所以這首詞的下片便就情感方面書寫。「黯鄉魂，追旅思。夜夜除非，好夢留人睡」，遊子思鄉既久，早已因歸期難定而黯然神傷，了無歡趣，怎奈羈旅愁思猶自追纏不已，揮斬不斷！二句以下所寫，正是歸鄉無望、歸思難斷的深悲；因此，除非每晚都能作歸家好夢，讓人酣然入睡，否則別無慰藉，終夜難眠。在這個時候，自己千萬不要在明月高照下獨倚樓頭，否則愁懷醉飲，恐怕惹來無限相思淚痕。而事實上，詞人應該是明知故犯，畢竟壓抑不住對故鄉的思念，因此望月興懷卻更添愁緒，借酒澆愁愁更愁，終至淚流不止。

這首詞所寫之景、所述之情，娓娓道來，歷歷在目，都是一般人能感受到的情景，容易引起共鳴。

∞

總結以上所說，我們知道詞和詩歌的語言、情調是不同的，但我們在同一個文化環境中生活，用同一套文字符號來表達溝通，自然有著共同的民族情感、文化特質。因而要體會詞的抒情特性，除了要充分掌握中國文字形音義一體的表意效果外，更要留意文辭與音樂的配合，從而認識詞的表達情感的三個特色，也就是向人傾訴的話語方式、當下展現的臨場感，以及往前推進的運作模式。如能回到感官世界，並心歷其境地去閱讀、欣賞、體悟每一首詞的意境，就會得到相對深刻又真切的體認了。

之二

傷離與感時

唐代文人詞的人間情懷

從這一講開始，我們正式進入「唐宋詞的情感世界」。按照時代先後，先談唐五代詞，再說宋詞。這一講的主題是「傷離與感時——唐代文人詞的人間情懷」。唐代文人詞中普遍的題材，包括了男女間的無盡相思、觸景傷情、回憶舊日的美好、年華流逝的感傷這幾方面。這些內容所表現的，都可以說是「常人的境界」。

什麼叫「常人的境界」？這個說法來自王國維。他在〈清真先生遺事〉這篇文章裡，把境界區分為「詩人的境界」和「常人的境界」。所謂「詩人的境界」，指的是詩人能夠感知而且能夠寫出來的情思，因此就給讀者一種獨特的感受，不過這類作品比較主觀，也比較個別性。至於「常人的境界」，則是一般人都能夠感受到，能夠表達出來的，比如悲歡離合、羈旅行役之類的人間題材。這類作品因為具有普遍性，「故其入於人者至深，而行於世也尤廣」，也就是說它能深刻地打動人心，流行的層面也更廣遠。

前面說過，詞基本上就是當時的流行歌曲，它所書寫的理應以普羅大眾熟悉的內容題材為主，而且要明白易懂，因此自然傾向於表現「常人的境界」。即使不是應歌而作的詞，就算是個人的抒情詞，都要求能夠將個人的經驗，化為普遍的人類經驗，彼此可以交流共感。這是作為一般歌詞的基本特色。

01 無盡相思

白居易〈長相思〉

男女相思怨別，是一個普遍的題材，是很多人都有的體驗，因為人間離別是一個經常存在的事實。人世間因離別而相思不斷，因相思而產生無窮怨恨，那是人之常情，古今中外皆如是，所以這個主題就有著永恆的意義。

那為什麼要選白居易的詞來講「無盡相思」呢？這跟唐代中葉雅俗共賞觀念的形成有關。朱自清寫過一篇文章，名為〈論雅俗共賞〉。在那篇文章裡，他說：「唐朝的安史之亂可以說是我們社會變遷的一條分水嶺，在這之後，門第迅速的垮了臺，社會的等級不像之前那樣固定了。『士』與『民』這兩個等級的分界不像先前的嚴格和清楚了，彼此的分子在流通著、上下著。」又說：「這些詩人多數是來自民間的新分子，他們多少保留著民間的生活方式和生活態度，他們一面學習和享受那些雅的，一面卻還不能擺脫或蛻變那些俗的，於是雅俗共賞似乎就是新提出的尺度和標準。這裡並非打倒舊標準，只是要求那些雅士理會或者遷就那些俗世的趣味，好讓大家打成一片。」

白居易，就是這類作家的代表之一。我們知道，白居易是唐詩的大家，他的詩歌創作自覺地繼承和發揚從《詩經》到杜甫的寫作精神。他主張「文章合為時而著，歌詩合為事而作」（〈與元九書〉）。他的詩歌多從社會生活、民間傳統和個人經驗中取材，而且有通俗化的傾向。蘇東坡對白居易有「白俗」的評語。他所謂的「俗」，是相對於文人崇尚典雅的傳統而言，不僅指語言方面，也包括內容。白居易詩歌的題材普及，淺顯易懂，真的實現了雅俗共賞的理想。所以宋代還有白居易的詩「老嫗能解」的傳說，這是說白居易的詩文字通俗明白，即使老婦人都能理解。

白居易在當時也接觸了新興的民間歌曲，他便嘗試倚聲填詞。他寫的詞，無論在內容和語言上都能做到雅俗共賞，這與他的詩在創作精神上是相當一致的，正是王國維說的具有「常人的境界」。

〈長相思〉這首詞是白居易的代表作：

汴水流，泗水流，流到瓜州古渡頭。吳山點點愁。　思悠悠，恨悠悠，恨到歸時方始休。月明人倚樓。

你只要念一遍，就會感到這首詞的語調和辭情真的幽怨纏綿。全詞三十六個字，上下片各押三平韻、一疊韻，句句用韻，而且句式三三七五言，參差錯落的組合，構成了抑揚頓挫的旋律，有著十分緊湊的節奏。

還有「流」字的頂針句。頂針，指的是用前面結尾的詞語或句子做下文的起頭。「汴水流，泗水流，流到瓜州古渡頭」，二三句就是頂針句。再加上「悠悠」二字的覆疊，和「恨」字前後呼應，就形成一種無窮無盡又揮不去的離愁與別恨。在文辭表現上，正呼應了詞調名「長相思」之意。

這首詞的語句看似巧妙的安排，又顯得好不經意的流暢，自然、真切而動人，充分發揮了小詞隨韻律流轉的抒情特色。王國維《人間詞話》說：「詩之境闊，詞之言長。」就是說詩的境界寬闊，詞的語言雋永，詩與詞在題材內容上各有勝場。就藝術表現而言，詩歌的境界要更開闊、更豐富，可以抒情、敘事、說理；而詞則講究韻味的深長，長於抒情，在吟唱詠嘆中委婉地表達情意。白居易這一首〈長相思〉篇幅雖短，但是語淺情深，吟誦著一種相思不相親的無奈情緒。

首先，我們簡單看看歷來詩歌寫離別題材的狀況。從《詩經》開始，離愁、思念之作就已經是常見的題材，雖然數量不多，像〈東山〉、〈伯兮〉、〈君子于役〉、〈卷耳〉等作，都寫得相當真摯動人。先秦時期因為「書不同文，車不同軌」，書寫文字不統一，交通不那麼便利，而當時要駕車行走各方，因各國車轍軌道的寬度有別，所以入境就要先更換不同的車軸，如此才能順利行進，這就造成了出入很不方便。

但大一統王朝建立之後，這些問題解決了，就是書同文、車同軌，因此出外遠行對一般人來說就方便多了。尤其從漢代開始，無論是去京師求功名、到邊關作戰，或者出外經商謀生，都變成普遍的現象，於是我們發現，漢代的詩歌開始出現大量的生離死別、羈旅行役、宦遊飄泊、感時懷遠的題材內容。

閨怨與思鄉其實是一體的兩面。古詩中說「青青河畔草，綿綿思遠道」（〈飲馬長城窟行〉），是寫思念丈夫的妻子，也就是思婦，睹物思人的情懷；而出外的遊子則「還顧望舊鄉，長路漫浩浩」。這關鍵就在男女雙方別離的事實，因此詩歌一直都充滿著「同心而離居，憂傷以終老」（《古詩十九首．涉江採芙蓉》）的哀嘆。

中國幅員大，那時候的人一旦分別，能再見面的機會真的很渺茫。何況出外的人，行行重行行，而思念的人卻只能固守一隅，無法相依相隨。日復一日，年復一年，彼此相距的距離就越來越遠，而歲月卻不留人，恐怕只能帶著此生最大的遺恨死去。所謂「悲莫悲兮生別離」（《楚辭．九歌．少司命》），江淹〈別賦〉也說：「黯然銷魂者，唯別而已矣。」離別之令人難受，是因為相會難期。

別後相思更是一輩子的糾纏，不知何時能紓解，除非對方能歸來，不然就是綿綿長恨了。

但歸根究柢，是因為我們有著一份無法割捨的情。詩詞語句「人生有情淚沾臆」（杜甫〈哀江頭〉），「深知身在情長在」（李商隱〈暮秋獨遊曲江〉），「多情自古傷離別」（柳永〈雨霖鈴〉），「人生自是有情癡」等等，不是都說得很清楚了嗎？白居易這一首〈長相思〉，連接了遊子的別恨和閨婦的怨情，寫出了人們因情而思、因思生恨的不解之緣。

∞

詞的開篇說，「汴水流，泗水流，流到瓜州古渡頭」。汴水又稱汴河，受黃河之水由河南的鄭州、開封、歸德、北京，經江蘇徐州，合於泗水，南下入淮河；而泗水源出於山東，經曲阜、濟寧等地，至江蘇的徐州，南流到淮陰，注入淮河，經大運河而入長江。至於瓜州，則在江蘇省長江的北岸，與鎮江市隔江相望，是運河與長江交匯處，為南北水運的樞紐。這裡的汴水和泗水，其實不必追究到底是出自河南或山東，因為在詩詞裡，空間可以移動，地名也不必實有，它只是用作一種比喻，泛指遊子逐水路遠行，不論由西或東，總載著離愁而去。

瓜州古渡在這裡也不必實指其地，它也不過是用來暗喻離人的集結，每一個渡頭無時無刻不是同樣的場面，船兒從各處送來遠行的人，他們在此稍作停頓，不久又各向他方。就像吳山本不解情，只是它在這裡隔開人與人的距離，讓人更生「明日隔山嶽，世事兩茫茫」（杜甫〈贈衛八處士〉）的那種感嘆。因此，遊人至此能不生愁嗎？因情及物，江南一帶群山見證了人世的離恨，所以都點點成愁了。

這首詞由水寫到山，水流不斷，而山也長存，用這些意象，無非暗喻人生別恨的無窮。後來的歐陽修〈踏莎行〉說：「離愁漸遠漸無窮，迢迢不斷如春水。」辛棄疾〈念奴嬌〉說：「舊恨春江留不斷，新恨雲山千疊。」這些詞句都將遊子的離恨，用水或山的具體形象來比喻形容。

白居易這首詞上片寫遊子的情況，下片則呼應著遊子的心聲，敘述守候家中的女子心情。因為離別的事，是男女兩方共同要面對的。「思悠悠，恨悠悠，恨到歸時方始休」，女子因愛而有恨，如水一般悠悠長長的思念，因對方之不歸，便化為綿綿無絕期的離恨。古詩說：「同心而離居，憂傷以終老。」女子最擔心的就是這樣的結果，愛人離去之後無影無蹤、不知去向、生死不明，更不知他是否已變了心，或者依然惦念著自己。女子思念著、怨恨著，終日焦慮不安，容顏憔悴。

難道就這樣一直憂傷到終老嗎？所以詞裡說「恨到歸時方始休」，美好的遇合必須等到對方歸來。也就是說，遊子歸來那天，思婦心中的恨意才能真正得以結束，恢復和諧美好的男女夫妻生活。那是多麼令人盼望的景象，如月缺月又圓，一切都能重回當初的美好。

但關鍵是對方真的會歸來、能回來嗎？女子每天晚上倚樓望月，能不生愁？月圓人不圓，總令人觸景傷情，必定會生出如東坡一樣的怨嘆，「不應有恨，何事長向別時圓」（〈水調歌頭〉）？月亮不應對人有怨恨的，但是為什麼偏偏在人要離別的時候團圓呢？歐陽修也說「人生自是有情癡，此恨不關風與月」，但明月無情，常照離人，怎不教人生恨？不過，將自己的恨意說成是月亮有恨，其實是個人對情的執著，與明月又有什麼關係？

這首詞的女子望月而生恨，那也是心中有著一份不渝之情，因為「思悠悠」，思念綿延不絕的緣故。而造成男女雙方的愁和恨，就是因為世間充滿著各種離別的事啊。

白居易這一首〈長相思〉寫離愁別恨，容易引起共鳴，因為他寫出了人世間普遍存在的事實，而且照顧到男女雙方的情緒。上片寫水從不同的方向流，最後流到瓜州古渡，以為到了終點，可以結束了，沒想到下一句翻出「吳山點點愁」。原來水流集結之處，卻凝聚了既多且深的愁恨。而且水流不斷，離家出外的事不斷發生，這些愁怨也就無窮無盡了。

下片寫思、恨之悠悠，看似無了結之時，卻說「恨到歸時方始休」，只有所思的人歸來，那麼離恨就從此可以結束了。然後最後一句又說「月明人倚樓」。這個願望看來也不容易應驗，因此望月興懷，無端生恨的情緒終究不停地發生。

上下兩片，構篇上都在第三句煞住，最後一句又起波瀾，詞情委婉曲折，具體生動地詮釋了詞牌名「長相思」之意。因為長相思，就此長相恨。所謂「思悠悠，恨悠悠」就是這個意思。如果此恨綿綿無絕期，那麼白居易這一首詞，何嘗不可以說是一首「長恨歌」呢？

∞

這裡介紹了王國維所謂的「常人的境界」，並借由白居易的〈長相思〉，欣賞了唐人所創造的相思這種抒情模式。離別相思幾乎是大多數人都有的經驗，讀一讀唐代人書寫的相思，聽一聽他們所創造的這種抒情模式，讓我們從中更體會到情感的互動關係，了解到離別相思其實是男女雙方都要真誠面對的事情，並且學習如何將心比心地對待彼此的情感，不能只一味地怨怪對方。換個角度來說，人生難免有離別，與其別後相思，生出無窮的怨恨，何不好好珍惜當下我們在一起的美好時光？

02

觸景傷情

李白〈菩薩蠻〉

從古至今，離別的事情不斷發生，也一直帶給人們苦惱。在因離別而相思不斷的情況下，引申出一個與情緒反應相關的課題，就是「觸景傷情」。它指的是本來埋藏心中的愁緒，容易被眼前景物所刺激，引起對某人、某事、某地的追憶和思念，因而產生更傷感的情緒。這也是人之常情。

這樣的因接觸外在景物而觸發心中的愁情，它可以是似曾相識的聯想而引申出物是人非的感嘆，也可能是物我對照的反差所帶來的對景自憐的感受，又或者是無法在空間景物中找到情感的寄託而產生的空虛寂寞的不安定感。

相傳為李白作的〈菩薩蠻〉，就是這類作品的代表：

平林漠漠煙如織，寒山一帶傷心碧。暝色入高樓，有人樓上愁。　玉階空佇立，宿烏歸飛急。何處是歸程，長亭更短亭。

關於這首詞，學界一直有個爭議，作者到底是不是李白？據稱除了〈菩薩蠻〉之外，李白還有一首〈憶秦娥〉，南宋黃昇把它們都收錄在《絕妙詞選》裡，放在李白名下，說這兩首詞為「百代詞曲之祖」，是詞的創始代表作。

其實，〈菩薩蠻〉早就見於五代、宋初間編的選本《尊前集》中。後來宋代的筆記、選本，多認定是李白的作品。而到了明代，胡應麟卻對此提出疑義，認為這首詞是偽託李白所作。之後各種質疑的聲音不斷，直到現在還有爭論，莫衷一是。否定這首詞是李白的，最重要的一個論點是：據蘇鶚《杜陽雜編》所載，〈菩薩蠻〉為唐宣宗大中年初新起的詞調，李白在這之前自然無從預先填寫。

這首詞的真偽實難遽以論定，但由於它傳世久遠，廣為大眾接受，因此姑且依從舊說，仍然將這首〈菩薩蠻〉繫在李白名下。

換一個角度看，宋人無論是真的相信這是李白的詞，並且大加讚譽其為詞曲之祖，或是故意偽託李白之名，宣揚這說法，他們的出發點其實都一樣，為的是提高詞的身價。

宋代文人一般都視詞為小道末技，不入大雅之流，「詩尊詞卑」的意識一直都存在，等到蘇軾以詩為詞，擴大了詞的內容，提升了詞的境界，詞的地位才稍稍得以改善。之後，在南宋時期「詞為詩餘」之說逐漸流行，一則仍存有詞不如詩的看法，不過另一方面也讓人稍微寬解了填詞的心理障礙，既然肯定了東坡以詩人之尊也填詞的意義，那麼像詩仙李白那樣偉大的作家也填詞，而他的詞更是詞之鼻祖，不就可以據此認定，詞的出身不是大家所想像的那樣卑微不堪了嗎？李白填詞之說之所以普遍被接受，就是源於這種尊體的心理因素。

不過，要將這首詞聯想到是盛唐詩人李白之作，也需要從其他方面檢驗它的合理性。譬如相傳李白作的另一首詞〈憶秦娥〉，最早見於北宋末年邵博的《邵氏聞見錄》。〈憶秦娥〉亦不似盛唐已有的詞調，不過後代評論家認為此詞聲情悲壯，尤其是詞的最後八字「西風殘照，漢家陵闕」，表現出高闊的意境、盛唐的氣象，更得到王國維的激賞。這首詞因為在風格上頗似太白氣象，而認為是出自李白之手，看來也是頗合理的。

至於〈菩薩蠻〉，我想主要是這首詞的題材內容，它所寫的也是「常人的境界」，普遍見於李白的詩中。〈菩薩蠻〉寫的是怎樣的內容呢？一般認為這是寫閨中女子思念征夫的幽怨，但也有主張是寫行人久客思歸的愁緒。

所謂遊子心聲和思婦愁情，其實是一體的兩面。這首詞之所以會產生兩個面向的不同詮釋，正因為在人間離別的課題中，男女是相對的兩方，他們之間往往有著人我情感互通之處。前一節講白居易〈長相思〉時，我們就從詞的上下片看到了男女雙方的情意表現。

李白本身就是擅長寫作閨怨和鄉愁的作家。他的閨怨詩，如〈玉階怨〉：「玉階生白露，夜久侵羅襪。卻下水晶簾，玲瓏望秋月。」〈春思〉：「燕草如碧絲，秦桑低綠枝。當君懷歸日，是妾斷腸時。春風不相識，何事入羅幃。」他的鄉愁詩，如〈靜夜思〉：「舉頭望明月，低頭思故鄉。」〈宣城見杜鵑花〉：「一叫一回腸一斷，三春三月憶三巴。」這些都是大家熟悉的詩句，都是景中生情、以情入景，因外在景色、聲籟，激起念遠思歸的愁情的代表作。這些內容、這些特色，都可見於〈菩薩蠻〉一詞中。因此就這類題材的表達來說，亦不可完全否定李白會寫出、能寫出像這樣一闋詞的可能。

簡單整理一下，上面交代了兩個爭論的要點：第一，這首詞是不是李白的作品？第二，這首詞究竟是寫思婦的心聲還是遊子的心聲？

我們不妨撇開作者的爭議，回歸文本，看看〈菩薩蠻〉這首詞在唐宋間所代表的時代意義，觀察它的情意內容、表現形式，及其所形成的抒情美感，應該才是詮釋文學的重點、我們要關心的課題。在〈菩薩蠻〉這一闋詞中，它的核心精神就是寫出了一種「觸景傷情」的內容和意境。

李後主詞說：「別來春半，觸目愁腸斷。」（〈清平樂〉）與人分別以來，不知不覺就過了一半的春天，眼前一切不但索然無味，反而令人觸目驚心，無端增添了許多愁緒。因為景物的變化，使人頓然意識到時間的推移，相對的也意識到空間越來越遠，個人孑然一身、無依無靠的感覺特別強烈。

就是說，人們也許知道「此恨不關風與月」，偏偏卻怨風月，因景生悲。原因就是「人生自是有情癡」，歸根究柢一切都是由於人間有情，而且太過執著於情了。這是一切憂愁怨嘆、哀傷悲痛的來源。由此可以知道，所謂「觸景傷情」，關鍵是愁情本已存在，先有生離死別的事實，時空變幻的意念才能發生。

王國維說：「一切景語皆情語。」在文學世界裡，詞是著重抒情的一種文體，它一字一句所鋪述的事物景色，無一不是為情而設，皆須相應於情感內容，交互映襯、渲染、烘托、顯現出一種獨特的氛圍和意態。尤須注意的是，詞的音樂屬性採往前推進的話語模式，空間景物跟著旋律節奏轉動變換，無疑更強化了詞的情景交融、物我互應的特質，加深讀者對詞的情節推展、構篇方式的認知。〈菩薩蠻〉這一首詞在這方面表現得相當出色。

∞

我們就來細細品味這首詞如何將「為情而設的景」與「為景而發的情」融合一起，達到絕佳的抒情效果。

這一首詞歷來有遊子思鄉、女子念遠兩種解讀，不過我還是姑且先依俞平伯在《唐宋詞選釋》中說的「但釋為閨情比較合適」，以閨中女子懷念遠方情人這個觀點來閱讀這一闋詞。這樣做不是要排除另外一種說法，而是為了解釋方便。

首先我們看〈菩薩蠻〉的構篇。上片由景物而說到人，採用由遠到近的敘述方式；下片則是因景而述情，就反過來，以近處往遠處作推展。

如果更仔細地看這一首詞，依據詞體的特性，沿著文本的脈絡去觀賞，能夠融合時空情景各種因素，就會有更立體的感受，也就更能夠深刻體驗「觸景」的運作是如何帶出「傷情」的演變歷程。換言之，這一首詞如何由客觀到主觀、由靜態到動態、由景到情，是值得注意的幾個觀點。

〈菩薩蠻〉這個詞調的格律形式很有特色。它有八句，押四個韻，韻腳具體停頓的地方構成一個單元。這一首詞用四個韻，也就是說它有四個段落、四種場景。而韻與韻之間看似獨立，其實互有關聯。因為它們是依據樂譜來填寫的，而詞情隨著音樂流轉推進，也會前後呼應，句與句之間景隨情轉，相對的情也會因景而變，自然形成情景相生相融的有機組合。

接下來，我們就來看這四個場景。

先看第一個場景：「平林漠漠煙如織，寒山一帶傷心碧」。這兩句呈現了一個秋天遠望的畫面，在平原上廣遠密布的林木，煙霧瀰漫，景色蒼茫遼闊。在這個客觀的景色中，卻不難感受到一絲浮動的情緒，有著一種說不出來、疏散不開的鬱悶感。

一般來說，詞情的推展往往是一句接著一句，再加以著色、加溫、渲染的。「寒山一帶傷心碧」，隨著視線往後移動，把剛才迷茫的意緒，聚合凝定在背後一帶山巒之上，由外而內地觸發了身心的感受。這是將客觀的景融合了主觀的情，給人一種淒寒之感，而且有著令人傷感的、黯淡的碧綠色。

寫到這裡，已經將先前泛起的情緒，由模糊而變得明確清晰了。所謂山之寒，山之傷心，應該是人的身體和心理感受所投影出來的。之所以如此哀傷，也許因為寂寞地遠望，意識到山就是一層阻隔、一個不能跨越的世界，當然就會感到自身的局限。

在接著的韻句裡，作者加入了時間的意象，自然進入到第二個場景中：「暝色入高樓，有人樓上愁」。詞的敘寫因景生情，當中需要有時間推移的提示，人意識到時間的變化，今昔對照，才會引發出相對不同的情緒。

這兩句的敘事觀點和前兩句不同，前面是直接呈現景象，如在目前，後面則跳開來，從旁觀者的角度來寫。一個「入」字，不知不覺就將先前的氛圍化作一片暮色，由遠而近地逼人而來，一種讓人感受到無法擺脫的愁緒，充溢在天地之間。同時也暗示著時間的壓力，一天又將盡了，令人不得不感嘆時光稍縱即逝。天色漸暗，哀愁即生。這是情景相應的慣用手法。

上片四句由景物的呈現，隨著暮色之進入高樓，具體歸結到人的身上，最後收束在一個「愁」字。由景到情，寫來層次井然。

如果再細心一點，會發覺這首詞寫物我交融，真是渾然天成。怎麼說呢？所謂「愁」，如何得見？當然是從女子眼中看見的。而這時她正望著前面所寫的景象：煙霧靄靄，寒山蒼蒼，暮色茫茫。這樣看來，這女子的心中愁和眼前景已經是一體的了。

上片結束在一個「愁」字，究竟這是怎樣的一種愁？下片就需要落實一點來寫。我們看第三個場景：「玉階空佇立，宿鳥歸飛急」。這個場景轉到從高樓走下來到臺階那個地方，寫女子久久站立在白石臺階上，若有所思地看著鳥兒飛回巢穴。宿鳥歸飛，本來是很平常的事，而在女子的眼裡，對照所思慕的人遲遲不歸，說鳥疾飛，自然是暗含著許多怨嘆。鳥自由來去，人卻佇立不動，無法突破空間的限制——這就形成很強烈的反差。但雖然如此，思念之情終究是不能斷滅的，那是人賴以生存的最終憑藉。

最後一個場景：「何處是歸程，長亭更短亭」。鳥兒尚且知道歸宿，可是我想念的那個人呢，何時可以結束浪跡天涯？他歸家的路途會經過多少個長亭、多少個短亭？這個畫面不在眼前，而在想像的世界，由近到遠，渺渺茫茫。好像一個留白的空間，蔓延到無邊無際的遠處，而離愁別緒，擬想到這裡，更是沒有一個底了。

詞中安排了這四個場景，每個場景都有情有景、情景交融，又配合了詞的時空鋪敘方式，所以形成了一種能引發多方觸感的特質。

以上分析是從女子的角度著眼。正如前面所說的，閨怨與鄉愁互有關聯，是世間離別主題的一體兩面，因此由男子或行人的觀點來評賞這一首詞，也是可通的。

8

總之，無論這首〈菩薩蠻〉是否為李白所作，它最大的意義是讓我們深切體會到，在詞的世界中，景與情、客觀與主觀、男與女等方面都有著相對互動的關係，讓我們更了解詞的這一種「觸景傷情」的獨特抒情方式，並知道這一切原來都來自人間有情的本質。

03

回憶舊日的美好

白居易〈憶江南〉三首

回憶是詞的主旋律。我們都知道，詞在唐宋時主要是配合樂曲填寫的，而音樂是時間的藝術，因此時間意識一直是詞的主體精神。文人詞則常以今昔對照的主題呈現相對性的美感，加上詞的上下片、對偶句的結構，既重複又帶反差的旋律節奏，更強化了這相對的美感特質，回憶書寫就是其中最普遍的題材。

文學詮釋不僅僅是要探討詞書寫回憶的內容，也要同情、了解詞人的懷舊心理，更要充分掌握這類詞的文學特性。換句話說，就是要認真對待文辭的表達方式、它所形成的美感，以及詞的形式意義。其實，何止是面對回憶書寫的詞要用這樣的態度，詮釋所有的文學作品都理應如是。不過，由於這題材最能呈現詞的相對性美感，因此我想藉著分析這類詞，加深大家對於詞體獨特之美的認識。

白居易回憶舊日的美好，用〈憶江南〉這個詞調寫了三首詞，構成了一個整體，是唐人詞中書寫回憶題材的最佳代表。

首先，我們從文本出發，依據前後脈絡，看看白居易怎樣鋪陳對江南的記憶圖像，讓大家也能跟著他的筆觸體驗一番。

第一首〈憶江南〉是這樣寫的：

江南好，風景舊曾諳。日出江花紅勝火，春來江水綠如藍。能不憶江南。

早期的詞許多都是即事名篇，白居易用這個詞牌〈憶江南〉，也是呼應著這闋詞的內容，敘述自己對江南的追憶。

開篇說「江南好，風景舊曾諳」，他讚頌江南，正因為它風景美好，所以忘不了，時常都惦念著它。作者認識江南風景之「好」，不是從書本或別人口中而得知的，那是個人的親身經歷，因此對那些熟悉的景物留下深刻的印象。

〈憶江南〉這個詞調，中間的一聯，兩行七言句，是凸顯主題的關鍵。在回憶書寫中更是景物情狀、人物形貌、事件情節、行為動作鋪敘的重心，需要篩選出最精彩的片段，用最精煉生動的語句，將過去最難忘的經驗搬演到眼前來，讓自己回味，更能與讀者、聽眾分享。這些從記憶中呼喚出來的情景，所呈現的往往就好像當下正在發生著的畫面與動作，給人十分逼真的感覺。這樣的書寫，是刻意留住舊日美好片段的一種方式。

白居易所熟悉的江南美景，印象最深刻的是怎樣的畫面？他說：「日出江花紅勝火，春來江水綠如藍。」

一日之計在於晨，一年之計在於春。作者特別提到「日出」和「春來」的景色，無非是要彰顯江南是充滿希望、充滿生機、令人賞心悅目的地方。他集中焦點在江面上的描寫，在水光瀲豔中，江南的景色則更添一分嫵媚而亮麗的美好。在色彩的選擇上，用紅與綠相襯，冷暖、明暗對比呈現，給人的視覺感受是多層次的。而且不只如此，江邊的紅花在旭日映照下，那紅豔的色澤比火光更耀眼，帶給人一種彷彿在燃燒著生命的熱情感受。

江水則是春日下的江水。春天為大自然添上亮麗的彩衣，樹叢一片的綠，而盎然的綠意映照在江面上，浮現出如靛藍的色澤。在同一個畫面上，紅綠兩色互相映襯，對比強烈，使得紅的更紅、綠的更綠，意象十分鮮明而突出。講到這裡，好像置身在其中，看著並感受著這活潑生動的美景，實在令人陶醉。「能不憶江南」？江南如此的美，怎不令人追憶呢？

第一首回憶江南的景致，畫面充滿明亮而愉悅的色澤，整體給人一種暖暖的、柔柔的春日溫馨感覺。接著第二首，作者寫自己最難忘的地方——杭州。空間上由廣闊的江南聚焦到杭州一地，時間上則集中在桂子飄香的八月。詞這樣寫：

江南憶，最憶是杭州。山寺月中尋桂子，郡亭枕上看潮頭。何日更重遊。

相對於前一首寫春日的美好，這一首則敘述秋夜的活動，寫一種曾經有過的悠閒的心境，體會過的清遠、壯闊的景象。

傳說每年中秋後，常有月中桂子落於杭州天竺寺。白居易在他的詩中亦常提到這件事。我們可以想像，詩人徘徊月下，流連在山中寺廟的桂樹林中，不時舉頭望月，不時低首看著地面，看看是否真的有桂子從月中落下，散在桂花影裡。悠然嚮往神話中的世界，是年輕歲月的一種浪漫情懷，不在實際去得到桂子，而是在遊賞中自得其樂。這種動作本身充滿著詩意，是一種對美的追尋。

山寺尋桂子，不一定能尋見，而到江邊看潮頭，則是實實在在地看見了。「郡亭」，指杭州郡衙內的虛白亭，亦稱虛白堂，位於鳳凰山後。白居易有〈郡亭〉詩：「況有虛白亭，坐見海門山。」海門，在仁和縣東北六十五里，位於兩山之間，浙江潮流到這裡，受到地形影響，翻湧為波濤，十分壯觀。

不像第一首只是景色的形容，白居易寫記憶中的這兩種活動，山寺尋桂、郡亭看潮，都是以人觀景的表現。不過兩句亦有所不同，上一句以動觀靜，下一句以靜觀動。而在動靜之間，桂子是由上往下落，尋而未見；潮水是從遠到近來，則看得見；一在高處，一在低處，交錯寫來，變化中有著一種不變的、對美好事物的喜愛心情。

「何日更重遊」，什麼時候可以再遊歷一番呢？這裡所指的當然不僅僅是留戀杭州這個地方，而是希望永遠不要失去這種愛美的心。

第一首是江南美麗風景的形容，給人留下深刻印象。第二首有「尋與看」的動作，寫出了杭州秋夜遊賞的心情。至於第三首呢，是追憶蘇州往事，著意在人情的美好：

江南憶，其次憶吳宮。吳酒一杯春竹葉，吳娃雙舞醉芙蓉。早晚復相逢。

所謂「吳酒一杯春竹葉，吳娃雙舞醉芙蓉」，就是一面品嘗美酒，一面觀賞美女雙雙起舞。這裡出現了味覺的意象。通常來說，各種感官中，味覺是最能召喚情緒記憶的。氣味撩起原初的感覺，喚醒當時的回憶，讓你情不自禁，無從設防。

「春竹葉」是對「吳酒一杯」的補充說明。竹葉，是酒的稱呼，即竹葉青。加一個「春」字，用以形容春日釀熟的美酒。「醉芙蓉」是對「吳娃雙舞」的描繪，以「醉」字形容芙蓉，是用更強烈的口吻，形容吳地的美女就像醉酒的荷花一般美豔動人。

這熱鬧的氛圍，男女互動的快意，在酒醉中激發了更多的濃情密意，著實令人沉醉。此情此景，離去之後，多年來仍繚繞心中。「早晚復相逢」，心裡多麼期盼，遲早會再到蘇州，遇上這些樂事。

8

這三首詞，空間上由泛寫江南，到專寫杭州和蘇州，地點有江水、山寺、郡亭和歌樓酒肆；時間上由春天寫到秋天，最後又寫到春天，其中包括白天與夜晚的景色。那景色呢，有江邊的紅花與水中的綠影，有月下尋桂與亭上看潮；有清幽淡雅的景致，也有男女歌酒的歡樂場景。各種視覺、聽覺、嗅覺、味覺的感官意象，更是交相併發，構成十分立體的記憶圖像。

三首詞寫對江南的追憶，一唱三嘆，好像《詩經》的三段組合方式。三首各有主題，然而詞調相同，有著同樣的句式與節奏，迴環往復，彼此相互呼應；又有著逐漸推展的機制，使得整體的記憶畫面是動態而有層次的，形成一種有機的組合。

它由不斷回憶導引出的情意，由「能不憶江南」，到「何日更重遊」，到「早晚復相逢」，就是從「江南既然那麼好，因此不得不想念」開始，寫到「有沒有一天可重遊故地」的想望，到最後發出更斷然的口吻說：「遲早會與江南碰面的。」真實地寫出了殷切期盼回歸舊日美好的渴望。

白居易之所以寫這三首詞，究竟出自怎樣的心境呢？他年少的時候，中原多難，曾經逃避到江南，流寓蘇杭，後來在唐穆宗長慶二年（八二二）出任杭州刺史，唐敬宗寶慶元年（八二五）改任蘇州刺史。所以他說「舊曾諳」，確實是他真正的經歷。

任蘇州刺史的第二年秋天，他因為眼睛患疾，無法再管理地方政務，於是回到洛陽。這時他已經五十五歲了。蘇杭美麗的景色在他心中留下了美好的記憶。回到洛陽之後，他寫了不少懷念江南的詩篇。今人多以為〈憶江南〉三首詞是白居易於唐文宗開成三年（八三八）在洛陽時所作，當時他六十七歲。

年華老去，追憶前事，產生無限的傷感，那是人之常情。唐宋詞中回憶往事的詞，通常都寫得很沉痛悲傷。在詞裡越是將歡樂的景物、人事形容得十分美好，相對地就會引發更深切的感受，寫出今日處境的淒涼、年華流逝的悲嘆。然而，白居易這三首詞在字面上卻沒有表現出過多的負面情緒。

六十七歲的作者，回想從前在江南蘇杭一帶的生活，記憶裡都是當地的景色之美和人情之美。雖然作者在詞的結尾說出了不能忘懷的心情，不知能否重遊的疑問，期盼早日能重逢的想法，但他沒有藉此而抒發今日的不堪、年老不中用的慨嘆。

我們要知道，在作品中寫出對過去某地、某事、某人的追憶，很多時候並不是針對真正實際的人事出發，表現為對某地、某事、某人的眷戀，而是借某個地方、某件事情、某個人的消失或離去，反映過去曾經有過的風光歲月、美好年華和夢想。白居易當然也會在今昔對照中感到有些事物已然消逝，引起淡淡哀傷的情緒。但他的詞不在感嘆今日的不好，反而是在回憶中重新肯定舊日生活的美好，因此在回憶書寫中樹立了一種典範，賦予懷舊主題正面的意義。

那有什麼意義呢？大概有三方面：

第一，作者刻意的書寫，將過去的美好留在字句間，構成流動、可感的畫面，這些景象便彷彿被凝定了下來，變成永恆的圖像，永不褪色。那是留住青春歲月、美好過去的一種方式。

第二，過於耽溺往日的美好，可能讓人產生更不滿於現狀的情緒，但從另一面來看，在現狀不堪的情況下，仍然能與過去的記憶連接，仍能品味那美好，起碼證明了生命中仍有值得留戀的事物，讓心靈不至於枯竭。正如吳爾芙（Adeline Virginia Woolf）在小說《燈塔行》（*To the Lighthouse*）所說的：「對往事的回顧，帶來了事物的連貫性和一種安定感，就像一顆寶石發出的光芒，驅散生命中的混沌。」

第三，讓自己的感官意識透過回憶書寫活動起來，跟自己的過去對話，會找到內在生命的歸屬感，並能散發出久久不見的生命光彩，也能感染他人，那是一種相當甜美而愉悅的經驗。

我們讀白居易的三首〈憶江南〉，看到他如何努力發掘記憶中美好的往事，寫來具體、真切、自然而感人，令人讀著也感受到江南的美麗與溫馨。因為覺得美好，所以值得回顧。而在回憶舊日美好的過程中，生命自然也顯發出光彩與意義。這是白居易詞帶給我們的啟發。

04 年華流逝的感傷

司空圖〈酒泉子〉

白居易的三首〈憶江南〉，在作者不斷的回憶中，其實仍隱隱透露出一絲絲美好時光消逝的感傷，只是作者沒在詞中明白說出來而已。我們都知道，詞所書寫的通常都是一些傷感的事件和心情。年華流逝是詞人常有的感嘆，詞中重要的主題。下面就借晚唐詩人司空圖的一首詞，談談這個題材所展現的精神特質。

司空圖是大家比較陌生的詩人，他的〈酒泉子〉也不像前面介紹的李白、白居易的詞那樣為人所熟悉，但他確實寫得很好，是一首很真誠的作品。因為真誠，所以情意感人。

況周頤《蕙風詞話》說：「真字是詞骨。」他認為詞的骨幹在一個「真」字。詞情是真還是假，怎麼去判斷呢？當然不是作者呼天搶地去言情說愛，唉聲嘆氣去言愁說恨，就可以遽然認定。簡單地說，可有兩個準則來判斷：一是看它的文辭理路，就是前後的因果關係，起承轉合的鋪排發展是否合理；一是檢驗如此表達出來的情意，衡量它所以形成的主客觀因素，並以我們實際的人生經驗，將心比心，以推斷作者所說的是否合乎常情。因此，合情合理是重要的依據。

我們就來看看司空圖的〈酒泉子〉：

買得杏花，十載歸來方始坼。假山西畔藥欄東，滿枝紅。　旋開旋落旋成空，白髮多情人更惜。黃昏把酒祝東風，且從容。

這首詞由敘事寫景，到抒情感慨，脈絡十分清晰。司空圖乃借花來寫情。傳統中國詩人為何特別愛詠花？我想，除了花之取材容易、形象具體鮮明、富有美感等因素外，更重要的原因是，花朵給人最深切也最完整的生命感。花從生長到凋落的過程十分明顯且迅速，而人的生死、事的成敗、物的盛衰，都可借「花」的情況來比喻，令人產生美好的一切終將失去，世間事物總是轉眼成空的感嘆。因此，它的每一個過程、每一個遭遇，都非常容易喚起人們的共鳴。

司空圖獨愛杏花，在他的詩集裡有多首歌詠杏花，尤其是故鄉杏花的詩。在這首詞裡，從他買下杏花，十年後由遠方返回家鄉開始說起。「買得杏花，十載歸來方始坼」，是說當年買了杏花，栽種下來，還沒等到花開就離開了，十年後歸來才第一次真正看到花開。「坼」字是裂開的意思，這裡是指花朵綻放。司空圖在這十年中回憶故鄉，不時會想到這杏花，並在詩中題詠，如今回家後第一次看到花開，興奮的心情可以想見。

下文隨即寫花開的景象。「假山西畔藥欄東，滿枝紅」，說杏花在園中的位置，它在假山的西面，芍藥欄的東頭，滿枝開得正紅。杏樹為落葉喬木，可長高到五至八公尺，而芍藥為多年生草本，高度約六十至八十公分，那麼杏花在這個方位，以假山較深的底色相襯，對照旁邊較矮的芍藥，已凸顯出它的姿態。而滿樹的紅花更顯得亮麗，令人感到賞心悅目。這兩句看似客觀描寫花開的狀況，其實作者愛賞杏花的心情已經不言而喻。

這首詞的上片著重敘事寫景，下片則因景色變化而抒發感慨之情。因為太珍惜這花了，當花開始凋謝，作者的情緒難免受到影響，喜樂之餘，頓生悲感。

杏花的花期在三、四月間，一朵花的花期只有短短七天，一棵樹的花期能維持二十天左右。它的花形好似桃花和梅花，含苞待放時朵朵豔紅，開花後隨著花瓣的生長，色彩由濃漸漸轉淡，到花落時就變成雪白一片。

「旋開旋落旋成空，白髮多情人更惜」，說花兒開得快也落得快，一忽兒全都成空。一句疊用三個「旋」字，把昨天花開、眼前花落，和若干天以後枝上花空的三階段情況，壓縮在一個句子中，寫出花期變化之飛快。「旋」是一個時間副詞，有頃刻之意，往往指事情發生非預先安排的狀況，有眼睜睜看著它那樣快速轉變，而給人始料未及、束手無策的驚覺和感嘆。

杏花的花期雖短，但這些語句從「滿枝紅」，隨即接著說「旋開旋落旋成空」，這樣敘述下來，筆調轉折之快，讓人感覺許多事情彷彿都是在極短時間內發生的，更強烈表達了好景不常、美好事物容易消逝的主觀認知。

花由紅豔而變得一片純白，然後空無所有，這對白髮老人來說，怎不會由花落想到自身，因而觸動一己更深切的愁懷呢？「白髮多情人更惜」，感嘆杏花之飄零，所謂悲物，正所以悲己，這就是一種感同身受、相知相惜的情懷。而人與物之間之所以能交流共感，無非是因為人之多情。因為多情，一方面會因物而生悲，另一方面卻又有著一份執著，表現為對事物依然有所期待。

所以最後說「黃昏把酒祝東風，且從容」。日暮黃昏，詞人在一天將盡之時，仍舊做最後的努力，舉起酒杯祝禱東風，希望它稍緩一點，慢慢地走，不要匆匆來去，殷切表達了想留住春光的意思。

∞

這首詞由種花、賞花、惜花，寫到希望春光暫留，讓花期可以稍稍延遲，始終未離杏花一步。作者借物抒懷，心情的轉變清晰可見。上片第二句押入聲韻，第四句押平聲韻，下片第二、第四句再呼應前面的入聲韻和平聲韻，形成四個段落，配合四種情境，聲韻轉折之間，配合未見花開到滿樹紅豔，從有到無，以及失落與期盼的情節，構成抑揚、跌宕的聲情與辭情，讓人讀來也感受到作者與花之間的真切情意，及其所流露對韶光消逝的感嘆。

我們接下來想探問的是，作者為何要以詞來歌詠杏花？

司空圖欣賞杏花，他對這杏花的眷戀並不僅僅是愛美的緣故。杏花代表春日的美好，他在詞裡敘述花開花落的過程，無疑是想藉此表達時光消逝的感傷。但這首詞不是一般的傷春之作，作者從十年前買花開始，寫到十年後歸來乍見花開的驚喜，沒想到隨即花落成空，轉折間有著自己悉心愛護的東西，卻如此無端消逝的頹然失落的悲感。正如前面所說的，悲物正是悲己，這位「白髮多情」的詞人正是借詠杏花，隱約寄託了個人的身世之感。

司空圖在這十年間究竟發生了什麼事？他自唐懿宗咸通十年（八六九）登進士第之後，即宦遊在外。唐僖宗廣明元年（八八〇）冬，黃巢攻入長安，僖宗奔蜀，司空圖扈駕不及，只好避居故鄉河中（今山西永濟）。這首詞大概作於回家後的第二年春天，即唐僖宗廣明二年（八八一）。從宦遊到返鄉作詞這一年，期間為十一年。所謂十載，當是舉其成數而言。司空圖尚有用世之心，突然遭此變故，感到十分愕然，自然產生很多感慨。這首詞就是在這種背景下創作而成的。

全詞始終寫花，從種花、賞花到惜花，隱含著作者對國家衰亡的憂思與惋惜之情。全詞寫得含蓄而悠長，讀之令人悵然。

詞作為一種抒情文體，鮮少在內容中直接述說家國之事，往往採用融情入景、運用典故的方式，表現為一種個人的感時念遠、自我傷感、因物起興之情。詞體之美，就美在它含蓄委婉，哀感而動人。

從創作上來看，司空圖是善於借外在事物寓託內在心曲的詞人。讀這一首〈酒泉子〉，如果知道它的寫作背景，看到作者寫杏花「旋開旋落旋成空」的現象，自然可聯想到，這畢竟是他本人十載功名剎那間成為過眼雲煙的真切體驗。一切美好的東西就是如此地脆弱，難以長存。而「白髮多情」人，之所以遙祝東風，希望暫留春光於人間，何嘗不是可讓人體會到作者的憂國之思，不忍任其快速淪亡的忠愛之情嗎？

不過，這些背景知識對於一般讀者來說，實在可有可無。詞主要是寫常人的境界，詞的文本內容就應該有足以讓人依據字句、意象本身，可感知作品的主題意識、作者的真切情意，沒必要一定得尋找本事來解釋。

司空圖這一首詞借花喻情，它的文辭字句、聲韻意象，與作者的內在情意構成一個整體，強烈表達了年華流逝的感傷，也流露出一種執著之情。就是說，它一方面以好景不常、人生易逝為主調，另一方面仍有著一份此情不渝的精神，形成一種詞的陰柔中有韌性的特質。這是詞的美感精神所在。

司空圖所謂「白髮多情」，正概括了一個人的生理和心理、形體和精神的整體，也是詞情既傷感、也帶著希望的象徵。司空圖這一首詞見證了唐宋詞人那種「人雖老，而心不死」的生命意志。這是我最希望大家能體驗的一種精神。

∞

這一講為大家介紹了唐代文人詞中的「常人的境界」。透過白居易的〈長相思〉、李白的〈菩薩蠻〉、白居易的〈憶江南〉和司空圖的〈酒泉子〉這四首詞，分別爬梳了唐代文人詞中幾種最有代表性的主題內容，包括「無盡相思」、「觸景傷情」、「回憶舊日的美好」和「年華流逝的感傷」等，這些都是文人詞最常觸及的人間課題。在表現形式上，這些詞篇也初步奠定了詞體以呈現相對性美感為主軸的抒情模式，形成一種可觀、可感的特質，足以動人情緒。這些主題內容和抒情模式，在日後的五代、兩宋詞的創作上都產生了深遠的影響。

之三

美麗與哀愁

花間詞的物質性與精神面

詞由中唐發展到晚唐五代，可以說已逐漸步入專業化的階段。所謂專業化，表現在兩個方面：一是詞的創作數量明顯增加；一是詞的質感更精緻，詞家的風格更顯著。《花間集》最能具體呈現這些特色。

《花間集》是五代時後蜀趙崇祚編的一本選集，一共選了十八家、五百首詞。歐陽炯〈花間集敘〉說：「則有綺筵公子，繡幌佳人，遞葉葉之花箋，文抽麗錦；舉纖纖之玉指，拍按香檀。不無清絕之辭，用助嬌嬈之態。」這是說在華麗的宴會上，公子哥兒將最華美的文辭寫在漂亮的紙箋上，而帷幔中的女子則舉起纖纖玉指，按著拍板來唱。他們所寫的都是清麗的文辭，用來配合嬌柔的舞姿。可見這本五代最具代表性的詞選，主要是為配合歌舞宴樂的演出而編選的。

《花間集》的內容多寫傷春怨別，寫景則普遍是庭園樓閣。用美麗的詞藻、婉約的手法，寫景言情，構成了一種精美細緻的藝術特質，含蓄幽怨而動人的抒情美感。這些融合了美麗文辭與哀愁情意的詞篇，究竟形成怎樣的美感特色，為詞體創造了怎樣的情感境界呢？這一講將透過幾首名家的詞，介紹幾種有代表性的情感樣態。

01

畫屏內外的無聊愁緒

溫庭筠〈菩薩蠻〉

溫庭筠是晚唐詩人，工於豔情詩的創作，風格綺麗，與李商隱並稱「溫李」。溫庭筠出生於沒落貴族家庭，富有天賦，文思敏捷。由於仕途困頓，常出入歌樓妓院。《舊唐書・文苑傳》說他「士行塵雜，不修邊幅。能逐絃吹之音，為側豔之詞。」根據這些資料，我們就不難知道，為什麼溫庭筠會成為重要的詞家，為花間詞人的先導，開五代、兩宋詞之盛，又與韋莊並稱「溫韋」。

第一，他精通音律，這是能成為填詞專業的重要條件。第二，他終日流連坊肆，與歌女樂工接觸頻繁，自然學會如何對應俗情世界的歌詞技法，創作出迎合大眾、易於傳播的題材。第三，他有詩人的才華。溫庭筠既長於寫豔情詩，他的詞風亦因此華麗濃豔，而其詞內容主要也以描寫美人的苦悶情緒、表現男女的纏綿愛情為主。

俗而不失雅，才能奠定在文學上的地位。溫庭筠的詞風，上承南朝齊、梁、陳宮體的餘緒，下啟花間派的豔體，是民間詞轉為文人詞的重要標誌。而自溫庭筠開始，詞體才具有自己獨特的風格，「詩莊詞媚」、「詞為豔科」的特色才得以確立。

花間詞人群中，大抵都以濃豔華麗之筆寫幽怨纏綿之情，而作為先導作家溫庭筠，他個人在此基本風格上，相對於其他詞人，創造了怎樣一種獨特的抒情模式呢？

過去對溫庭筠詞的批評，主要有三個論點。一是劉熙載說的「精妙絕人」——讚美溫詞很精緻美妙，超過一般人的表現，這著重於溫詞技巧精深、色澤華麗、極富修飾之美的特質。二是張惠言說的「深美閎約」——是說溫詞有寄託，所以深；濃麗，所以美；背景是整個宇宙人生，所以閎；寫出來的則是其中精粹，所以約。這顯示出溫詞的情感是配合著它特殊的形式來表現的，濃麗簡約中自有深切的情意，形成了一種獨特的抒情性。不過，傳統的詞論家往往罔顧文體的特性、詞人的時空環境，比附寄託，造成過度詮釋，產生很多弊端，也引起很大的反彈。

第三點是針對張惠言的「深美閎約」及其寄託說，王國維則不以為然，認為溫詞精妙有餘，但境界不高，並以溫庭筠詞句「畫屏金鷓鴣」來比喻他的風格。

這詞句出自溫庭筠的〈更漏子〉：「驚塞雁，起城烏，畫屏金鷓鴣。」寫春雨中花叢外傳來遠處的更漏聲，驚起了北返的鴻雁和棲息在城頭上的烏鴉，相對於此，房間內在屏風上用金飾裝貼或金線縫製的鷓鴣鳥卻無動於衷。溫庭筠藉此一動一靜的鳥兒情狀，暗喻閨中女子的命運，恰似那隻屏風上畫得漂漂亮亮的鷓鴣鳥，美則美矣，卻只是一種裝飾。好比一個貴婦人，生活雖富裕，精神卻空虛，缺乏靈動的生命力，反不如野外生長的鳥兒，有著自然的反應，生活過得自在。王國維引這一詞句，旨在批評溫詞徒具美麗細緻的外貌，內在情意卻不怎麼真切動人，是帶有貶意的。

我們要問的是：溫庭筠的詞真的只有形式美，沒有內涵嗎？王國維說：「能寫真景物、真情感者，謂之有境界。否則謂之無境界。」那麼王國維是否認定溫詞乃無境界之作，因為它沒有真感覺、真性情？真的是這樣嗎？

近代學者普遍採用比較折衷的觀點來看溫庭筠的詞，修正了王國維過於偏頗的看法，也反對張惠言、陳廷焯等清中葉常州派以事實論證詞情的那種穿鑿附會的寄託說，也不單從技巧層面去欣賞溫詞，頗能兼顧情感和形式兩方面，從溫庭筠特殊的抒情手法來了解他的詞情特質。我以為這是好的方向，回歸文本，正視文學中情感與美感的真正意義。

簡單地說，溫庭筠詞不是欠缺真情，只是不如王國維所期待的、喜歡的那一種類型罷了。關鍵就在表現的方法。形式不是孤立存在的，它對應著內在的情感，它們是互為一體的。怎樣的情意內容，就有怎樣的表現形式。

俞平伯《讀詞偶得》說：「飛卿之詞，每截取可以調和的諸印象而雜置一處，聽其自然融合，在讀者心眼中仁者見仁，知者見知，不必問其脈絡神理如何如何，而脈絡神理按之則儼然自在。」俞平伯明確指出了溫庭筠詞的一個重要特色：他的詞常以感覺與印象中的片段組合意象來呈現，情感隱藏在事物中。不是脈絡清晰、自然流暢的表現方式，情意在若有若無間。這正是造成溫詞之所以「深美閎約」的要素之一。

∞

近代普遍認為溫詞是純美之作，有刻意造境、客觀摹寫、含蓄言情的特色。下面我們就依據溫庭筠一首最有代表性的詞〈菩薩蠻〉，來看看它的敘述方式、臨場展現的手法，和篇章情節推進的模式等方面，如何有別於一般詞作，呈現出獨特的抒情效果。

小山重疊金明滅，鬢雲欲度香腮雪。懶起畫蛾眉，弄妝梳洗遲。　照花前後鏡，花面交相映。新貼繡羅襦，雙雙金鷓鴣。

〈菩薩蠻〉這首詞一開篇就說到屏風，即「小山重疊金明滅」。而這一節的標題是「畫屏內外的無聊愁緒」，我想藉這一首詞，介紹一種刻意用漂亮東西來遮蔽情意的態度與方式。

溫詞常常使用屏風的意象，那麼屏風在溫詞中究竟有什麼意義？在賞析〈菩薩蠻〉之前，我想先稍作說明。

前面引用的一句詞，「畫屏金鷓鴣」，撇開王國維用作批評溫庭筠詞的一種寓意，它其實是個很好的象徵。我簡單解釋一下：在美麗的屏風上繪畫裝飾栩栩如生的鳥兒，以假亂真，可以看見人性服膺物質後，失去精神自由的矛盾心理。而屏風作為一種區隔，或是一種心理的屏障，它正疊合著內外兩個層面，書寫物質之美是精神上某種自我矜持的表現，客體之中亦自有主觀的情。這是不能忽視的。

因此，不能單獨將詞句抽離整首詞的情境來理解。鷓鴣畫在屏風上，它是人為的設計，而非真的鳥兒，自然無法飛越這個屏障，但它不是完全死寂的物體。當作家刻意用鳥兒的意象，其實就暗示了詞中人被禁錮的無奈。當中或明或暗的都會流露出些許的怨嘆或悔恨，同時亦隱含一種掙脫的欲望，一點點期盼，即使十分微弱，可是這也是一種真實的情、一種生命情調，不能一概而否定它。

〈更漏子〉在「畫屏金鷓鴣」後寫道：「香霧薄，透簾幕，惆悵謝家池閣。紅燭背，繡簾垂，夢長君不知。」他說薄薄的花香透入簾幕，觸動樓閣上女子惆悵的情懷。背對著紅紅的蠟燭，把簾帷落下，進入夢鄉，你卻不能體會我的心情啊。這闋詞最後還是流露出對久久不歸的情郎的怨嘆，也存著一種對方能理解的想法。這是相對比較明顯的表現方式。

至於〈菩薩蠻〉呢，這一首詞則幾乎不動聲色，寓情於景，客觀描述幾個畫面，畫面中其實也隱藏著怨情。

〈菩薩蠻〉押四個韻，作者充分利用這個詞牌用韻的方式，安排了四個場景。每個場景都採用第三者的角度，客觀地借景物動作來呈現。而每個取景，觀看的方式各有不同，儘量不做主觀的論述，讓讀者自行組合這些畫面去感受、去判斷箇中的情意，因此留下了更寬闊的想像空間。

首先兩句是「小山重疊金明滅，鬢雲欲度香腮雪」。第一句描寫屏風上所繪重重疊疊的金碧山水，在晨光中閃爍的景象。作者故意在字詞上不表明是屏風，讓人驟眼看來以為是真實的自然山水美景。屏風在首句出現，設定了女子被隔絕、被拘限的閨中世界。

這和「畫屏金鷓鴣」的寓意作用一樣，「小山」的自然性和「金」的物質性同時具現在屏風上，而整句所代表的物體（畫屏）又與下一句人物的動作，亦構成物質與精神的相對性——這奠定了這首詞以客觀之物表達主觀之情的基本架構。

我們再來看這兩句的設計。它就像電影鏡頭的運作，早晨的陽光斜斜照在小山屏上，屏風上有重重疊疊的金碧山水美景，飾金的表面不時產生閃爍不定的光影；鏡頭慢慢推進，穿過屏風，便看見閃爍的光亮照到躺在床上那女子的臉上，因此她稍稍挪動身子，出現了「鬢雲欲度香腮雪」的動作和情境：美人初醒，鬢髮輕輕掠過臉頰。

所謂「鬢雲」，是說鬢髮如雲，而以雲來比喻鬢髮，乃形容它輕柔、流動的形貌。接著的「度」字，更展現出一種動態，「度」是掠過的意思。「香腮雪」呢，則是形容美人的臉頰既香且白。這整句的意境相當立體而靈動。首先，如雲之鬢，掠過雪一般的臉頰。作者特意用「雲」和「雪」這兩個字，加上第一句的「山」字，構成一幅完整的山水圖。山上彷彿有白雲繚繞，也有霜雪覆蓋，於是不知不覺地，這女子的容貌也化為自然風景的一部分，畫屏與美女都成為被人觀賞的圖像。

再來看兩句的構圖，色彩對照也十分強烈。先是晨光使屏風上的金碧山水閃耀發亮，然後是黑髮掠過臉頰，在黑的映襯下，凸顯臉頰之白，如雪一般。上句或明或暗，下句黑白分明，對比顯著，形成相當生動的畫面。

接著，第二個韻的兩句是「懶起畫蛾眉，弄妝梳洗遲」。這裡突然跳到女子已經起床、正妝扮的畫面。鏡頭拉遠一點，讓讀者看到她的全貌。她梳洗過後，畫上細長彎曲如蠶蛾觸鬚的眉妝。作者著意形容的其實不是她做了什麼，而是她的舉止態度。一個「懶」字，一個「遲」字，便可看出這女子晚起慵懶的姿態，故意拖延行動的表現。全詞中這兩句用動作暗示心情，算是比較正面一點透露女子內心世界的詞句。

那麼這女子為何這樣慵懶，她有什麼心事？下片的敘寫則不管怎樣都要有所交代。但溫庭筠採取的方式還是含蓄的，他用暗示的手法，以動作和畫面來呈現。

「照花前後鏡，花面交相映」，這是第三個畫面，又是不同的取景方式。對著前面的鏡子簪花，後頭再用另一面鏡子來照看，以確認頭上的花是否安插得妥當。而兩相對照下，頭上的花與美人的臉交相輝映，重疊一起。我們都知道，將物件放在兩面鏡子中間，兩相映照，經由多重反射，就會構成很多個影像。這是一個相當縱深的景，是由鏡面反射出來的。

這樣的設計真是匠心獨運。那相對交疊著人如花、花如人的景象，可見女子之美。但這也同時暗示了女子的命運亦如花，雖然美麗，卻容易凋零；花期有限，春亦苦短。作者用鏡中景象來表達，一樣地將人與物組合成一幅美麗的圖景。深一層看，鏡中的花，鏡中的人，畢竟都屬虛幻。

如花美眷最擔憂的是什麼？古詩說：「過時而不采，將隨秋草萎。」（《古詩十九首・冉冉孤生竹》）好花沒人採擇，如女子無人作伴，如此虛度青春，怎不令人憂懼？詞的最後兩句「新貼繡羅襦，雙雙金鷓鴣」，也是用暗示的手法透露這一心聲。這裡是說穿在身上新的錦繡絲質短上衣，上面有用金箔貼縫的成雙成對的鷓鴣鳥。這是一個特寫鏡頭，聚焦在華麗衣服的鳥圖上。

成雙成對的鳥兒圖案，正好於無言之中襯托出這女子形單影隻的寂寞，流露了一種淡淡的觸景傷情、顧影自憐的哀傷。但話又說回來，這兩句本身所呈現的也是一幅珍貴華美的圖案。一般來說，平常女子不是都羨慕過著這樣富貴的生活嗎？現在這件華衣不也正穿在她身上？

這首詞富有妝飾的效果，由屏風寫到眉妝，由鏡中花面交映寫到貼有金鷓鴣的繡羅襦，陳列出一幅幅的畫面，當中雖略略寫出女子慵懶的神態，但她終究還是其中的一道風景。

作者採取客觀的摹寫，看不到詞中人物的主觀情意，而是在刻意安排的場景中，讓人與物合成一個整體，顯見人是被命運所主宰的。人在其中亦非完全被物化，毫無情緒，只是少了一點自覺、一份熱誠、一點突破的勇氣，只有默默在承受罷了。雖偶有情感的觸動，哀嘆悔恨，卻也顯得無力。老實說，人活在美好的物質世界中，誰真的願意為了追求真愛，甘心拋棄生活的享受？這是浮華世界裡的悲哀。

∞

溫庭筠這類的詞寓情於景，創造了一種以美麗寓哀愁的抒情美感，寫出了物質生活中精神的空虛。這是俗情世界的真實面貌，需要我們透徹地觀察，同情地了解。所以說溫詞「深美閎約」，不是沒有道理的。溫詞確實做到簡單結合幾個印象或畫面，以呈現豐富的意涵，既華麗又深刻。

02

人花相映的繾綣之情

韋莊〈菩薩蠻〉二首

前面介紹了溫庭筠的〈菩薩蠻〉，談一種物質生活中無聊空虛的情緒。韋莊和溫庭筠並稱，他也是花間詞的代表人物。韋莊也寫過〈菩薩蠻〉，剛好可以拿來與溫庭筠的〈菩薩蠻〉對照，這樣我們就可以從中分辨花間詞的兩種重要風格、兩種不同的抒情方式。

這一節的標題是「人花相映的繾綣之情」。所謂「繾綣」，是形容情意纏綿、不忍分離的樣子。我故意用這一比較古雅的詞彙，無非是想藉此凸顯浮華世界男女纏綿情思的深層意義。

我們只要讀一遍韋莊的〈菩薩蠻〉，就會發現它所表達的情味和溫庭筠很不一樣：

紅樓別夜堪惆悵，香燈半卷流蘇帳。殘月出門時，美人和淚辭。　琵琶金翠羽，弦上黃鶯語。勸我早歸家，綠窗人似花。

溫庭筠的〈菩薩蠻〉是客觀的敘寫，借景喻情。而韋莊這首詞則以男子口吻，敘述和美人分別時的情景，帶有主觀的情緒。

王國維《人間詞話》說：「『畫屏金鷓鴣』，飛卿語也，其詞品似之。『弦上黃鶯語』，端己語也，其詞品亦似之。」王國維用「畫屏金鷓鴣」來比喻溫庭筠詞的風格；而韋莊的風格，他則用這首詞的「弦上黃鶯語」一句來形容。這兩個都是與鳥相關的意象，不過都不是自然生態中的鳥兒。溫庭筠和韋莊這兩句詞，在字面上都是漂亮的，符合花間詞的情調，然而在這美麗的畫面和美妙的聲音中，卻有著不同的情態和美感。

先看溫庭筠的「畫屏金鷓鴣」。這是質感濃密的畫面，美麗的鷓鴣只是屏風上刻劃描繪出來的圖案，用來比喻溫庭筠的詞情特色，是說他的情意往往隱藏在濃豔的字面後，是含蓄的，甚至有些隱晦，感覺上與人有些疏離，而不夠真摯熱誠。

至於「弦上黃鶯語」這句，也相當精確地描繪出韋莊詞的抒情特色。美人的心事不能直接表達，如黃鶯的鳴叫，但是只要秉持真誠的態度，透過琴弦，依舊可以彈奏出類似黃鶯清新婉轉的聲籟，優美而足以動人。好比作家主動投入情感去創作，真誠地向人訴說，那他的一字一句，化為美麗的文辭，也自然有動心之處。

所以，我們從「金鷓鴣」和「黃鶯語」這兩個不同的意象，大致就可以概括認識溫庭筠和韋莊兩家風格的差異：第一，溫詞托物寄情，採取客觀的摹寫，用筆濃麗，語意含蓄，而詞情深美，它在有無之間，給人許多想像的空間；韋莊則重在抒情，是帶有主觀情意的書寫，文辭疏淡，語意爽朗，在清麗秀雅的字句中，自然流露出真摯動人的情意。第二，溫詞所寫的往往是現實人生所同具的感覺與印象，韋莊寫的詞則多少投射了他個人身世的悲歡離合之感。

韋莊是怎樣的一個人，他又處於怎樣的時代？韋莊是晚唐著名的詩人，他年少孤苦，用心求學，中年時赴長安參加科舉。但不幸遇上黃巢事變，身陷兵中。後來由洛陽流寓江南，一直到唐昭宗時才考上進士，當時他已經五十九歲了。六十六歲時入蜀，為王建掌書記。朱溫篡唐後，王建據蜀稱帝，是謂前蜀，以韋莊為宰相，初步創立國家的制度。韋莊才思過人，豁達豪放，半生飄泊，所到之處都有所留戀。晚年入蜀之後，虔心學佛，性情舉止為之一變。

現存韋莊的〈菩薩蠻〉詞有五首，過去的評論家都以為這五闋詞一氣流轉，語意連貫，應該是一個整體，不應任意割裂。至於這些詞的創作年代，有的主張是韋莊晚年入蜀後追憶舊遊之作，有些則以為是他中年客居江南後所寫的。我認為韋莊一生，一半生涯在南北飄蕩，適逢國家動亂，他個人的經歷何嘗不是當時人普遍都有的經歷呢？而他的這些作品正反映了大時代的離愁別苦、思鄉懷歸、追憶舊事和借酒遣愁的各種情事，所以不必局限於一時一地，或者一事一人。

這裡要談的這一首〈菩薩蠻〉，是五首中的第一首，係以男子的口吻，敘述他與歌女依依難捨的離情。我們就來看看韋莊的用情態度，體察他詞中的繾綣情思。

詞的前兩句「紅樓別夜堪惆悵，香燈半卷流蘇帳」，即點出了離別的時間、地點和心情。在女子富麗的住所紅樓，以香料滲入油中所點的燈，映照著半捲的有五彩絲線製成穗子的帷帳。在如此美好又溫馨的地方，應該是共度良宵、盡情行樂的時候，卻成了男子在這裡的最後一夜。即將別離之時，那惆悵悲傷的心情叫人如何承受得了？

「離別的惆悵」是這首詞的主調，詞中所鋪設的場景、所形容的景色、所描繪的動作、所回憶的片斷，或者叮嚀的話語，無論美好的或哀傷的，無非不是想以最強烈的對比、最能相互映襯的方式，來強調離別對男女雙方是多麼悲傷的事，表現出那是一種令人難以忍受的惆悵之情。在這闋詞裡，作者構建了四層反差。第一、第二句用極富麗的陳設，反襯離別的心情，形成了第一層的反差。

接著是第三、第四句的情境，「殘月出門時，美人和淚辭」。一彎殘月掛在天空，象徵人間的缺陷，人即將要出門了，天上只有殘月相伴，對行者和送者而言，都是要面對的不和諧、不完美的狀況，能不令人更增惆悵！因此就逼出了美人的淚痕。這是真正分別的時候，景隨情轉，由室內溫暖的場景，變為室外冷清的場景，與第一、第二兩句就形成了第二層的反差。

上面四句由寫景到情，情緒由醞釀到宣洩，發展是十分自然的。離別時，送行的女子傷心落淚，情感表達直接；而被送的男子面對背後殘月映照，眼前女子痛哭，他不可能不傷心，只是壓抑著罷了。其實越壓抑，就越悲痛。所以在「美人和淚辭」的同時，男子想到昔日歌樂歡欣的場面。於是下片切換到之前或更早在紅樓的時刻。

「琵琶金翠羽，弦上黃鶯語」，是說琵琶琴面上的捍撥，鑲嵌著黃金翠綠色的鳥兒圖案，女子彈撥裝飾精美的樂器，聲調婉轉動聽，如同黃鶯歌唱。可見女子技巧高明，也可以看出她將情感融入樂音中，琵琶音色充滿著真切的情致。呼應第一、第二句的場景，這樣昔日歌樂歡欣的場面，與送別的當下就形成了第三層的反差。

前六句，作者以紅樓作為背景，用「香燈流蘇帳」的嗅覺和視覺意象，營造了相當溫馨旖旎的氣氛，而後再加上精緻美麗的樂器，和悅耳動人的音調，更創造了一個集視聽之娛的感官世界。在今天充滿著物質美的生活中，依然流動著一股自然生命的活力，一份真切表現的熱忱，那是難能可貴的。樂韻動聽，足以感人，便能引起共鳴，讓作為聽眾的詞人留下深刻印象，成為難忘的記憶。對女子而言，也許在意識到有人觀賞、如獲知音時，不知不覺地便透過樂音流露出真情，於是這樣的畫面，成為雙方共同的記憶。

最後兩句又從記憶回到當下離別那一刻，承接上片女子與男子含淚辭別的場面，由剛剛呈現的美妙樂音，突然又變成女子最後殷殷叮嚀的話語。這就構成了這首詞的第四層反差。

「勸我早歸家，綠窗人似花」，這兩句寫美人勸情郎早歸。她說自己會在綠窗閨室中，等待即將遠行的遊子。既然貌美如花，遠行的遊子如何能不疼惜憐愛她，而早作歸家之計呢？因為花期短暫，紅顏易老，偶一蹉跎，則縱使他日歸來，她也早已春歸花落，無復當年的年輕貌美了。這裡不從男子的角度敘說，卻從女子口中娓娓道來。因為傳統女子的生命價值往往只能在感情生活中獲得，不像男子可以有更多功名事業的追求，因此對於這些女子來說，失去了愛情，就好像失去了一切。她們面對離別之所以那麼悲傷，不是沒有原因的。

這兩句確實寫出了女子害怕年老色衰的事實，但往更深一層去看，她其實更擔憂的是歲月無情。因為時間不只會改變容貌，更會讓愛情的熱度消退，甚至完全消失。到那個時候，她的生命存在的意義和價值不就完全遭到否定了嗎？這樣看來，花不只是形容女子的容貌，更代表她的整個美好年華。

男女如果真的相愛，女子自然會期待男子早早歸來，男子也應能同情女子的處境，絕不辜負她的期待。但在愛情世界裡，人需要面對現實。人世間存在著許多主客觀的因素，造成諸多阻撓，一時間並不容易處理。尤其在動亂的時代，更令人難以自主。明知須早歸，但誰能保證不會耽誤歸期呢？女子說著「勸我早歸家，綠窗人似花」時，何嘗沒有這種隱憂？而男子聽著這一句話，也會有同樣的擔憂，憂心自己不能如願再與女子相逢。帶著這樣的心情面對離別，無疑更增添愁緒，於是就更加難分難解了。

∞

韋莊在這一首詞裡多少流露了他自己生涯經歷的心聲。所謂紅樓美人，應指某個歌樓女子，前面說過韋莊半生飄泊，所到之處都有所留戀，因此我們並不懷疑他與歌樓女子的用情是真的。

他的另一首〈菩薩蠻〉也說：

如今卻憶江南樂，當時年少春衫薄。騎馬倚斜橋，滿樓紅袖招。　翠屏金屈曲，醉入花叢宿。此度見花枝，白頭誓不歸。

這是寫他回憶當年在江南年少風流的往事，騎著馬兒，斜靠橋邊，歌樓女子都向他示好，盛意殷勤地招呼他。他走進屏帳曲折迂迴、掩映深幽的閨房裡，乾脆醉宿在歌樓妓院中。現在要是能再有那樣的遇合，見到如花一般的美女，他就是到老也不願離去。

這首詞的下片寫出一種風流自賞的神態，語意堅決，其實相當淒楚。正如俞平伯《讀詞偶得》裡所說的，這闋詞「說出了一種決心，有咬牙切齒，勉強掙扎之苦」。這也反映了時代的深悲。

面對離亂的世局，韋莊只能沉迷在溫柔鄉中，藉此來麻醉自己。他所到之處與女子都能以情相待，卻又身不由己，一旦分離，就會掉入惆悵不堪的境地。韶光流逝是男女雙方都憂懼的，女子獨守空閨，會感到年華虛度，而男子到處飄泊，無家可歸，更會增加歲月飄忽之感。

韋莊多情，能將心比心，〈菩薩蠻〉「紅樓別夜堪惆悵」這闋詞，正見證了這一份同理心。

總結來說，陳廷焯在《白雨齋詞話》中對韋莊詞的評論是很貼切的。他說韋莊詞，「似直而紆，似達而鬱，最為詞中勝境」。他指出韋莊詞最好的地方是，看似直率書寫，卻有纏綿之意，語調彷彿放達，其實情思鬱結。

我們讀的這兩首〈菩薩蠻〉，清楚地表現了這些特色。比如寫離別惆悵那一首，居室內外情景的交錯呼應，前後語句反差情調的安排，敘述的筆調相當流暢，而情意卻纏綿婉轉，那是顯而易見的。另一首則在豪宕疏闊的語氣中，隱藏著一種無可奈何的悲哀。兩者都不失花間詞應有的美麗與哀愁、相對卻融合一體的特質。

不過有別於溫庭筠，韋莊自有更深層的一面，這與他的個人經歷、他所處的大時代有關。由此可見，王國維用「弦上黃鶯語」來形容韋莊詞的風格，固然點出了韋莊以流利的語言表達主觀情意的特色，但還是不足以概括韋詞的內涵。韋莊的詞注入了個人的身世之感，抒發一己悲歡離合之情，箇中的苦悶、淒涼和無奈，幽怨纏綿，發而為文，有相應的反覆跌宕的表現，也更容易觸動人心。

8

雖然同樣是花間詞的代表，同樣以美麗的文辭表達哀傷的情思，但韋莊確實創造出一種與溫庭筠不同的抒情語調，正反應了他們面對情感的不同態度。溫庭筠採取比較疏離的態度，用客觀的摹寫方式，暗暗流露情感。韋莊則是直接介入的態度，用主觀的敘述方式，真切表現情緒。他們分別營造出靜態的和動態的美感，各有特色。那麼讀過了兩家的詞，你比較喜歡哪一家、哪一種情感表達方式呢？

03

流動景致與不渝之情

溫庭筠〈夢江南〉、孫光憲〈浣溪沙〉

前面分別介紹了溫庭筠寫物質世界中無聊的愁緒，和韋莊寫俗情世界中繾綣的離情。這一節則和大家分享另一種抒情模式，那就是「流景中的癡執之情」。在這一類詞中，作家將寫作場景移出了亭臺樓閣，讓詞中人物置身於自然景色中，透過流動畫面的陳述，導引出一種執著的、不能忘懷的情意。

為了更立體而完整地呈現這個主題，我將分別從女性角度和男性角度這兩個方向各舉一首詞來說明。從女性角度的，選的是溫庭筠的〈夢江南〉；從男性角度的，則選孫光憲的〈浣溪沙〉。

首先看溫庭筠的〈夢江南〉：

梳洗罷，獨倚望江樓。過盡千帆皆不是，斜暉脈脈水悠悠。腸斷白蘋洲。

溫庭筠詞的基本特色是濃豔，充滿華彩，多做客觀的摹寫，情意含蓄委婉。這首詞大體上雖然也是寓情於景，但筆調婉轉有致，語意明暢，主觀的情意有較為明顯的表露。這在溫詞中是另一種風格。

這首詞在時空情景安排上，採取流動變化的方式，因此它傳達的情意，較之前讀過的〈菩薩蠻〉那種以靜態景物、細微動作所呈現的幽怨情懷，相對來說，表現得更為激切，也更悲痛。換言之，這首詞有明顯的情節結構，隨著景物變化而生跌宕起伏的情緒。它充分表現了一種女子有所等待、而後落空、卻又不願放棄的執著之情。這首〈夢江南〉寫情之癡、情之真，在小詞裡是難得的佳作。

這首詞一開篇就說「梳洗罷，獨倚望江樓」，清楚地點出了這首詞的主題，寫女子登樓遠望，盼情人歸來的心情。「登臨念遠」，是人間普遍的現象，是詩歌中寫男女之情最常見的題材。之前談白居易的〈長相思〉時，就和大家談過離別帶給遊子和思婦相對的愁懷，如果男女雙方無法重逢，這離恨就永遠不能終止。這類的詞很多，溫庭筠這首詞之所以令人讚賞，主要在它的表現手法所造成的抒情效果。

詞中寫女子「梳洗罷」，從一個動作的結束開始。一則點出了時間，在梳妝打扮後不久，正是清早之時；一則用「梳洗」這一動作暗喻一種認真對待自己的態度，一反一般女子為離愁所困而顯現的疏懶精神。另一方面，這女子早晨一起床便梳妝打扮一番，證明她對愛情仍懷抱著憧憬與希望，她總以為遊子隨時會歸來，因此時刻都要妝扮好自己來迎接他。

古語說：「女為悅己者容。」意思是女子為了喜歡自己的男子而去妝扮自己，讓自己美麗。現在不少人反對女子這樣的態度。他們認為只為討好男性而去妝扮，實在太過被動，又缺乏自主性，讓自己快樂才是最重要的。所以有人主張，應改作「女為己悅而容」，只要自己覺得高興，隨時都可以美化自己。

不過，我們應該要能同情地理解，不必太過苛責傳統的女性。往深一層想，在真正的愛情中，男女彼此互動，愛情本身會激發出正向的能量，讓生命展現出光彩的一面。因為感到被愛而妝扮自己，不知不覺亦會因而更愛惜自己，更關心對方、體貼對方的感受，到這個時候，著意妝扮這動作已不僅僅是為別人，也是為了自己，以此見證愛情的存在。

所以這首詞以「梳洗罷」這一句起頭，無疑對我們了解詞中人的精神意態是有幫助的。因為有情，所以仍充滿希望，也會因失望而生哀怨。

打扮好後，就「獨倚望江樓」。一個「獨」字，讓我們看見她孤獨的處境和苦悶的心情。雖然孤單無伴，她仍有條理地過生活，仍願意登樓望遠，更可看見這女子矜持、執著而仍有所期待的一面。「江樓」，是靠近江邊的樓臺。「倚」和「望」是連動式，意思是倚著樓頭、望著江面，正表示她殷切期盼的情態。

第三、第四句是第二個押韻處，寫的是「過盡千帆皆不是，斜暉脈脈水悠悠」。「望江」

所見，是「過盡千帆」。原來樓上獨倚之人，眼中所見除了江帆之外，心無旁騖，可見她的專注，也是她癡情的表現。因為每一個帆影都帶著一點希望，都有載著愛人歸來的可能。「千帆」，不僅形容數量之多，也表示時間之久，同時暗示著女子等待的情深。而「過盡千帆」卻「皆不是」，原來充滿希望的，到最後竟一無所有，充分表現出等待的情苦、失望到極點的感受。

「千帆過盡」，一切都落空了，那麼還剩下些什麼呢？這個時候，人在望江樓中，驀然只見「斜暉脈脈水悠悠」。「斜暉脈脈」，意味落日餘暉映照在江面上，落日欲去還留，餘暉忽隱忽現，彷彿仍有著脈脈的情意。當然也有藉此來暗示女子因失望而凝愁含恨的意思。「水悠悠」，形容江水緩緩流逝、綿延不絕，也暗喻女子思念之深長和離恨之無窮。

總之，這兩句即景抒情，既寫等待而後失望，失望中有著一種幽怨不斷的情懷，而在變化中仍有著一份不渝之情。

最後一句說，「腸斷白蘋洲」。蘋，是水萍的一種，較荇菜、浮萍為大，夏秋開小白花，故稱白蘋。為什麼白蘋洲會令人腸斷呢？作者並未說明。南朝梁柳惲的〈江南曲〉說：「汀洲採白蘋，日暖江南春。」唐代趙微明的〈古離別〉一詩說：「猶疑望可見，日日上高樓。惟見分手處，白蘋滿芳洲。」白蘋洲指長滿白蘋花的水邊小洲。古時候男女常採蘋花贈別，因此白蘋洲往往代指分手之處。

那就可想而知，女子望著白蘋洲而傷心難過，可能是因為觸景傷情啊！最後她將眼光聚焦在白蘋洲，雖然這是個傷心地，會讓她更增惆悵，但這裡曾是互相表達愛意的地方，也是值得留戀之處。

這首詞由早起寫到落日，一段不短的時間，卻濃縮在幾個流動的畫面上，暗暗透露出女子心底轉折起伏的心情，筆意跌宕有致。篇幅雖短，含意卻深刻，而且餘味無窮。貫串這些情節的，其實是一份癡情、一種堅定不移的信念，朝朝暮暮總盼望情郎歸來。

面對時間推移，景物不停地變換，這女子影隻形單，獨倚樓臺，能不令人同情？但她自始至終專注地望著江面的動作，表現出的執著精神，正是支撐著她的力量。最後聚焦在白蘋洲，點出了愁恨的根由，就是從當初的分手開始的。意識到這一點，再次看到這個地方，自然會勾起許多記憶，能不令人腸斷？

有人批評溫庭筠這首詞的最後一句是畫蛇添足，大可改寫。他們以為「過盡千帆」兩句已含蓄委婉地道出了惆悵之情，而「腸斷白蘋洲」一句則點出實情，便感到了無餘韻。

我以為詞和詩是不同的，如果這是一首絕句，寫到「斜暉脈脈」一句結束，就好像李白送孟浩然的詩那樣，「孤帆遠影碧空盡，惟見長江天際流」，將情與景交融在一起，做到了含吐不露而餘味無窮，確實充滿詩意。但作為一闋詞，隨著樂音緩緩推進，由外而內，由景寫到情，是普遍的做法。而詞之為體，娓娓道來，最後寫出情的歸向，是有其必要的。

更何況從這一句透露出當初的分手處，回應今日之為離愁所苦，是很好的扣合。當初別離的時候自然難分難捨，對方也許給過她歸來的承諾，因此她仍懷有希望，不至於傷心欲絕。但隨著時間消逝，意識到對方終究不會歸來，那麼看著昔日分離的處所，遂令人特別感到悲傷。女子之所以「腸斷」，不就是因為太過執著於這一份情嗎？

∞

至於用流動的景致，表達癡執之情，以男性的口吻來敘說，又會是怎樣的情況？我們來看孫光憲的〈浣溪沙〉：

蓼岸風多橘柚香。江邊一望楚天長。片帆煙際閃孤光。　目送征鴻飛杳杳，思隨流水去茫茫。蘭紅波碧憶瀟湘。

孫光憲是花間詞人中填詞數量最多的一家，詞風清疏秀朗，氣骨遒健，風格接近韋莊，尤善於描寫水鄉風光，別具特色。這首詞是他的代表作。

上片說：「蓼岸風多橘柚香。江邊一望楚天長。片帆煙際閃孤光。」與溫庭筠詞一樣，寫臨江看船帆，不過溫詞是看著千帆來到眼前，孫光憲這首詞則是看著一片帆影遠去，角度不同，抒發的情懷也不一樣。這首詞寫人在岸邊遠眺，由近至遠，一句一景的推展，用遞增手法抒寫依依惜別之情，含蓄不露，充滿詩的意境，十分令人讚賞。

第一句在「風多」的綰合下，寫出秋日岸邊的紅蓼花隨風搖動，岸上的橘子、柚子樹傳來陣陣清香，充滿著視覺和嗅覺之美。第二句將目光轉向遠處，但見南方的天空，遼闊渺遠，一望無際，呈現出水遠天長的景象，是詞中很少出現的畫面。

而到了第三句，則妙在以「片帆煙際閃孤光」點染。王國維稱，這不只是佳句，更是有境界之語。遠處水天相接之處，煙靄茫茫，但見一片帆影在陽光映照下反射出一點白光。這句可說刻劃得精細入微。在這樣大的畫面上，閃現片帆和孤光，補襯出水闊天遠之境。而這樣的聚焦寫景，也隱約透露了詞中人凝望、癡望或悵望的神態。

下片「目送征鴻飛杳杳，思隨流水去茫茫。蘭紅波碧憶瀟湘」，由極目遠望的動作，自然引出思念遠方之情。「目送」和「思隨」兩句，沿著上片的天空和江水來抒發，觸景而生情，構思相當綿密。這兩句是互文，說的是目光和思緒都隨著飛鴻和江水，飛往、流向渺渺茫茫的地方。這裡的「征鴻」和「流水」固然是眼前的實景，也是與離情相關的意象——鴻雁會讓人聯想到書信往返，而流水則可寄託相思之情。

所以最後一句，順著水的流向，點出所思憶的地方，乃是「蘭紅波碧」的瀟湘。溫詞和孫詞，最後都寫出了一個景色，溫詞的「白蘋洲」是眼前的景象，孫詞的「蘭紅波碧」卻是難忘的記憶中的景物。這綠波映襯著紅蘭的美景，究竟是他曾經遊歷而愛賞的地方，還是懷想的人所居之處呢？這裡沒有說明，就讓讀者自己去領會吧。

∞

讀完這兩首詞，相信你對詞中以流動的景致傳達執著之情的抒情方式，會有更深切的體認。溫庭筠和孫光憲這兩位作家在花間詞「美麗與哀愁」的基調上，創造出一種動態的美感，是很值得欣賞的。

04 因物及情與沉醉忘憂

牛希濟〈生查子〉、韋莊〈菩薩蠻〉

詞中寫離別的詞甚多，花間詞中也充滿著與此相關的題材。這裡要談論的兩種深情，都和別離有關，一種是男女分別時表達的永不忘懷之情，一種是遊子離家在外、留戀某地不忍離去的複雜情緒。離別總是令人感傷，這兩類詞都寫出了遊子對情人、對家鄉的真切情意，而在表現方法上，因為用了更生動、更曲折的聯想和反襯，所表達的情意就顯得更纏綿、更哀傷。

第一種是「因物而及情」，就是透過事物來聯想情人，傳達綿綿不絕的情意，牛希濟的〈生查子〉可為代表：

春山煙欲收，天澹星稀小。殘月臉邊明，別淚臨清曉。　語已多，情未了，回首猶重道。記得綠羅裙，處處憐芳草。

牛希濟這位詞人大家比較陌生，他是花間詞人牛嶠的侄兒。他在五代時遭逢喪亂，流寓巴蜀，依靠他的叔父牛嶠過生活。在前蜀任官至御史中丞，蜀亡後，隨蜀主王衍投降後唐，被任命為雍州節度副使。《十國春秋》說他的文學勝過同輩文人，個性直爽，喜歡喝酒。他的詞風格接近韋莊，文筆清俊，比他的叔叔寫得好些。這首〈生查子〉在花間詞中算是上乘之作。

一首絕妙好詞要有美麗的文筆，也要有真切的情意，娓娓道來，讓人感受到作者創作態度上的真誠和作品文辭意境上的創意。《花間集》中有不少寫離別送行的詞，這一首寫得真摯自然，特別給人文辭清淺而文意蘊藉、情思既哀怨又溫馨的感覺，十分動人。

這首詞寫一對情侶在一大早即將離別的情事，短短四十一個字的篇幅，從晨光熹微開始，寫離別的狀況、離人的心情，然後寫出兩人纏綿的情意，再讓詞中人物用話語說出不會忘懷對方的心聲。由客觀情景寫到主觀情意，鋪敘相當有層次。因為有畫面、有動作，也有說話，寫來就好像戲劇電影一般，給人如在目前、頗為親切的感受。這是它成功的地方。而令人讚賞的是它的結尾，將眼前的離別推想到未來睹物思人的情節，更是別開生面，傳達了一種難忘之情，可以溫暖離人的心。

下面我們就沿著文本細細品味這一首詞。

「春山煙欲收，天澹星稀小」，這兩句像是先為下文的「清曉」二字點染。遠處的春山上，煙霧逐漸消散，而天空微明，星星稀疏而變小。這景象給人一片空闊、冷清的感覺，是從戀人眼中所看見的——天快亮了，一天即將開始，但對他們來說，正是逼近離別的時刻。這兩句非常生動地運用動詞和形容詞，將黎明時天色由朦朧暗淡，逐漸轉為清晰明亮的過程顯現出來，也反襯出戀人即將面臨離別而黯然的心境。

為加強離別淒苦的況味，作者接著用「殘月」這個意象來映襯人生不和諧、不完美的缺陷。「殘月臉邊明，別淚臨清曉」，一彎殘月照著女子的臉龐，眼淚在她臉上清楚顯現，這樣一個別離的清晨還是來到了。這裡殘月和淚珠相映照，描繪入微，寫出離別當下淒美的情境，相當哀婉動人。離別之淚乃見於外，離別之苦則藏於內，因此下片就從情意本身著筆。

「語已多，情未了，回首猶重道。記得綠羅裙，處處憐芳草」，話雖然已經說很多了，可是兩人的情緣還未結束啊，本來要轉身走了，還是回頭再次重複說那句話給你聽。是什麼話？就是「記得情人愛穿綠羅裙，顏色像青草一般，因而日後每見天涯草色，自生憐惜之意」，希望你相信我，我對你的情意是永遠不變的。

這兩句從所愛女子身上穿著的綠羅裙，聯想到一樣是綠色的芳草，表達了男子「愛屋及烏」、「因物及人」的一種情愫。天涯路上隨處都是萋萋芳草，隨時都會觸動人情，因為綠色的芳草會讓人想到綠羅裙，喚起對女子的記憶，那麼，那些芳草彷彿就是情人的化身了，看見它們自然就會引起疼愛之情。

南朝江總妻子有一首名為〈賦庭草〉的詩說：「雨過草芊芊，連雲鎖南陌。門前君試看，是妾羅裙色。」牛希濟的「記得綠羅裙，處處憐芳草」這兩句，似乎是從這首詩而來的。不過他別出心裁，在立意上更翻進一層，把許多層的心情意思揉合進去，顯得更為出色。草與羅裙同色，透過聯想，將自然景色與心中感情巧妙地結合起來，以此作為臨別贈言。主要是表示對這份情的眷戀，別後也難忘，那是一份承諾、一種溫柔的體貼，給對方一些安慰。這樣的結尾，為送別詞賦予更溫馨動人的情致。

以上是從遊子的角度來詮釋，但這闋詞也未嘗不能視作女子送別的詞。換言之，最後的話也可以說是女子的叮嚀，盼望離人觸物生情，移情及物，永不相忘。她希望離人日後看見路上芳草而記得穿著綠羅裙的自己，她衷心祈願兩人的情誼久久長長，遠遊他鄉的男子永不變心。意思沒有明說，又非說不可，於是含蓄地再次叮嚀這麼一句語，可見她殷切期盼的心情。

其實離別是男女雙方的事，無論是從男的或女的觀點來看這一首詞，都同樣表現出執著的熱誠。而面對離別，這首詞比較特別的地方，是把人人都有的經驗，以清淺的詞句，用「因物及情」的方式，含蓄又真切地表達了哀怨又溫暖的情意。作者確實善於言情。

∞

再來，我們看另一類和別離也有關係，表現得頗為灑脫、其實內心卻相當沉痛的詞。這是第二種深情的表現，「沉醉以忘憂」，韋莊的〈菩薩蠻〉可作為代表：

人人盡說江南好，遊人只合江南老。春水碧於天，畫船聽雨眠。壚邊人似月，皓腕凝雙雪。未老莫還鄉，還鄉須斷腸。

這首詞寫遊子離家在外、留戀江南、不忍離去的複雜情緒。它和白居易〈憶江南〉之眷戀江南生活，心態大不相同。白居易晚年緬懷過去，重新品味江南的美好，亦自有一番甜美的感覺。韋莊所處的時代，卻是動亂的世局，這首〈菩薩蠻〉寫一種無可奈何的生命抉擇，耽溺於江南的美景和生活，卻充滿著苦悶和辛酸。

開篇兩句說「人人盡說江南好，遊人只合江南老」，很明顯地表達了一種非心甘情願、卻不得不如此做的苦衷。遊子遠離家鄉，流落到江南，時刻都會想家，然而目前卻因為種種原因回不去了，所以他找到一個理由來說服自己：既然每個人都說江南那麼好，那我就應該終老於此吧。

「只合」這兩個字，流露出只好如此、合該如此，那種勉強的、妥協的心情。這樣說話直爽激切，好像都看開了，其實是充滿悲傷的。之前說過韋莊詞有「似直而紆，似達而鬱」的特色，這裡又是一個很好的證明。

下面四句「春水碧於天，畫船聽雨眠。壚邊人似月，皓腕凝雙雪」，分別寫出江南景色和江南人物的美麗。這些都是遊子住下來後，親身經歷所發現的事實，證明江南果然美好，以此來合理化自己的選擇，並強化一己的信念。第三、四句寫江南景色之美：春天的江水碧綠清澈，比天空更明亮，遊人還可以在畫有彩繪的遊船上聽著雨聲入眠。這兩句寫得有聲有色。第五、六句寫江南人物之美：酒家賣酒的女子如明月般光豔照人，賣酒撩袖的時候，露出的一雙手腕潔白如雪。這兩句亦寫得撩動人心。

就詞的體式而言，這兩組詞句分屬詞的上下片，理應有所區隔，但韋莊這樣寫來，似乎有意泯滅這個分際，一氣貫串，一景接一景地自然流動，頗能製造一種身在其中的喜樂氛圍。

另須一提的是，韋莊畢竟是個詩人，他的詞句不但美麗，含意也很深刻。這中間四句，敘寫江南風景人情之美，無論是明白的表示或用比喻的方式，其實涵蓋了江南四時晴雨日夜的景象，包括春水、夏雨、秋月和冬雪。「春水碧於天」，就是春天的景色。「畫船聽雨眠」，指的應是夏天的雨，夏日湖上聽雨別有風味。「壚邊人似月」，將人貌之美比作月亮，而最美的月色則是秋月。「皓腕凝雙雪」，形容手腕如雪之白，而白雪乃冬天的景物。江南一年光景，春夏秋冬，都這樣美好，遊子又怎能不喜愛，怎會不留戀呢？

這首詞最後說：「未老莫還鄉，還鄉須斷腸。」這兩句也有幾層意思。

第一，前面說「遊人只合江南老」，已經表明應該終老於此的，為什麼最後卻說「未老莫還鄉，還鄉須斷腸」呢？顯見人老了，還是要歸鄉。現在只是在拖延時間罷了，等老了再說。所以江南雖然美好，但畢竟不是自己的家，心裡不時仍會想著要回故鄉的。

第二，既然思鄉是實情，如此想家，為什麼不立刻歸去呢？年尚未老，則千萬莫還鄉，因為這個時候回去，「還鄉須斷腸」，回到家鄉後必定悲痛到極點。究竟家鄉發生什麼事，讓遊子不敢面對呢？我們可以從他選擇定居江南、耽溺於江南之「好」來推測，他的家鄉相對應該是處於「不好」的狀態。怎樣不好呢？從韋莊所處的時代來看，當時中原喪亂，他是避難來到南方的。因此他的詞句應該是說：今日若還鄉，目擊離亂，只會令人徒增悲痛，倒不如先客居江南，暫不還鄉，等待些時日，動亂平定後再做打算吧。

第三，問題是老了再還鄉，那個時候真的就會變好嗎？難道那時不會更悲傷難過嗎？這兩句何嘗沒有隱藏著一種對未來有所害怕的心情，就是即使老了還鄉，還鄉時和還鄉後也必定會悲慟不已，因為多年不見，恐怕家鄉人事早已面目全非。更何況客居江南，沉醉在這美好的地方，樂以忘憂，難道不會日久生情？那時若真要歸鄉，又如何割捨得了對江南的情分呢？

會不會就像唐朝劉皂〈旅次朔方〉詩所說的：「客舍并州已十霜，歸心日夜憶咸陽。無端更渡桑乾水，卻望并州是故鄉。」充滿著矛盾複雜的心境？那時作者會否有著同樣的感嘆：卻望江南是故鄉？

韋莊這一首詞明明是寫思鄉之情，卻不直接說出來，反而極力寫江南之美好，藉此掩蓋著思鄉的情緒，可是越壓抑，就越沉痛。韋莊確實寫出了離亂時代遊子苦澀的心聲。

我們讀了牛希濟的〈生查子〉和韋莊的〈菩薩蠻〉這兩首詞，應該更能加深對花間詞的情感世界和表現方式的認識。無論是「因物而及情」，還是「沉醉以忘憂」，都兼具優美的外在和哀怨的內在兩方面，構成了花間詞融合美麗與哀愁的典範特質。換言之，它們既反映了歌舞樓臺的物質美感，也呈現出人情世界的精神意境，讓我們了解，這些雖是歌詞，仍然有藝術價值，更有人文精神，值得欣賞與學習。

之四

憂時與傷懷

南唐詞深化的情感境界

西蜀花間詞的美麗與哀愁，它代表的是晚唐豔情詩的延續發展，給人風格雅麗濃豔的整體感覺。相對於此，比花間詞時間稍晚一點的南唐詞，它代表一種延續江南小調和唐代抒情七絕的傳統，發展出來的是比較清雅的格調。

花間和南唐，代表兩種文化。西蜀的都城，在長江上游的成都；南唐的都城，在長江下游的南京。西蜀的作者大都是一般的官僚，而南唐的作者則大都是統治階層的人物，代表作家是南唐中主李璟、後主李煜，和中主朝宰相馮延巳，他們的政治地位和文化水準高於一般的花間作家。因此，南唐詞雖然也大多是娛賓遣興之作，配合歌舞宴樂而填寫，大部分也是寫男女相思怨別、傷春悲秋的題材，但整體來說，格調比花間詞高雅，遣詞造句則更清新俊秀，比較能顯現作者的真性情。

南唐將近四十年的國祚，中主李璟及馮延巳執政的時期，正是由盛轉衰的階段，後主更是亡國之君，因此，他們的詞多少亦蘊含著時代的烙印，充滿著「好景不常、人生易逝」的哀嘆。詞中融合了個人的身世之感，無形中深化了詞的情感境界，而有著詩人興發感動的質素，因而容易觸動讀者的情緒。這是非常值得重視的一點，也是詞史的一大演進。

南唐詞人的憂時傷懷有怎樣的表現？他們又如何深化詞的意境？這一講將分別予以討論。

01

物我共感與情意轉折

李璟〈攤破浣溪沙〉、馮延巳〈謁金門〉

李璟和馮延巳表達「憂時與傷懷」的主題，相對呈現了靜態的和動態的兩種抒情方式。首先，比較靜態的表現，代表作是李璟的〈攤破浣溪沙〉。我們來看他如何藉物我共感，以傳達無窮的怨恨。

李璟，天性儒懦，素昧威武，在位後期國勢危殆，剛開始屈服於周，自去帝號，改稱國主，後又奉宋正朔稱臣，抑鬱而終。李璟多才藝，好讀書，頗具文學藝術才華。他的詞僅存四首，都寫男女情事，以清麗詞句寫幽怨的情思。其中尤以〈攤破浣溪沙〉一首最為膾炙人口：

菡萏香銷翠葉殘，西風愁起綠波間。還與韶光共憔悴，不堪看。　細雨夢回雞塞遠，小樓吹徹玉笙寒。多少淚珠何限恨，倚闌干。

宋代以來，很多人特別愛賞「細雨夢回雞塞遠，小樓吹徹玉笙寒」這兩句，然而王國維卻認為頭兩句「菡萏香銷翠葉殘，西風愁起綠波間」，「大有眾芳蕪穢、美人遲暮之感」，讚美它寫出了景物與人情融合的意境。其實全詞是一個整體，前後互相呼應。作者用了許多感官意象渲染情緒，每個句子都有作用，分別敘述了不同的事物所牽動不同的心情，很有層次地依循詞體往前推進的運作方式，寫出了一段由白天到晚上的傷感情事。

這是一首滿懷愁怨的詞。開篇兩句「菡萏香銷翠葉殘，西風愁起綠波間」，作者就先將主觀的情緒附加在外在的景物上，鋪染了一片哀傷的氣氛。

「菡萏」，是荷花的別稱。這兩個字相當古雅，給人一種珍貴莊嚴的感受，彷佛是從《楚辭》等古籍中走出來的。而使用「翠」字形容荷葉，也容易讓人聯想到翠玉那般的珍美。然而菡萏的香氣消散了，翠葉也凋殘了，那麼美好的事物，卻眼睜睜看著它們驟然消失、幻滅，怎不令人特別感到悲傷？但這首詞融情入景，沒有直接顯露出來，只說「西風愁起綠波間」。綠波蕩漾中，連西風都不免為香銷葉殘而愁苦起來。

這景象寫的是，由於荷花荷葉枯萎了，留下更大的一片湖面，西風吹拂著，泛起一陣陣的漣漪，很不平靜，令人不禁由此聯想：這些波痕不正是西風為同情花葉，皺著眉頭而生愁怨的樣子？但事實上，西風或綠波哪裡會有愁怨呢？「此恨不關風與月」啊。關鍵還是人，是人太重視情感，太執著於情了。不過這樣寫來，彷彿萬物都有情，都會因情而生愁，那麼人又如何能避免得了？

果然，下面兩句就由美好景物的凋零，聯想到自己的年華虛度，「還與韶光共憔悴，不堪看」。秋天本來就是令人感傷的季節。「韶光」，這裡泛指大好光陰和美好年華。是誰和「韶光共憔悴」呢？主詞就是人，就是看著荷花凋零的女子，她因為感同身受，體會到原來美好的景物和自己的美好年華，一樣都正由盛而衰，同樣都憔悴不堪，那麼她又怎忍心再去看這滿眼蕭瑟的景象呢？「不堪看」，三個字蘊含著十分深沉的感慨，無法承受的悲哀。

上片就景物來寫，下片則就人事來鋪陳。由物及人，因景及情，本來就是詞的一貫敘述模式。這首詞的上片表達了「好景不常、人生易逝」的感嘆。當人意識到世間事物都在變化，如果心有不甘，通常會強化自己的信念，以一種執著熱誠的態度加以對抗，表現為一種此情不渝的精神。這首詞的下片主要就是表達女子對情郎思念的情懷。

「細雨夢回雞塞遠」，這句強調一個「遠」字。「雞塞」，就是雞鹿塞，在今陝西橫山縣西北，一說在今內蒙古磴口縣，不過這裡乃泛指邊塞的意思。這句是說，窗外下著細雨，而剛從夢境中醒來，不知是雨聲把人吵醒，還是突然醒後聽到更添傷感的淅淅雨聲，反正已分不清楚了。在迷離的夢中，也許故人入夢，暫時得到慰藉，可是這個時候夢境卻破滅了，回到現實，感覺邊關真的好遙遠，自己與所思念的情郎遠遠相隔，不知何時能相聚？想到這裡，自然會更感孤單、空虛。

那麼如何排遣這份閒愁呢？下句說「小樓吹徹玉笙寒」。這句話強調的是一個「寒」字。在細雨樓頭，用玉笙整整吹奏了一曲，想藉此抒發心中的情意，卻得不到真正的紓解，反而因為身在高樓，身體感受著秋夜的寒氣，而玉笙嗚咽之聲迴蕩著，這時頓然感覺自己正在一片孤寒寂寞之中。環境是這樣的淒清，心境是這樣的悲涼，不能不使人潸然淚下，滿懷怨恨。

最後倚著欄杆，將先前渲染的悲苦情緒，以激切的語調、直白的語言一瀉而出，「多少淚珠何限恨，倚闌干」。「多少」，是很多，有多到數不清的意思。「何限」，是無限，有說不盡之意。整句就是說，有著流不完的淚、訴不盡的恨。「倚闌干」三個字寫出了一個動作，反映了女子難以自持，毫無依靠，只能勉強藉欄杆來支撐自己的悲哀。

這首詞的情景安排，由白天湖上蕭瑟的景象，寫到晚上好夢難成的心境；在感官意象上，加強了情人的隔絕、聲音的哀切，和心中淒涼的感受，最後逼出熱切的淚水來。整首詞敘述情感的發展，前後貫串，相當有層次，而且情景交融，渲染烘托，在珍美的事物中蘊含著深沉的悲哀，創造了一種含蓄蘊藉又相當感人的抒情效果。

可見，南唐中主李璟的詞，不僅僅是流連光景，而是有無限感傷的。所謂知人論世，如果能多了解當時南唐的處境、中主的心情，也許更能體會即使是小詞，也多少反映了詞人的感時憂國之思。

8

至於比較動態的表現，代表作是馮延巳的〈謁金門〉。我們要留意它的場景與動作變化，看它如何藉情意的轉折以凸顯主題：

> 風乍起，吹縐一池春水。閒引鴛鴦香徑裡，手挼紅杏蕊。鬥鴨闌干獨倚，碧玉搔頭斜墜。終日望君君不至，舉頭聞鵲喜。

馮延巳是李璟朝廷的宰相，他的詞作風格特色，下一節會有介紹。關於這首詞，我們先看一段李璟與馮延巳的對話。

據馬令《南唐書》記載：「元宗嘗戲延巳曰：『吹縐一池春水』，干卿底事？延巳對曰：未如陛下『小樓吹徹玉笙寒』。元宗悅。」元宗就是中主李璟。這個故事頗有名，馮延巳這首詞也因這故事而著稱。「吹縐一池春水」，這句話後來常被引用，作為「與你有何相干」或「多管閒事」的歇後語。其實，這句子放在詞的開端，和李璟的「秋風愁起綠波間」有異曲同工之妙。

這一首詞同樣是寫閨中女子思念情人的心情。「風乍起，吹縐一池春水」，是說平靜的池水被驟然一陣春風吹起了細紋微波。這既是寫女子行走在池塘邊看見的景象，也暗喻了某種情緒無端被惹起來的意思。觸景而傷情，是隨時都會發生的，讓人措手不及、難以提防。接下來，這女子行走在花徑小路上，一邊走一邊手挼杏花蕊，拋入水中，逗引鴛鴦為戲。然後寫她走到鬥鴨場，獨自倚著欄杆，因為有點累了，頭上的碧玉簪沒有扶正，斜斜的快要掉下來的樣子。她整天思念著心上人，但心上人始終不見回來，正在愁悶時，忽然抬頭聽見鵲鳥的叫聲，心中暗自高興，以為將會有喜訊了。

這首詞敘述也是十分有條理的，每一個韻交代一段情節，就像電影分鏡轉換的方式，將閨中少婦的行動、情思、態度，具體清楚地呈現，極為生動。

李璟的詞從帶著愁情出發，所遇到的、碰觸到的景物，莫不充滿著哀傷的情調。裡面的動作比較少，主要是借各種的視聽感官來渲染愁情，到最後才寫出傷離念遠之苦，以淚作結。

馮延巳的這一首〈謁金門〉，則在行動中與景物相接觸，逐漸顯現出內心的情意。在池塘邊逗鴛鴦，難道不會想起自己形單影隻嗎？所謂鬥鴨場，這不是昔日常與情人遊逛的地方？而今獨倚欄杆，又是何等的孤單難過呢？最後聞鵲而喜，好像帶著希望結束，但古詞寫喜鵲，不是說過「送喜何曾有憑據」（佚名〈鵲踏枝〉）？「終日望君君不至」，終究是無法迴避的事實，因此而生出的閒愁，恐怕是無法完全擺脫的。

所謂「風乍起，吹縐一池春水」，有其因，必有其果，那是自然而然會發生的現象。這是一個很好的暗示。我們內心的情緒，隨時都會受到外在景物的影響，心頭為此一動，心情便難以平靜，如水的波浪一般，不斷地擴散。而李璟所說「西風愁起綠波間」，真的是風的緣故嗎？當然不是。追根究柢，那是因為人間有情，人總有一份難以忘懷的情，那麼因情而生悲、觸景而生恨，自是難免的了。

∞

這裡介紹了李璟的〈攤破浣溪沙〉和馮延巳的〈謁金門〉，希望大家對「靜態的」和「動態的」兩種抒情方式，以及對南唐詞的情意特質，有個初步的認識。下一節會再仔細談馮延巳的詞，看他如何深化詞的情感境界。

02 濃麗之悲與執著之情

馮延巳〈采桑子〉、〈鵲踏枝〉

李璟留存下來的詞只有四首，無法充分顯現他的創作才華，也不足以反映他的時代。那麼，南唐詞的代表作家應該就是馮延巳了。

我之所以這麼說，主要是基於三個原因：第一，他創作的詞數量夠多。據中華書局一九九九年出版的《全唐五代詞》，收錄馮延巳詞一百一十二首，雖然當中有些詞互見於唐五代及北宋名家，但可信為馮延巳所作的實為一百首左右，在唐五代詞壇中算是最多的一家。第二，他的詞有顯著的個人風格，並且最能反映那個時代的特色。第三，他在詞史上有承先啟後的地位，他的詞對北宋初年詞壇的發展影響深遠。

馮延巳，字正中，廣陵人（今江蘇揚州）。延巳善於寫文章，多才藝，學問淵博，辯說縱橫。南唐中主李璟時為宰相。他頗熱中功名，恃才傲物，捲入當時朝廷黨爭甚深，樹敵也多。晚年雖努力做到持平、寬厚，人望稍稍有點回升，但據史書記載，還是毀譽參半的。

馮延巳以詞名家，有《陽春集》傳世。王國維《人間詞話》說：「馮正中詞雖不失五代風格，而堂廡特大，開北宋一代風氣。」所謂「不失五代風格」，是指馮延巳詞仍然多是「倚絲竹而歌」、「娛賓而遣興」之作，內容也大體不脫閨怨情懷、離別相思，抒情委婉，文采華美。此外，馮延巳部分作品流露出個人主觀執著的熱情與悲涼無奈的感慨，卻不拘限於某一事件，頗能化為普遍的經驗，富有深厚感發力量的情感意境，容易引起讀者共鳴，引發更深刻的體會與聯想。

王國維曾以馮延巳詞句「和淚試嚴妝」（〈菩薩蠻〉）來形容他的詞風。「和淚」是悲哀的表現，一種往下沉的心情。「試」，是努力嘗試。「嚴妝」，是裝扮整齊的意思。整句話是說：即使帶著淚水，心裡不好受，也要認真裝扮自己，保持著美麗。對著鏡子整理儀容，本身就有一份反省自覺，是一種心甘情願的抉擇。這種面對悲傷而仍充滿執著的熱情，是「知其不可而為之」（《論語．憲問》）的精神表現。那是馮詞的特色。

此外，馮延巳詞還有一個特色，就是在高華濃麗的筆調下蘊含著深沉的悲哀。這與他的時代身世有關。正如前面所說的，馮延巳是個熱中功名的人，他又生長在一個動蕩不安、爭奪權力的時代，他當宰相時遇到許多失意的事，他的政敵對他的排擠和攻擊，無所不用其極。

鄭騫先生有一篇〈論馮延巳詞〉的文章寫得很好。他說：「這樣的政治生涯使他的心情空虛、不安；而當時社會的普遍現象又是從來亂世所共有的現象，一面是黑暗與恐怖，一面是沉湎與放縱。政治的遭遇與社會的氣氛合併起來，使馮延巳總是抱著滿腔空虛苦悶，去過看花飲酒奢佚的生活。這與謝靈運的縱情山水是同樣的心情。所以馮詞的風格與謝詩一樣，在高華濃麗的底面蘊藏著無限悲涼。」鄭騫先生這段論述簡明扼要，十分精到地點出了馮詞的風格。

總之，馮延巳詞能藉小詞抒寫作者深沉又幽微的情思，遂使詞不再停留在應合歌舞生活、吟詠歌妓心情的豔曲範圍。馮延巳在五代詞人中，與溫庭筠、韋莊鼎足而三，影響北宋諸家尤其深遠。北宋初期晏殊、歐陽修詞就是繼承了馮詞的遺緒，在詞中可見到文人特有的高華格調和心境。

下面就以馮延巳〈采桑子〉為例，介紹他「高華濃麗的底面蘊藏著無限悲涼」的詞風。然後再分析他的〈鵲踏枝〉，看他如何以執著的態度證明存在意義的表現特色。

先談〈采桑子〉：

花前失卻遊春侶，獨自尋芳。滿目悲涼，縱有笙歌亦斷腸。　林間戲蝶簾間燕，各自雙雙。忍更思量，綠樹青苔半夕陽。

這首詞觸景感懷，沒有針對某人某事而發，只是寫一種普遍孤單寂寞的氛圍和感受。就是說，他寫的是一種不可明言、不可確指、非常沉鬱悲涼的感情。

這首詞文字清疏，流麗中有沉著幽深的情意。一開篇說「花前失卻遊春侶，獨自尋芳」，即鋪墊了憂傷的氣氛。「花前」，比喻春天美好的世界，而失去了同遊的伴侶，一個人卻還是要出遊賞花，那是不甘於寂寞卻也明知是自尋煩惱的舉動，表現出極度癡迷的態度。所謂觸景傷情，那麼「滿目悲涼」自是必然的結果了。

再退一步說「縱有笙歌亦斷腸」，既然滿眼所見都令人悲傷不已，即使有笙歌彈奏，帶來歡樂的氣氛，但因為無人為伴，反而徒生哀感，令人愁腸欲斷了。這裡用一個快樂的景象，反襯出「失卻遊春侶」的「悲涼」。笙歌是與人同樂才有意義的，情人不見，一切的歡樂就都不復存在。

下片也著意地寫個人失卻遊春侶而形隻影單的感受。「林間戲蝶簾間燕，各自雙雙」，看見在園林中自在的蝴蝶，雙雙飛舞；而簾幕間出入的燕子也是雙雙來去，無論是在庭園或是回到室內，蝴蝶燕子都各自成雙成對的，對照自己孑然一身，怎忍心再去想自己的事呢？就怕會觸動內心更多的悲痛，真的不願再去提它了。

可是「不思量，自難忘」，那是怎樣的心情呢？詞中沒有明白說出來，卻是以景作結。「綠樹青苔半夕陽」，寫夕陽半落，斜暉投映在庭園間綠樹青苔幽深之處。以溫煦的陽光，映照冷色調的綠樹青苔，尤其是半字，寫出陽光與陰影的對照，烘托出一片幽寂冷清、悽惻哀傷的意境。這更是「悲涼」畫面，要人「怎忍思量」呢？

「綠樹青苔半夕陽」這句話正可用來形容馮詞的風格，溫婉中有淒咽之音，氣象弘闊而幽深。這就是所謂「貴人的憂鬱」，是馮延巳地位雖顯赫卻不免於憂讒畏譏的心理投影。

∞

至於馮延巳詞如何表現執著的熱誠，我們就以這首〈鵲踏枝〉為例：

誰道閒情拋棄久。每到春來，惆悵還依舊。日日花前常病酒，不辭鏡裡朱顏瘦。　河畔青蕪堤上柳。為問新愁，何事年年有。獨立小橋風滿袖，平林新月人歸後。

這首詞寫一種常存心中的惆悵，難以名狀的憂愁。詞中的主人翁沒有明顯的性別，充滿了個人獨自承擔的孤寂之感，表現出相當鮮明的個性。

第一句「誰道閒情拋棄久」，一開篇就用反詰的語句表達了強烈情緒，一種在感情方面盤旋鬱結的痛苦。「閒情」，是指一清閒下來即無端湧現心頭的情思，相當於閒愁。「拋棄」，有的版本作「拋擲」，這裡有試圖將它忘掉、擺脫的意思。而後面用了一個「久」字，可見長久以來的一番努力。可是開端先用了「誰道」兩個字，原以為可以做到的，誰知卻竟然未能做到。有了這兩個字，於是「閒情拋棄久」所表現的努力終究就這樣落空了。誰說我早已拋開了那無聊情緒，不被干擾呢？

接著，作者就具體寫出那種欲拋卻拋不開的事實和感覺。「每到春來，惆悵還依舊」，可見這種情緒是周而復始、循環不已的。每當春天來到，惆悵的心情亦如故舊。一個「每」字，加一個「還」字，再加上「依舊」兩個字，加強了那種「惆悵」之情永遠都存在的意思，實在難以擺脫。所謂「惆悵」，是跟春天的到來有關的。春天帶來生機，而春天的精神在花身上，春花是青春、美麗的象徵，每年都以為可以珍惜花期，留住春光，但春光易逝、春花易落，而在春去春來中，心情總是混合著追尋與失落、期望與迷惘之感，總有著想留住美好卻留不住的悵然與無奈。這就是「惆悵」。

縱然惆悵依舊，明知會徒然落空，但詞中人物還是努力地想去消除這種情緒。他怎麼做呢？「日日花前常病酒，不辭鏡裡朱顏瘦」，他用的是一種相當激烈的、殉身無悔的態度去承擔這樣的悲痛，而且絕不迴避。因為珍惜春花的美麗，所以每天都陪著花兒，對花飲酒，喝個痛快，即使因此常常弄到身子不好，也不願意停止。「日日」這兩個字，可見他除了飲酒之外，也不知怎樣度日了。正因為「日日病酒」，就必然是「朱顏瘦」的結果。

「不辭鏡裡朱顏瘦」，是說即使攬鏡自照，發現紅潤的臉龐逐漸消瘦，也在所不惜。對著鏡子，表示自己明明知道情況的，卻依然用了「不辭」兩個字。因病酒而弄到容顏憔悴，也不加以推辭，可見他是故意用這種雖殉身卻無悔的態度去面對這一切。這是相當固執的精神，無非是想藉此證明為情而存在的意義吧。

下片寫室外所見所感，「河畔青蕪堤上柳。為問新愁，何事年年有」。河邊芳草萋萋，河堤上柳樹成蔭。見到這樣的景色，又暗自思量，為何年年都會新添愁怨呢？這正呼應前面「惆悵還依舊」的說法。如今又看到大自然一片新綠，不禁令人觸景傷情，產生物是人非的感嘆。年年此景，年年都生愁，那是無窮無盡的。

那為什麼說是「新」的呢？一則這首詞開端已經說過了，「閒情拋棄久」，經過一番掙扎努力之後，以為那樣的愁已經沒有了，現在居然又復蘇起來，所以說是「新」的愁。再則，強調這閒愁並非一成不變的，新與舊是相對的概念，有新的感覺，那是因為舊的未能忘懷；意識到新的愁，意味著同時也喚起了舊的愁怨。這樣新舊相疊，愁怨就越積越深了。

這裡還有另一層意思是需要注意的。為什麼害怕美好時光消逝？原因是情感沒個寄託啊。這句寫景的話，「河畔青蕪堤上柳」之所以觸動愁情，是因為跟人有關聯。草和柳這兩個意象，在中國詩詞裡往往都與離情相關。古詩說：「青青河畔草，綿綿思遠道。」唐詩說：「忽見陌頭楊柳色，悔教夫婿覓封侯。」（王昌齡〈閨怨〉）這些都是寫春天裡看見青草、楊柳，而想起離人的心情。那麼馮延巳這首詞應該也隱含著這樣的情意。

因此詞的最後兩句說，「獨立小橋風滿袖，平林新月人歸後」，寫他孤獨無伴，守候在橋頭，而清風吹拂著他的衣袖，一直等到一輪新月出現在平整的林木上，所有人都歸去了，他依舊守候著。詞人創造了這樣一個情境，讓讀者去感受詞中人立身在孤零無所遮蔽的小橋上，長時間在風寒的侵襲下，他心情的寂寞淒清。詞中人白天時在花前痛飲，晚上則久候橋頭，若有所待似的，充滿著淒苦之情。他已經因病酒而朱顏瘦了，現在又怎承受得了滿袖寒風？

馮延巳在這首詞裡寫出了心中永久常存的惆悵與哀愁，不拘限於現實的特定情事，而是傳達一種情感意境，表現為一種執著的癡情。後來柳永詞所說的「衣帶漸寬終不悔，為伊消得人憔悴」，也是這樣的精神。

∞

透過上面兩首詞的分析，我們可以清楚知道馮延巳詞有兩個主要的特色——高華濃麗的筆觸下，蘊藏著無限悲涼；而面對人間難免的哀愁，卻表現出執著熱誠的態度。這兩方面也正是馮延巳詞最值得注意的成就。

之五

今昔與真假

李後主詞的雙重對比性

這一講要和大家介紹的是南唐後主李煜的詞。之所以特別為李煜另立一單元，主要是因為他的詞內容豐富，有明顯的前後期差別，更能呈現詞體相對性的美感特質。更重要的原因是，李後主在詞史上有著非常重要的地位，他後期的詞以血淚寫作，不獨與花間詞的作風大異其趣，更是以詞書寫個人真實生命感受的開端。可以這樣說，李煜以他的個性才情、身分與遭遇，為詞體開創出新的境界。

這裡先就李煜的生平及其詞的基本特色，做個簡單的介紹。

李煜，是南唐中主李璟第六子，生於南唐烈祖昇元元年（九三七），卒於宋太宗太平興國三年（九七八），享年四十二。宋太祖建隆二年（九六一），二十五歲時嗣位為南唐國主，宋太祖開寶八年（九七五），三十九歲時為趙宋所滅。之後隨軍入汴梁，封違命侯，改封隴西公。他在汴京居住兩年多就去世了。有一說法是，他是被太宗賜毒藥而謀害的。死後追封吳王，世稱後主。

後主少穎悟嗜學，工書畫，精音律，能詩文，詞作尤稱上乘，才華更在他父親之上。他的性情真摯仁厚，不過處事優柔寡斷，原非經世治國之才，又逢國勢不安之際，終為亡國之君，看來是難以避免的。

南唐詞於花間詞外別開蹊徑，不再拘限於豔情綺思、侑酒助興之曲，漸能一抒詞人心聲，呈現高華的格調。在這個演變過程中，馮延巳可謂首開風氣，而二主繼之，當中尤以後主成就最受推崇。

一般論李煜的詞，都以開寶八年南唐國亡為界限，分成前後兩期。前期作品內容多寫宮中歡樂、男女情事，風格清新雅致，歷來評價頗為參差，褒貶不一。後期身遭亡國之恨，感慨遂深，詞作變為沉痛悲涼、哀怨鬱結，後世詞家所推許賞愛者，率為此類。不過，無論是歡娛或是悲愴，後主詞情意真摯、善用白描、氣象博大的特色，卻是前後一致的。

歷來對後主詞的評價，都認為他任性天真，直抒胸臆，情深意切，最能表現詞體感人的特性。王國維《人間詞話》對後主詞的三則重要評論，都是從這個基本認知上出發的。他說：「詞人者，不失其赤子之心者也。故生於深宮之中，長於婦人之手，是後主為人君所短處，亦即為詞人所長處。」王國維認為，詞人應該要有赤子之心，需要時刻保持一份純真，不受俗世所汙染，而李後主生長在深宮之中，備受婦人寵愛，撫養長大，這是他不能成為一位好君主的原因。可是，正因為這樣他才能保留赤子之心，這也是他作為一個詞人的優點。

王國維稱李後主是主觀詩人的代表。他說：「主觀之詩人，不必多閱世，閱世越淺，則性情越真，李後主是也。」就是說，世間的閱歷越少，越能保住純真的心，李後主就是這樣一位活在自我世界的主觀詞人。

但是身為國主，面對各種內憂外患的事情，內心又怎能不受到影響呢？後來面對國破家亡之痛，由一國之君變為俘虜，降為臣僕，彷彿從天上掉落凡間，他又如何能忍受這種屈辱呢？

後主的一生就是在極端矛盾的生活中度過的。他越是以感性的、主觀的態度面對人生，無法用理性的、客觀的態度去理解現實，他越想保存單純的生命情調，而不能踏實地去應付複雜的人事，在生活中產生如此巨大落差的情形下，他越會感到無助而絕望，陷入無窮哀痛的深淵而不能自拔，甚至感到人生的虛妄。

李煜的後期詞，就是用主觀直接的方式表達他悲痛欲絕的感受，都是「血淚凝成，感人至深」的詞。所以，王國維第三個重要的評論說：「詞至李後主而眼界始大，感慨遂深，遂變伶工之詞而為士大夫之詞。」詞發展到李後主，尤其是他後期的作品，已不是為配樂而填寫的歌詞了，它已經變成文人可以書寫個人情志、自抒胸臆的抒情文體。

因此，我們可以說，詞的境界因後主而開拓，而詞之有真生命，大概就是從後主開始的。

誠如前面所述，依據後主的生平，他的詞可以分為前後期。前期之旖旎歡樂，後期之沉痛悲涼，形成強烈相對的意境相當明顯。歷來評論多讚賞他的後期詞，而貶抑他的前期詞。其實前後期是相對的，要真正了解後主後期詞之佳妙，必須先認識他前期詞的好壞之處；再者，如果沒有前期的過度耽溺於歡樂，就不會有後期的過度悲痛，那是相對激盪出來的情緒。

更何況，前後期的表現都來自同一個生命體，李煜雖然面對不同的生活，表面上有快樂與悲哀的差別，但實際上都是他真實的體驗。「真」這一特質，是貫串李煜他整個生命的。劉毓盤《詞史》說：「於富貴時能作富貴語，愁苦時能作愁苦語，無一字不真，無一字不俊。」能於樂中寫樂、苦中寫苦，真情流露，直言不諱，作為詞人能夠如此縱情任性，真率自然地表現自我，確實是後主難能可貴的特質，尤其令人疼惜。

後主詞在情意內容上有雙重的對比性，一是就其生涯經歷來說，有前後期之分；一是就作者認知上來說，尤其在他的後期詞中，有著真實與夢境之別。在這一講裡，我會先介紹李煜前期詞的歡樂情境，分析他「樂以忘憂」的心理因素，然後以此為基礎，談論後主的後期詞中「往事不堪」、「舊歡如夢」和「虛妄人生」等主題，看他如何在今昔對照、夢境與真實的矛盾掙扎中，激起悲痛的詞情。

樂以忘憂

李煜〈浣溪沙〉、〈玉樓春〉

李煜「於富貴時能作富貴語」，而他前期的作品中，寫出了怎樣的宮廷詩酒歌舞生活的歡樂情形呢？我們先來看這一首〈浣溪沙〉詞：

紅日已高三丈透。金爐次第添香獸。紅錦地衣隨步皺。　佳人舞點金釵溜，酒惡時拈花蕊嗅。別殿遙聞簫鼓奏。

古語說：「帝王文章，自有一般富貴氣象。」（宋陳善《捫蝨新話》）這一首是南唐尚未亡國前，李煜所寫的宮中行樂之詞。這時候的江南物產豐饒，而君主享樂極其侈靡。詞中展現出來的宮中氣象富麗堂皇，非一般閨閣庭園詞作可以比擬的。

這首詞寫出了一種永無止盡的青春享樂的情境。詞的開篇說「紅日已高三丈透」，太陽已上升到三丈的高度，指天已大亮，時候不早了。「透」，有超過的意思，是說日高三竿，時間已晚了。詞的敘述角度，是從高處往低處去寫的，反映了帝王居高臨下的氣勢。也有借日光斜照宮內，為暗處打燈、聚光之意。這樣的一句很巧妙地告訴讀者，這是延續昨晚的狂歡活動，通宵達旦而仍未結束的情況。

「金爐次第添香獸」，宮中人依序、逐一地為金色香爐添加獸形的香料。香爐當然是放在桌案上的。陽光斜斜照著，光影掩映間，香煙繚繞，增加了浪漫、溫馨的感覺。

接著說「紅錦地衣隨步皺」，順著光影寫到地上的畫面。「地衣」，是指覆蓋在地面上的絲織物，就是現代的地毯。這一句是說，紅色錦緞地毯在舞女急促進退旋轉的腳步下而生出了皺褶。

詞的上下片通常會有明顯區分，藉情景、內外、今昔的相對情境來做安排。這首詞卻似有意地泯滅了上下片的界線，順著前句，帶出宮女跳舞、尋歡作樂的樣態。「佳人舞點金釵溜，酒惡時拈花蕊嗅」，是說舞女隨著音樂節拍而躍動迴旋，因為動作激烈，以致金釵從髮鬢上滑了下來。酒醉了，卻不時以手拈花，嗅花蕊以解酒。跳舞而致金釵溜地，酒醉乃致嗅花來提神，可見極度歡樂已露疲倦之態，卻意猶未足。

「別殿遙聞簫鼓奏」，這個時候竟又聽到別的宮殿遠遠傳來簫鼓奏樂聲。用「別殿」來映帶皇宮正殿的歡宴情況，寫出了處處繁華的景象。下片由近而遠，正是以遠處的景象反襯出此處的無比歡娛。

整首詞充滿動態，感官意象清晰，兼視覺、聽覺、嗅覺、味覺之美。最後寫累了、倦了，又再起來的意興，表現出一種永無終結的歡愉。而慵懶與輕俏的結合，由此處連接到別處，幾乎讓人相信青春與歡樂是永不消逝似的。這是李煜早期生活的寫照，極端沉醉在聲色之中。

下面這首〈玉樓春〉，則更是他早期詞的代表作：

晚妝初了明肌雪，春殿嬪娥魚貫列。鳳簫吹斷水雲間，重按霓裳歌遍徹。臨風誰更飄香屑，醉拍闌干情味切。歸時休放燭花紅，待踏馬蹄清夜月。

這首詞也是寫南唐宮廷歌舞宴樂的盛況，時間是在春天的晚上。連著上一首來看，就更清楚地了解李煜日日夜夜笙歌宴飲、縱情歡樂的生活狀況。這一首〈玉樓春〉寫出了一種濃豔富麗而不失清雅脫俗的風情，氣象萬千，非一般文人的生活世界所能想像。

詞的上片主要是寫宴樂的盛大場面。首兩句「晚妝初了明肌雪，春殿嬪娥魚貫列」，先是寫宮女晚上剛梳妝完，明淨的肌膚如雪一般的白，然後寫她們在春日的御殿裡出場的動作與畫面。宮女依次排列，如魚兒在水中游動般，先後連貫成行。她們隊列整齊，看得出訓練有素。

接著，敘述她們登場表現歌舞的情景，「鳳簫吹斷水雲間，重按霓裳歌遍徹」。樂工吹奏鳳簫到了極致，樂聲如流水行雲，悠揚不絕，而且重新按拍演奏整套的舞曲〈霓裳羽衣曲〉。這裡描寫樂器之精美，舞曲演出之盛大，也透露出樂音傳播空間之遼闊，表演時間之漫長。這樣的場面、這樣的歡樂，真是極盡精美、奢華表現之能事。

所謂「吹斷」，是吹簫盡興而達極致之意。「重按」，再按拍而奏，即重奏的意思。作者使用這些字詞，表現出一種耽於逸樂的放縱心情，而且也相當傳神地為音樂賦予了強烈的感情色彩。所謂「水雲間」，是形容樂聲如行雲流水般悠揚清遠。水雲，泛指所有空間，以水代地，以雲代天，通常用來形容樂音悠揚，所傳之空間遼遠。而「歌遍徹」，意思是從頭到尾演出全套舞曲。遍，指曲調的段落。徹，指大曲中的最後一曲，即終曲。演奏一整套舞曲，可需要相當長的時間。

「重按霓裳」的「霓裳」，指的是〈霓裳羽衣曲〉。據陸游《南唐書．后妃諸王列傳》記載，大周后善歌舞，尤工琵琶。〈霓裳羽衣曲〉是盛唐時著名的宮廷舞曲，亂離之後就失傳了。後來大周后得到殘譜，加以整理，用琵琶來彈奏，於是開元、天寶之遺音又再度傳於世。李煜因為大周后好音律，因而也深切愛好。這個時候在宮中演奏起來，自然歡欣無比。

上片寫嬪娥之美、嬪娥之眾和歌舞之盛，表現了極端享樂縱逸之情。這首詞和上一首一樣，也沒有明顯的上下片之分。好像歡樂的情事不曾停止似的，下面繼續寫另外的感官享受。「臨風誰更飄香屑，醉拍闌干情味切」，寫殿中香氣氤氳與人之陶醉。據傳後主宮中設有主香宮女，掌焚香及飄香之事。這裡是說，宮女隨風飄灑香料粉末，增加了嗅覺的享受，而人陶醉其中，情味越來越深濃，不自覺地拍打著欄杆來應和，顯見觀眾的熱情投入。

這首詞中間的四句，有聽音樂、賞歌舞，也有聞香氣、品美酒，正是極色、聲、香、味之娛，令人心曠神怡，興奮不已。

結尾兩句，「歸時休放燭花紅，待踏馬蹄清夜月」，是說歌舞宴罷之後，毋須點燃蠟燭，就讓馬蹄踩著清麗的月色歸去。寫曲終人散，但興猶未盡，仍帶著愉悅的心情，讓自己走在踢踏的馬蹄聲和清朗的月色中，陶然如醉。那是多麼令人悠然神往的意境啊！李煜這首詞在熱鬧之餘，仍有清雅之賞，可以看見作者身上充盈著文人騷客的雅致逸興，以及一片單純愛美之心，那是一種真性情。

∞

以上兩首詞都用極輕快的語調，真切地表達了宮中行樂的歡愉氣氛和興奮心情。如此盛大的排場，富麗的景物，高華的格調，表現出來的極端沉醉癡迷、縱情任性的態度，都已突破花間小詞的格局，都非普通詞人所能經歷、所能創作的意境。

然而，我們不禁要問：詞人李煜真的是樂在其中嗎？這是他創作出來的詞的世界，當然是以他的宮廷生活為藍本。他過著這樣的生活，創作出這樣的詞，表面上看來充滿歡樂，也表現出他的任性與天真。可是在這歡樂情境的底下，有沒有隱藏著他不願、也不能面對的真正的自己呢？

俞陛雲《五代詞選釋》說李煜是「無愁天子」，〈玉樓春〉「詞極富貴，而〈浪淘沙令〉『流水落花春去也，天上人間』，又極淒惋，則富貴亦一場春夢耳」。過去一般的評論家都認為李煜後期詞之所以如此淒婉，是因為對照前期生活和詞中的富貴感而產生的。

過去所有的歡樂就如一場春夢，雖然美好，卻如此短暫。從帝王到囚犯，身分的變化、生活的落差是如此之大，激起的悲喜情懷相對就非常強烈。因此李煜歡樂時歡樂，悲哀時悲哀，真實地表現在他的詞作裡，那是相當清楚可見的。他自始至終都是一個縱情任性的人，所以無論前後期是寫富貴或寫愁苦的作品，都是他的真性情、真感受。這一點，我們並不懷疑。

不過，說李煜是「無愁天子」，他真的無愁嗎？

如果往心理底層去看，李煜真實的內在世界又是如何呢？他如何面對國家的危殆、政治的動蕩、身世的際遇？他如何面對焦慮、不安與極度的憂鬱？他採取的方式，出自他心理上的防禦機制。前後期兩種極端的表現，過度的喜與過度的悲，應該都是同樣的心理——無法真正面對現實而故意逃避的方式。

為了拒抗現實的殘酷，前期詞所寫的笙歌醉夢，刻意敘述無窮歡樂的場面和心情，寄託了一種「但願長醉不願醒」（李白〈將進酒〉）的心願與想望，難道不是他自我陶醉、自我欺騙的一種方式，自己製造出來的一場夢境？

在前期的詞中，李煜寫的盡是詩酒歌舞的生活、溫馨旖旎的情態、相思怨別之情和山水隱逸之趣，絲毫不見現實殘酷生活的反映與感受，可以看出作者徹底採取的迴避態度。不過，雖然他都信以為真了，但畢竟這些都是假象。後來當這場編造的夢被戳破了，面對國破家亡而淪為臣虜的悲慘現實，李煜實在難以自持，整個人生好像突然垮了，他就只好躲入夢中世界，尋求片刻的歡樂。

02

往事不堪

李煜〈破陣子〉、〈虞美人〉

在內憂外患之際，李煜前期詞那種「樂以忘憂」的生活態度，其實是一種逃避現實的方式。如果一直都能如此，活在自己編織的美夢中，李煜可以說是有一個快意的人生。但問題是他無法避免政治的迫害，等到國破家亡了，他不得不面對殘酷的人生。

三十九歲那年，南唐為宋所滅，後主和家人被押解到汴京，初封違命侯，後來改封隴西公，雖仍保有爵位，卻是被軟禁的，在汴京住了兩年多，鬱鬱寡歡，不久便去世。從前的歡欣喜樂，轉眼成空，如一場春夢。

後主被俘，離開故都，渡江時寫了一首詩〈渡中江望石城泣下〉：「江南江北舊家鄉，三十年來夢一場。吳苑宮闈今冷落，廣陵臺殿已荒涼。雲籠遠岫愁千片，雨打歸舟淚萬行。兄弟四人三百口，不堪閒坐細思量。」寫亡國後的落魄和淒涼心境，之前繁華的宮殿，現在變成一片冷落荒涼，眼前盡是愁雲殘霧，雨如淚下，目極傷心。而絕望無依的兄弟四人和家眷都已不堪愁苦，無法安閒地坐著，不斷細細思量。想些什麼呢？恐怕千頭萬緒，理也理不清了。

到汴京後，無論身分地位、生活環境、心情感受，都有極大的變化，所謂天上人間，相距甚遠，落差非常大。因此，前後期的生活和心境形成的對比，反映在詞中，無論語調、內容和風格都有很大的差別。

我們如果仔細去觀察，會發現李煜前期之耽溺於歡樂，無非是藉此麻醉自己，是無法面對現實的一種逃避人生的態度，本身已混淆了事實與假象；後來面對囚虜的生活，他同樣採取逃避的方式，只圖醉夢中尋求慰藉，過著自我封閉的生活，哀痛逾恆。相對於前期詞過度的歡樂溫馨，後期詞充滿著哀愁怨恨，則是另一種極端。今昔生涯變化越大，產生的張力越強，激起的情緒就越強烈。前面介紹詞的特質時已提過，詞體往往呈現一種相對性的美感，而李煜後期詞在這方面的相對性美感特質相當顯著。

李後主詞比一般詞人複雜的是，它有雙重的對比性，也就是它有兩個層次：第一個層次，相對意境是今與昔，過去與現在，就是前期之旖旎歡樂，對照後期之沉痛悲涼；第二個層次，相對意境是夢與真，夢境與真實，就是現實的囚虜生活與逃避到夢中世界的對照。前者是以真為假，不願正視殘酷的現實；後者是以假當真，耽溺在虛構的夢中。

這一節要談的主題是「往事不堪」，就是明顯意識到今不如昔，產生了不堪回首的悲嘆。李後主此時頓然感到現在真的不如過去，而令他最難接受的事實，就是從一國之君變成被押解的囚虜。他的詞〈破陣子〉記錄了這時候的心境：

四十年來家國，三千里地山河。鳳閣龍樓連霄漢，玉樹瓊枝作煙蘿。幾曾識干戈。一旦歸為臣虜，沈腰潘鬢銷磨。最是倉皇辭廟日，教坊猶奏別離歌。揮淚對宮娥。

這首詞緬懷過去的美好，正點出今日的悽慘，充滿無窮的悔恨和悲傷。「四十年來家國，三千里地山河」，南唐疆域遼闊，統轄三十五州之地，號為大國，然而這個王朝不到四十年便滅亡了。李煜是在南唐開國那年出生的，他三十九歲那年亡國，剛好經歷了整個南唐歷史的盛衰變化；三十九歲之後，他最美好、最風光的歲月結束了，從此是另一階段的苦難人生。

回憶之前的生活，華麗的宮殿樓閣，建築雄偉，上與雲天相接，而園囿中的奇葩異卉籠罩在煙霧中，枝條分披纏繞，一片繁茂蓊鬱的景象。所謂「鳳閣龍樓連霄漢，玉樹瓊枝作煙蘿」，給人高高在上、彷彿與世隔絕的感覺。因為是這樣的自我封閉心理、刻意打造的夢幻世界，當然對家國危難的處境採取的就是一種拖延的處事方式。

「幾曾識干戈」，誰知道戰爭是怎麼一回事呢？當時渾渾噩噩的，總不願認真面對。但寫這首詞的時候，他越是將不識干戈的原因推給那樣的生活方式，越顯得他心中的不安，現在悔之已晚了。

可是不管你知不知道戰爭是怎麼一回事，戰爭卻總是無情，它一到來，你昔日養尊處優的生活便被摧毀了。「一旦歸為臣虜，沈腰潘鬢銷磨」，這是干戈帶來的教訓。「一旦」，這兩個字接得十分好，忽然有一天竟然發生了，這給人一種措手不及的感覺。一朝淪為稱臣於宋的俘虜，從此在屈辱和痛苦中苟且偷生，苦挨日子，以至於身體日漸消瘦而白髮頻生。以前，是終日沉醉在歡快的氛圍，忘記了時日；現在，則在痛苦中驟然感覺時間原來是如此快速變換，自己已非少年時了。青春與美夢，在這場戰爭之後，都已灰飛煙滅。

而離開故國那一刻，是永遠的痛，因此他永遠記得那畫面，「最是倉皇辭廟日，教坊猶奏別離歌。揮淚對宮娥」。就在倉皇辭別宗廟的時候，教坊樂工還奏起別離的歌曲，這種生離死別的情景，令人悲痛欲絕，只能對著宮女揮灑熱淚。有些版本「揮淚」作「垂淚」。「垂淚」是哭泣而眼邊垂掛淚水的意思，我以為「揮」字有揮灑之意，動作更悲傷激切，比較符合後主的個性和當時的情境。從前他和樂工、宮女所營造的歡樂盛況，沒想到會用這樣的方式結束，那種亂離的悲傷，痛苦無告的心聲，除了淚水，還能用什麼方式來表達呢？

以淚告別，所不捨的不只是那些宮女，而是她們所代表的青春年華、流金歲月。而用這樣的方式表現，正是李後主真性情的流露。伴隨著這悔恨，自此他的淚就沒有停止過。史書說李煜入宋之後，「終日以淚洗面」，可以想見他的臣虜生活、傷心欲絕的心情。

8

我們舉幾句後主的詞，就可知道他當時的生活與心情狀況。他說：「別來春半，觸目愁腸斷。」（〈清平樂〉）離別以來，春天已經過了一半，眼前所見的一切都令人悲傷不已。因為離家在外，最怕的就是觸景傷情。他說：「往事只堪哀，對景難排。」（〈浪淘沙〉）往事回想起來，只令人徒增哀嘆罷了，即便面對多麼美好的景色，也終究難以排遣心中的愁苦。

他的問題就是不能忘情，又無法面對現實。所以他說「起坐不能平」（〈烏夜啼〉），終日坐立難安，心情起伏跌宕，實在難以平靜。他說「無言獨上西樓」，「別是一般滋味在心頭」（〈相見歡〉），可見他活在自我的世界裡，有一種無人理解的孤獨感。在孤獨的生活中，他說「世事漫隨流水，算來一夢浮生」（〈烏夜啼〉），他感嘆世間的事情如同流水般，說過去就過去了，想想自己這一生就像作了一場大夢。那兩年多的俘虜生活，李煜寫的詞都充滿著年華流逝的感嘆，和無窮的怨恨。

面對這一切，他如何自處，又怎樣面對呢？一是喝酒，儘量將自己灌醉。他說：「醉鄉路穩宜頻到，此外不堪行。」（〈烏夜啼〉）比起人間行路難，醉鄉的道路平坦，應該可常去，除此之外，別的地方就不能去了。一是作夢，逃避到夢中世界。他說：「夢裡不知身是客，一晌貪歡。」（〈浪淘沙〉）只有在夢裡才能忘卻作客他鄉、淪為囚徒的苦況，享受片刻的歡愉。

但這樣的醉夢人生，真的可以免除苦惱嗎？他說：「故國夢重歸，覺來雙淚垂。」（〈子夜歌〉）夢境畢竟是夢境，現實還是現實，令人感覺這好像是無法掙脫的宿命，不禁悲從中來，淚流不止。這樣的生活，這樣的感思，日日夜夜，循環不已，難怪他「終日以淚洗面」了。

這無窮的悲痛是怎樣產生的呢？關鍵就在於人有所執著，有一份無法忘懷之情。越是執著於過去的美好，就越難忍受當下的不堪。因此，越是想著過去，就越發誇大過去的美好，相形之下，就更加不滿於現在的一切，這樣日復一日，失落感越大，激起的情緒就更強烈，愁恨就越積越深，叫人難以承受。

李煜的〈虞美人〉這首詞，最能表達這樣的情緒：

> 春花秋月何時了，往事知多少。小樓昨夜又東風，故國不堪回首月明中。　雕闌玉砌應猶在，只是朱顏改。問君能有幾多愁，恰似一江春水向東流。

這首詞的概括性和感染力都很強，雖是個人的情懷，卻寫出了普遍的人類經驗。詞一開篇就說出了人間愁恨的根源，「春花秋月何時了，往事知多少」。春花秋月是四季更替之中，年年反覆的良辰美景，去而復來，斷無終了之時；往事則指人生在世值得回憶的賞心樂事，時移則事往，往而難追，最是無常。這兩句彰顯了「永恆的自然」、「無常的人事」兩者的相對性，這一對比也是全詞的基本架構。

人生的意義，就是從疑問開始的。為什麼大自然的一切永無終止、循環不已，而人生卻如此短暫？在短暫的人生中，卻又如此充滿變數，引起各種成敗得失、悲歡離合的事，而多少事終將化為陳跡？過往的一切能清楚記得的又有多少？春花秋月，代表一年四季之中最美麗的景色，花開花落，月圓月缺，一是日間所見之物，一是夜裡所見之景，這架構了一個永恆景象：日日夜夜，由春到秋，皆循環流轉，大自然宣示著它不變的本質。看著這些景色，難免會觸景傷情。這就是李煜詞所說的「觸目愁腸斷」。

「小樓昨夜又東風，故國不堪回首月明中」，在那麼多的人生往事中，作者最難忘的就是故國之思。然而同樣的春夜，大自然的景色如常，明月依舊，東風又吹拂著，但人事卻大不相同，故國已不堪回首。誰願意去回想過去那些不愉快的事，又如何承受得了回憶的傷痛呢？這裡是以個人的事例，印證了永恆與無常所形成的相對性，因而激發的悲感。

接著他說：「雕闌玉砌應猶在，只是朱顏改。」在故國之思中，他最在意的、依舊不能忘情的原來是那帝王的身分，居住在那種「鳳閣龍樓連霄漢，玉樹瓊枝作煙蘿」的生活。所謂「雕闌玉砌」，是指雕飾花紋的欄杆與玉石砌成的庭階，比喻華美的宮殿。應，是推測之詞，料想的意思。從常理推測，牢固的建築物應可抵擋歲月，不易損毀塌落。相對於此，人卻很難永保青春。所以「只是朱顏改」，朱顏，就是紅顏，指美好的容顏，代指青春韶華。人的面容會隨著歲月而改變，加上人事變遷所帶來的苦惱，則更容易變得憔悴不堪。這兩句是以更具體的形象表現了變與不變的又一次對比。

這首小詞只有短短八句，前六句卻將「永恆常在」與「短暫無常」的概念做了三次對比，從自然的永恆對照人事的變化，到春夜的風與月對照個人的事例——故國之思，再到具體的建築物對照人的容顏，由遠而近，由大景到小景，由外在景物到人的身體上，層層推進。於是這一無常的悲感，形成了一種讓人感覺無法逃於天地之間的壓力，遂逼出了最後兩句，引發了一種天下人所共有而永遠無法消除的愁恨。

「問君能有幾多愁，恰似一江春水向東流」，作者將抽象的愁，用具體的物象「水」來形容，讓人感覺到它的真實性與流動特質，顯示了愁恨的深遠悠長。此外，水也是時間的象徵，言外之意，彷彿意味著人生的愁恨融合在時間裡，與時間長存，永無終止之日。白居易〈長恨歌〉說「此恨綿綿無絕期」，大概就是這個意思。

那麼天地悠悠，人生雖有限，但因為有情，而承擔著苦難，卻又執著無悔，這不也是為生命賦予意義的一種方式？李煜最後兩句，改變了敘述口吻，「問君」固然是自問，其實也是對著讀者發問：難道你沒有同樣數不清的愁恨？

今不如昔，讓人不堪回首，那是人之常情。你和我，讀著李後主的詞，能夠同情共感，因為他寫的是人世間普遍存在的悲感，你我都曾有過的經驗。

03 舊歡如夢
李煜〈浪淘沙〉

這一節要談的是李煜後期詞中另一層面的相對情境——夢與真的問題，看他如何逃避現實而耽溺夢中的表現。主題之所以稱「舊歡如夢」，是因為既然感覺舊日的歡樂如夢一場，那麼逃避現實最好的方法就是回到夢裡去。用這個標題多少有些反諷的意味。

在不斷往返於現實與夢境之間，反反覆覆，李後主在心態上也許已經顛倒了真假是非吧。怎麼說呢？就是久而久之，他已視殘酷的囚虜生活是虛幻的，不把它當作真實的存在，反而把夢回故國的情境當作真的一樣。換言之，舊歡如在夢中，日久都信以為真了。不願正視殘酷的現實，那是以真為假；轉而沉溺在夢中，則是以假當真。這是作者逃避痛苦所採取的自我欺騙方式。

人世間許多事情，真真假假，假假真真，但何者為真？何者是假？事情的真假是非往往都是相對的，大多取決於每個人的主觀認定。

如同《紅樓夢》中賈寶玉夢遊太虛幻境，看見一幅對聯所寫的，「假作真時真亦假，無為有處有還無」。這兩句的意思是，世間一切都是虛假的，把虛假的當真，其實所謂的真畢竟還是假的；而一切都是空無的，以無為有，其實所謂的有終歸也是無。李後主一生就是無法參透這個道理，他活在自己編織的夢中，卻又無法真正擺脫現實囚虜生活的痛苦。明知用逃避的方法終究無效，卻又不得不沉迷在夢中，一生充滿著矛盾掙扎。

又好比李白說的，「舉杯銷愁愁更愁」（〈宣州謝朓樓餞別校書叔雲〉），借酒澆愁只能圖一時的快慰，酒醒後更感空虛寂寞。也就是本想借酒消除煩憂，結果反而愁上加愁。而李後主想借夢而忘憂，情況也是一樣的，夢醒後的失落感恐怕會更大。

前面提過，李煜同時用這兩種逃避的方式：一是借酒澆愁，一是沉醉夢中。事實上，我們仔細閱讀李後主被俘虜之後所寫的詞，真的談到飲酒，並強調借酒消除人間苦惱的，就只有〈烏夜啼〉一首中的最後兩句「醉鄉路穩宜頻到，此外不堪行」。而談到夢的詞卻有四五處。可見遁入夢中才是他經常使用的方式，而不是喝酒。

喝酒的意象反而在前期詞常常出現，如前面讀過的「酒惡時拈花蕊嗅」、「醉拍闌干情味切」，無非是想藉此表達笙歌醉夢的狀況，以及歡樂的氣氛。現在作為俘虜的他，不常提到酒，也許是痛苦到極點，整個嗅覺、味覺的感官都失去了，連酒杯都無力舉起，而且因為充滿著悔恨，面對酒筵歌席也深怕會觸景傷情吧。因此，精神頹靡萎頓到如此地步，既無心亦無力改善生活，那麼倒頭就睡，逃到夢中世界，也許是唯一的出路了。

李煜寫夢中、夢醒之間的悲喜情懷，簡單來說有三種情況：

第一是無法夢歸故國。〈清平樂〉說：「雁來音信無憑，路遙歸夢難成。」那是剛離開江南，到汴京後不久的絕望心情。這兩句是說大雁飛來，卻沒有帶來遠方的信息，而路途遙遠，恐怕連想歸去的夢也難以夢到。本來夢的行程與距離遠近是不相干的，現在卻說路途之遠，遠到想做夢歸去都做不到，這樣寫來是相當悲哀的。

第二是夢回故國了，但最怕醒來。他的〈憶江南〉說：「多少恨，昨夜夢魂中。還似舊時遊上苑，車如流水馬如龍。花月正春風。」一開篇就寫出憤恨難平的心情。他所恨的當然不是夢中的情事，而是作這場夢本身。如果沒有夢，心如槁木，生活就不再起波瀾，就這樣渾渾噩噩、了無生趣地度過這一生。但偏偏昨夜作了一個夢，夢到過去真實一般的情景，依然是在皇家的林苑中遊樂，場面非常熱鬧。

「車如流水馬如龍。花月正春風」，車馬奔馳，絡繹不絕，而在春風吹拂中，繁花搖曳，明月映照，景色是多麼繁華旖旎啊！一個「正」字，寫出當下的臨場感，彷彿歷歷在目，而且正樂在其中，享受著這一切的美好。正在此時，卻突然轉醒，意識到目前的處境，得重新面對殘酷的現實。倏忽之間，由夢到醒，形成極大的反差。相對激盪之下，此刻沉痛悲涼的感受就更強烈，這就難怪作者怨恨昨夜那場夢了。

第三是承接第二種情況，明知沉醉於夢境，醒來更生怨恨，卻仍貪戀夢中世界的歡愉，以至於寫出了今昔對照下更深沉的悲痛，體認到美好的人生已被摧毀的事實。

∞

〈浪淘沙〉一詞就是敘述這樣的情境：

簾外雨潺潺，春意闌珊。羅衾不耐五更寒。夢裡不知身是客，一晌貪歡。　獨自莫憑闌，無限江山。別時容易見時難。流水落花春去也，天上人間。

據宋蔡絛《西清詩話》說：「南唐李後主歸朝後，每懷江國，且念嬪妾散落，鬱鬱不自聊。嘗作長短句云：『簾外雨潺潺，春意闌珊……。』含思淒惋，未幾下世。」是說後主被俘入宋之後，常常思念江南故國，而且想到妃妾、宮娥分散零落，便鬱鬱不樂，難以自持，曾經作了這首情意十分哀怨悲傷的〈浪淘沙〉詞，不久就去世了。可見這首詞是後主去世前不久所寫的。

後主思念故國的心情，在這首詞裡確實流露出來。不過，我們讀詩詞，不是要知道它的本事、認識它的背景，或明白它的內容而已，更要充分了解它是用怎樣的表達方式，用怎樣的言辭來述說的。

這一首詞值得注意的是，它的對比性結構所形成的激烈情緒。故國不堪回首，離開家鄉後便難以重返，這些都是明明知道的事實。但是作者作繭自縛，一直不能忘情於過去，而面對現實的殘酷，每晚就只希望逃入夢中，尋求短暫的歡樂。然而醒來後的痛苦，恐怕會不斷加深，如此惡性循環，到最後反而更深刻地認知到，其實一切的美好已經不存在了。這首詞就寫出了這種極端的苦況，明知作夢徒勞無益，卻也只能在夢中稍稍得到一點慰藉。李後主的處境確實令人同情。

詞一開篇就寫出一片淒涼殘敗的景況，「簾外雨潺潺，春意闌珊」。簾外一片潺潺的雨聲，春天的景象衰敗凋殘，春天就要過去了。所謂「一切景語皆情語」，春天本身是沒有盛衰之感的，那是人的意識。詩詞中所寫的春景，無非是寄託人的一份春心、春情。開頭這兩句，寫出了詞人所體會的環境氛圍，反映了他的生命感受。

下一句果然就寫到他自己的情況。「羅衾不耐五更寒」，即使蓋著絲綢被子，也抵受不了清早的寒氣。顯見作者這個時候是醒著的，也許是因為下雨了，氣溫下降，寒氣逼人，讓人無法安睡，他就這樣醒來了。醒來後，簾外傳來潺潺的雨聲，聲聲入耳，更令人感到孤單淒涼，因而推想庭院中的花草在風雨中應該已零落凋殘，春天也將結束了。他之所以有這樣的意識，是因為剛結束了一場美夢所引起的。

好景不常，是容易發生的事。晏幾道詞說「春夢秋雲，聚散真容易」（〈蝶戀花〉），春與夢所以並稱，是因為春光短暫、好夢易醒，兩者都有美好卻不能長久的特性。現在因為被寒氣弄醒，先前的美夢就破滅了，而美夢一破滅，又得面對作為臣虜的屈辱感和苦不堪言的處境，不得不令人眷戀夢中的世界。所以他說「夢裡不知身是客，一晌貪歡」。意思是只有在夢裡才能忘卻作客他鄉、淪為囚徒的苦況，享受片刻的歡樂。可見作者的夢就是一種逃避現實的方式。然而夢中的歡樂只有短短的時間，醒來後的哀愁卻是長長而無法消除的。

李後主的痛苦就在不能忘情。故國之思，終日糾纏著他。所謂「日有所思，夜有所夢」，李後主所以能常常夢回故國，如真實的一般，是因為他白天裡都在不斷思念著過去。

「獨自莫憑闌，無限江山。別時容易見時難」，這三句是說，千萬不要獨自一人在高樓上倚靠欄杆、遙望遠方，因為想到舊時擁有的無限江山，心中就感傷不已。相對來說，告別大好河山是容易的，但再要見到它，就極為艱難了。這可以看見詞人作繭自縛的態度。

多情而又執迷不悟的詞人也許都一樣，譬如柳永詞說：「不忍登高臨遠，望故鄉渺邈，歸思難收。」（〈八聲甘州〉）意思是不忍心登高遙看遠方，眺望渺茫遙遠的故鄉，渴求回家的心思實在難以收拾。他們都知道登高臨遠的後果，都用了「莫」、「不忍」等字詞告誡自己千萬不要做，但卻明知故犯，還是無法壓抑那份思念故國、盼望歸鄉的熱切情緒，結果當然是帶來更深的悲痛。

李後主體認到的事實是「別時容易見時難」，現在去國離鄉，想歸家已是無望。既然如此，訴諸夢境就變成唯一的方法。但李後主在這首詞裡已經意識到夢中景象畢竟是虛幻的，作夢只是逃避現實、用來尋求短暫快樂的一種方式罷了。至於現實，他已感覺沒什麼希望，世間萬事都是一去不返的。所謂「別時容易見時難」，既呼應上兩句面對江山的感嘆，而「無限江山」所代表的過去美好的一切，不也是消失了便無法再重現嗎？

這首詞最後兩句寫出了這一種幻滅感，「流水落花春去也，天上人間」。這就給開篇「春意闌珊」的推測說法，賦予了真實的內容。現在登高臨水，果然看到落花飄零的畫面，真的證實了「春意闌珊」，春天已經逝去的事實。誠如前面所說，春天代表一份春心、春情，也代表人生最美好的韶華歲月。這兩句的象徵含意是非常沉痛悲傷的。

「流水落花春去也，天上人間」，這兩句怎麼解釋？它的意思是多重的。一種說法是，這是承接上一句，說明別易見難的情況，就是說過去的美好與綺麗的春光都逝去了，就如天上人間，永遠阻隔不通，再無重見之緣了。另一種說法是，這表示迷離惝怳的心境，是說流水飄著落花，春天就這樣歸去了，試問能到哪兒尋找春日的美好呢？是在天上，還是在人間？還有一種說法是，這是美麗與哀愁的對比，意思是過去的美好如落花流水，隨春光逝去，實在再難出現；現在與過去對比，實有天壤之別。

比較起來，第三種說法較可取。春天代表美好，如果春天不見了，人生便不再美好，生活就好像從天上掉落凡間一般，落差很大。

不過，以李後主任性天真的態度、悲痛欲絕的心情、奔放激切的筆調，最後這兩句也許會採用一網打盡、毫無保留的論斷方式，來表達他極度哀傷的感受。「流水」在這裡代表時間，「花」象徵美麗的容顏、青春的生命，而「春」則是韶華歲月，一切美好的象徵。所以「流水落花春去也，天上人間」這兩句是說：流水帶走了落花，生命中美好的一切皆如春光美景，倏忽而過，一去不返。天上也罷，人間也罷，茫茫宇宙間，所有的一切都同歸於悲哀的宿命！

有人說，這是李後主最後的代表作，不是沒有根據的。如此哀痛逾恆，後主的精神狀況可以想見。即使不是如傳說中他是被宋太宗賜藥毒死的，以他當時的身心狀況，恐怕也難好好地活下去。

04 虛妄人生

李煜〈相見歡〉、〈子夜歌〉

李後主在後期做階下囚的痛苦生活中，雖然可借夢境尋求片刻的歡愉，但他已意識到，其實美好的一切都將隨時間而飄逝，慢慢體悟到人生不過是一場虛幻。

「人生如夢」，這樣的一個生命課題，李後主之前，在詞史上未曾出現。唐五代詞人中的夢詞，表現出最完整型態的，是韋莊的〈女冠子〉：

昨夜夜半，枕上分明夢見。語多時。依舊桃花面，頻低柳葉眉。半羞還半喜，欲去又依依。覺來知是夢，不勝悲。

這首詞寫男子思念女子，因相思而成夢、夢醒而悲的情況，具體明白地敘述從入夢、夢中到夢醒的整個過程。而寫夢中情節尤其精彩，彷彿真的像過去情境的重現。從兩人竊竊私語，看見女子的面貌眉妝，一顰一笑間展現溫柔嬌羞的模樣，然後寫到分手時依依不捨的神態，鮮明如在目前。

那是唐五代夢詞中不常見的內容。最後正在難分難捨之際，詞人忽然醒來，才知道是一場夢。情節做這樣快速的轉折變化，給人措手不及的感覺，由此生出極端悲切的情緒，完全是可以理解的。

用清晰的夢中景，對比、反襯當下的處境，激起相對的悲情，上一節介紹的後主〈憶江南〉詞也有相類似的內容，也用了同樣的手法。而當後主以一己的生涯歷練，將自己真實的生命感受化入詞中，寫出人生如夢的體驗時，他的詞已提升到另一個層次，情感之外多了一份略帶哲思的感悟，超出了一般男女情詞的藩籬，已進入士大夫更幽深、高遠的情意世界。

李後主個性偏執，他認定什麼就是什麼。他人生的虛妄感，是活在自我封閉的世界中所形成的。他的個性決定了他的一生。怎樣去界定生活的意義，怎樣去認知自己與外在世界的關係，就是一種生命的抉擇。後主選擇完全活在自己的世界裡，而面對人生，他採取的是一種自我孤立、不再信任別人的態度。他亡國之後，心中充滿著悔恨，卻不加以反省、改善，反而一味縱容自己的情緒，耽溺在哀愁怨恨中，用冷漠的態度面對現實環境、周遭一切。

後主之所以如此，是不難理解的。他活在過去，沒有勇氣接受現在，因而就沒有了未來。換句話說，他個人的內在世界被掏空了，已經失去了與外在世界的聯繫，整個人生頓失方向，也找不到有什麼值得追求的價值和意義。他心裡應該有很深的罪咎感，平常處於極度焦慮不安的狀態中，孤立無援，於是帶著自虐的心態，放縱自己的情緒。正因為他對生命已喪失了興趣與熱誠，所以就採取了自我放逐的方式度日。

他的〈相見歡〉最能表達這種自我放逐的寂寞孤獨感：

> 無言獨上西樓，月如鉤。寂寞梧桐深院鎖清秋。剪不斷，理還亂，是離愁。別是一般滋味在心頭。

這首詞傳誦頗久，但好像不及〈浪淘沙〉、〈虞美人〉等詞那樣奔放沉著。不過因為這是作者悲從中來、直接表白的沉痛心聲，毫不保留地說出自己最不一樣的感受，語調激切，所以極為哀怨動人。這首詞上片敘寫所處環境的寂寞，下片是宣洩滿腹離愁別恨，卻只能獨自領受的極度辛酸。

「無言獨上西樓」，一開篇就說出詞人的處境，亦點繪出後主的愁容。所謂「無言」，不是無話說，而是不能言，不願言，不知如何言，無人可以言。可見亡國之君處境的險惡，也反映了後主的心理狀態。語言本來是與人溝通的工具，如今他孤獨登樓，無言以對，可見他自我封閉、與人隔絕、沒有聯繫的孤絕狀態。

我們可以推想，他一整天在室內應該是悶悶不樂的，現在入夜了，雖然是一個人，他還是登上樓，走出戶外，往高處去，可見他有藉此紓憂解悶的想法。可是看到的景色，卻是「月如鉤。寂寞梧桐深院鎖清秋」。舉頭所見新月如鉤，如此殘缺的月色，怎不令人更增人生不和諧、不完美的傷感之情？於是不忍再看，低下頭來，沒想到卻望見更令人惆悵的景色。種有梧桐樹的幽深庭院，一片寂靜，彷彿將清冷的秋色都關在裡頭了。

所謂「鎖清秋」，是關住了淒清的秋意。這裡的「鎖」字，既寫門庭深鎖，也暗指後主作為囚虜的處境；鎖住的不只是秋景秋色，還有後主的身體和心靈。因此所謂「寂寞」，其實就是後主投影於梧桐深院的心情。這兩句，一寫月，一寫梧桐，寫出了俯仰之間，到處都讓人觸景傷情。

李煜詞不是曾寫過「觸目愁腸斷」、「對景難排」這樣的句子嗎？這是他人生最後的時光，自己與外在環境的關係。因為不認同現有的一切，面對外在的景物，只會徒惹悲哀，卻不能排遣愁怨。追根究柢，那是因為他自身始終擺脫不了一份離愁別恨。

下片，因景抒情。頭三句說，「剪不斷，理還亂，是離愁」。離愁是人們內心的一種情感思緒，六朝民歌中常用絲綢、絲線的「絲」字諧音來表示「思念」的「思」。李煜在這裡也是用絲線來比喻愁思。他用「剪不斷，理還亂」的千絲萬縷，形容愁思之紛繁糾纏和難以解開。這比單純的諧音取義，賦予了更生動、更深刻的意義。彷彿使人看到離愁就像一團亂絲，緊緊盤旋，糾纏著人而無法鬆綁，得到解脫。這是詞人作繭自縛的結果。

實際上，這愁怨是何時，又是怎樣形成、怎樣發生的，又該如何化解，真的也摸不著頭緒。由此離愁帶來的苦惱，重重疊疊，糾結紊亂，如千千萬萬無形的思縷纏繞著他，理也理不清，剪也剪不斷。畢竟這是離思，不是一般的絲線啊！

因離別帶來的愁緒，怎能剪得斷、化解得了呢？除非如白居易詞所說的「思悠悠，恨悠悠，恨到歸時方始休」，如果想終止這份離恨，除非能歸去，回到屬於自己的世界。但在身不由己的情況下，那終究是無解的。至於改為理性一點，弄清楚一些頭緒，讓自己好過一點，沒想到治絲益棼，越理越亂，還是不得要領，反而越做越糟。這可見詞人的努力，但也看見他徹底的失敗。

李後主這份離別的愁緒，為什麼如此紛繁、這般糾纏，又那麼難以排解？他最後說：「別是一般滋味在心頭。」所謂「別是一般滋味」，是無人嘗過的滋味，只有自家領略的意思。後主是亡國之君，他所受的痛苦、所嘗的滋味，自然與常人不同，實非世人所能體會。既然這不是一般的離愁，自然非一般語言所能表達，也不是一般人所能理解的。

唐圭璋先生分析得好，他說：「心頭所交集者，不知是悔是恨，欲說則無從說起，且亦無人可說，故但云『別是一番滋味』。究竟滋味若何，後主且不自知，何況他人？此種無言之哀，更勝於痛哭流涕之哀。」這種說不出是怎樣一種滋味的離愁別恨，點滴在心頭，表明了那是不可言傳的體會。如此一來，就是否定了能讓別人了解的可能，無疑是有將自己封閉在孤絕的世界裡，拒絕別人所有關心的意思。

這首詞由「無言獨上西樓」寫起，最後寫出了一種無言以對、孤獨無依的極端沉痛悲涼之感。那麼，既然「人間沒個安排處」（李冠〈蝶戀花．春暮〉），無人能理解自己，事實上是自己不再相信別人，李後主又如何自處呢？他所採取的方式正如前面所分析的，就是躲回自己的夢中世界。這首詞以無言起，也結束在無言的狀態，可以說是一首終究無解的迴旋曲。

8

下面要介紹的〈子夜歌〉，敘述夢中、夢醒的情事，進而體悟到人生的虛妄：

人生愁恨何能免，銷魂獨我情何限。故國夢重歸，覺來雙淚垂。　高樓誰與上，長記秋晴望。往事已成空，還如一夢中。

〈子夜歌〉這個詞調就是大家所熟悉的〈菩薩蠻〉。讀這首詞的頭兩句，「人生愁恨何能免，銷魂獨我情何限」，就可了解前面那首〈相見歡〉結尾所說的「別是一般滋味在心頭」，究竟是怎樣的語態和心境了。李後主的主觀意識非常強，他認定人生是怎麼一回事，就會用很清楚的語言直接表達出來，讓人無法置喙。在這點上，可以說李後主是很真的人，他自矜自憐，也很固執，表裡如一。

然而他一生的悲劇主要就是來自這樣的個性，這帶給他極大的痛苦。他說人生於世，充滿著愁恨，誰能免得了？但為何我悲傷難過的事特別多呢？江淹〈別賦〉說：「黯然銷魂者，唯別而已矣。」最使人心神沮喪、失魂落魄的，莫過於別離。李煜的「銷魂獨我情何限」，主要指的就是國破家亡所帶來的離恨，這比一般的別離自然有天壤之別。

面對這種種令人悲痛欲絕的情事，李後主慣用的方式就是逃避。那麼，他最希望逃到哪裡呢？故國，就是他「日有所思，夜有所夢」的歸宿了。「故國夢重歸，覺來雙淚垂」，夢回故國，可以尋得片刻的歡樂，可是一覺醒來，感慨萬千，不禁熱淚盈眶。「覺來雙淚垂」，是因為今昔對比，現實情境的孤苦無奈，相對於夢中情境的溫馨旖旎，撫今追昔，反差非常大，情緒也更複雜。

「高樓誰與上，長記秋晴望」，寫醒來依舊無法忘懷故國情事，一直都記得秋日與賓客一起登高望遠的情景。所謂「誰與上」，即與誰上，能與何人登上高樓，指的是無人同上高樓之意，進一步點明了作者現實困苦的環境和空虛寂寞的心情。秋日晴空，浮雲變幻，此景此情，引申出作者更深一層的哀嘆。

「往事已成空，還如一夢中」，他追念過去的繁華歲月，覺得一切成空，如在夢中，總覺虛幻。這是他一生的總結。《金剛般若經》說：「一切有為法，如夢幻泡影，如露亦如電，應作如是觀。」後主篤信佛教，佛經對他應該有影響。不過，這兩句詞不是根據佛經的經義，真正認為「應作如是觀」，而是出於他窮途末路的哀鳴。

現實中很多事情讓人感到束手無策，難以自主，總覺得徒勞無功，有一種空虛無著落的感覺。人間世事無論悲歡笑淚，時過境遷，也總給人不堪回首的感嘆。作者是基於此，才有「往事已成空，還如一夢中」的感慨。事實上，後主尚未空諸一切，看破紅塵，真正得到解脫。

這首詞出現兩個「夢」，代表兩個層次。上片說「故國夢重歸」，是平常出現的夢，夢中世界以為都是真的，但「覺來雙淚垂」，醒來一對照方知是假的，不過一場虛幻。下片說「還如一夢中」，是就往事來說，所謂「往事知多少」，多少事情一過去即成往事，都化作一場空，難以追回，好像夢境一般，似真若幻。

這是作者的迷惘，是對人生更大的質疑，表達了「人生如夢」的虛妄感。人如果不是痛苦到極點，不會如此懷疑並否定人生的。因此，無論是夢中境或世間事，對後主來說，都是如夢一般的虛幻不真。而後主所度過的一生，總括來說，就是虛妄的人生。

∞

最後歸納幾個要點，來總結李後主的詞。

第一，李後主縱情任性，他的詞充分表現了他的個性特色。因而隨著他極大幅度的生涯變化，詞中悲歡哀樂的情緒十分顯著，跌宕有致，感人特深。詞發展到後主，已注入更多屬於個人的身世之感，已由歌詞變為抒情詩一般的文體了。

第二，李後主詞有前後期之分，前期旖旎歡樂，後期沉痛悲涼，形成強烈的對比。但無論是過度沉醉於歡樂，或過度耽溺於悲痛，其實都是後主無法面對現實生活的表現。他沒有勇氣面對真實的自己，所以採取了逃避的方式來麻醉自己。李後主的整個人生，就是逃避的人生，也可以說是醉夢人生。最後他也了解到，原來一切都是虛幻，那麼也可以說它是虛妄的人生。

後主沒有勇氣面對真實人生，他將自己最真、最深的情意投注在虛幻的世界裡，於是歡樂時的歡樂，不是真正的歡樂；悲哀時的悲哀，因為相對情懷的激盪，這一悲情則無法消除。弔詭的是，原先的歌舞生活其實都是虛幻的生活，他卻一直矇騙自己，終究因為生活無底，便難以自立自救，遂墮入更迷惘的深淵。「往事已成空，還如一夢中」，但在如夢的人生中，何時能醒來？後主的內心世界是不安的，因為他蘊藏著極大的憂懼。嚴格說來，他沒有真正的快樂。他的痛苦來自不敢面對人生。不做抉擇的人生，人的一生便由命運來掌握、操弄。

第三，李後主前期詞寫詩酒歌舞的生活，沉醉在帝王宮殿的繁華中。亡國後，他思念故國，所追憶的都是些宮殿情景、生活片段。他的詞盡是這些畫面：「鳳閣龍樓連霄漢，玉樹瓊枝作煙蘿」、「想得玉樓瑤殿影，空照秦淮」（〈浪淘沙〉）、「車如流水馬如龍」、「雕闌玉砌」、「長記秋晴望」等等。可見家國所象徵的身分地位、所擁有的物質生活，才是他最在意的。現在的囚虜生活，與過去的生活對比，反差之大，如天上與人間之別，難怪後主無法釋懷，那麼悲痛欲絕了。因為帝王身分的失落不只是一種恥辱，更是一切生命意義的否定。他亡國後，剩餘的生命只能活在屈辱和悔恨中。

嚴格說來，李後主不算是昏君，也不荒唐，只是缺乏真正的愛。他耽溺在個人的悲哀中，是一種自戀的態度，而自矜自憐的方式，不是愛的表現。愛是一種能力，也是一種行動、一種正向的力量，能夠激發生命的意義，而且它有相信、尊重、關心生命的要素。李後主對人、對事物有表現過這些特質嗎？可以這樣說，他是一個懦弱的人，無法承受生命的重量；他有赤子之心，始終有著不成熟的心靈。他的悲劇實乃來自他的個性，當然也與他的身分際遇有關。

就文學論文學，李煜的詞真率自然，寫得痛快淋漓，直逼人心，給人很大很強的衝擊力和震撼感。他表達情緒不糾纏，只是盡情傾訴，沉醉於樂，也沉醉於悲，好像不顧一切似的，兩手一攤，從高處墜落，他摔得痛快，我們也讀得痛快。他忠於生命的感受，起落的姿態都十分動人，而這種情意的表現方式本身就是一種美，一種傷感的美，也著實令人憐惜。

之六

時變的感思

宋詞裡的時間意識

唐五代與宋代在詞史上雖然劃分為兩個階段，但它們之間不是截然斷裂的。

由唐五代到宋代，詞的主要變化是：一、詞的創作者，由樂工歌女發展到士大夫的積極參與；二、詞的性質與功能，逐漸由歌唱的詞變為詩化的詞；三、在形式上，由小令發展到長調；四、在內容上，抒情的素材中增加了言志、說理、議論的成分；五、在風格上，婉約體之外也出現了更多像豪放、清空、騷雅等風格的詞。

這樣的發展是漸進的，而且很多方面同時並存，是繼承與創新交相作用所形成的有機變化，與政治上的朝代改變不一定相應。就是說，在政治上宋朝是承繼唐五代的新皇朝，而文學上可稱之為宋文學的，則須經過一段時間才確立。

文學的發展通常是這樣的：新時代乃傳承自舊時代，剛開始的時候，舊的影響仍在，新的元素還不顯著，等到文學自覺意識出現了，經過無數作家的參與，一代接一代的努力，然後水到渠成，才能確立新的風格指標，出現真正的時代心聲。

回顧中國古典文學的發展，一個時代的文學通常需要近百年的時光才能完成。譬如唐代的詩歌，初唐只是南朝的餘緒，一直要等到王維、孟浩然、李白、杜甫等大詩人出現的盛唐時期，才真正創造出屬於唐人自家的風味，開創唐朝詩歌的格局。

至於詞，也差不多經過將近百年的時間才成為宋朝的代表文學。在宋仁宗到神宗時期，有了柳永在形式上的創新和蘇軾在內容上的突破性表現，宋詞的時代風格特色才有明顯的輪廓。

之前，北宋初的詞大抵是晚唐五代詞風的延續，還沒有顯著的自家風格。不過，就文人詞而言，宋初的主流發展基本上是延續南唐詞風，而不是花間豔情詞的傳統。雖然大部分都是應歌填寫、娛賓遣興之作，但走的是偏向閒雅清俊的路線，而非著意營造華麗濃豔的格調。

這是因為宋代以「文」立國，文人士大夫在政治上一心要改變晚唐五代紊亂的情況，在文學上也自覺地要走出晚唐豔麗纖弱的風格，而整個北宋的政治文化氛圍，逐漸形成一種振衰起弊、開明清朗的氣象。詞的寫作已突破花間藩籬，承接的是南唐詞風。主要是因為南唐在五代時號稱大國，人文薈萃，亡國後，南唐文人多為宋所延攬，他們的生命情調、生活趣味，深遠且廣泛地影響到宋初的政壇和文壇，更何況宋代初年不少重要的官員和作家都出身自南唐故地，即江西這一帶地方。

我們讀兩宋文學史，都知道有以黃庭堅為首、陳師道等名家為輔的所謂「江西詩派」。而詞的方面，宋初最重要的兩個名家——晏殊和歐陽修，都來自江西。晏殊是撫州臨川人，就是現在的江西臨川縣；歐陽修則是廬陵人，就是現在的江西吉安縣。過去的詞論，普遍認為影響晏、歐詞的重要作家，就是南唐的馮延巳。

馮延巳是廣陵人，即今江蘇揚州市，他曾擔任過江西撫州的節度使，他雖然不是江西人，但與江西也是有關係的。因此，近代有些學者認為，由南唐到宋初，彷彿有個雖然組織架構不嚴密、但已略具流派的性質，可稱之為「江西詞派」。這個說法，可以看出地域文化貫穿時代的承傳關係。事實上，即使不以流派的觀念來看，南唐與北宋無論在政治氛圍還是文學環境，都有很多相似之處。

馮延巳對北宋名家有什麼樣的影響？劉熙載《詞概》說：「馮正中詞，晏同叔得其俊，歐陽永叔得其深。」這段話清楚說出了馮延巳對晏殊和歐陽修的影響，也分辨了他們的差別。「晏同叔得其俊」，是說晏殊繼承了馮詞的「俊」。所謂「俊」，指的是才思。晏殊的詞清剛淡雅，於傷感中有著曠達的懷抱，表現出一種理性的反省與操持，思致高雅，所以說他的詞「俊於思」。「歐陽永叔得其深」，是說歐陽修繼承了馮詞的「深」。所謂「深」，指的是情韻。歐陽修的詞抑揚唱嘆，別有一種豪宕奔放的情調、深厚沉雄的氣勢，情深意切，所以說他的詞「深於情」。因此，他們三家表現出來的情感特質是同中有異的。

葉嘉瑩先生分析馮、晏、歐三家詞風，認為馮延巳是纏綿鬱結，熱烈執著；晏殊是圓融溫潤，澄澈晶瑩；歐陽修是抑揚唱嘆，豪宕沉摯。在面對人生共有的悲哀，他們表現於作品的態度分別是：馮為執著，對悲苦的人生有一份負荷的熱情；晏為了悟，對悲苦的現實有接受的勇氣與處置的方法；歐為豪宕，對悲苦的命運有賞玩到底的意興。（關於晏、歐詞的差別，留待下冊第九講談到如何化解人生的悲感時再做分析。現在仍先回到宋詞的共通性問題來討論。）

從政治、時代的氛圍來看，由南唐到宋初，詞都充滿著類似的哀感情調。過去往往只就江西的地緣和文人的身分地位等因素，論述南唐與北宋詞的承傳關係，很少注意到他們的詞情意韻所折射的時代心聲。

南唐由烈祖李昪到中主李璟，北宋經歷四朝，內憂外患，文人看著時局轉折，多有濃烈的盛衰之感。南唐詞深情纏綿、吐屬清華，能見作者的性情，而好景不常、人生易逝，可說是南唐詞的主題意識。龍榆生〈南唐二主詞敘論〉說：「中主（李璟）實有無限感傷，非僅流連光景之作。」如果我們同樣採取知人論世的方式來看晏殊、歐陽修等宋代名家的詞，就會發現他們的詞也不僅是「流連光景」之作，亦未嘗沒有時代的憂患意識所帶來的傷感情懷存乎其中。

從詞的本質來看，宋代文人詞關心的普遍課題依然與時間有關。書寫「好景不常、人生易逝」的傷感情緒，一直都是唐宋文人詞的基調。相對於唐五代這一類的詞，宋詞有更廣泛而深刻的內容。

這一講就是要和大家分享「宋詞裡的時間意識」這一主題。先後分四個單元，第一是美景不再的感觸，第二是不堪回首的悵惘，第三是身不由己的哀嘆，第四是功名未就的無奈。之後第七、八講則說明蘇軾和其他詞人如何體會時空流變的問題，以及怎樣化解時間焦慮的表現。我們用三個章節來處理這個核心課題，是有其必要的，因為如果對宋代文人詞的時間意識沒有基本認識，就不能真正領略宋詞抒情美感的特色所在和時代意義。

01

美景不再的感觸

晏殊〈浣溪沙〉、歐陽修〈浪淘沙〉、朱敦儒〈朝中措〉

這裡先來談「美景不再的感觸」，首先介紹一首大家頗熟悉的小詞，晏殊的〈浣溪沙〉：

一曲新詞酒一杯。去年天氣舊亭臺。夕陽西下幾時回。　無可奈何花落去，似曾相識燕歸來。小園香徑獨徘徊。

晏殊生活在宋太宗到宋仁宗期間，享年六十五歲，他歷經了宋代從開國發展到國家穩定安康的年代。史書記載他七歲能屬文，十五歲以神童召試，賜同進士出身。仁宗朝拜相兼樞密使，罷相後出知外郡十年，以疾召歸京師，不久就去世了。他是北宋有名的宰相，性格剛峻，學問淵雅。自奉甚儉，而豪俊好賓客，且喜獎拔人才，一時名士，如范仲淹、富弼、歐陽修、王安石皆出其門下。

晏殊工詩文，尤善小詞，與他的兒子晏幾道同為北宋初期重要詞家，合稱「二晏」，或稱「大小晏」。他的詞多詠宴遊歌舞、離愁別恨，題材上沒有脫離前代的藩籬，但他的風格比較清雅婉麗，有富貴氣，頗耐人尋味。

他的詞風與歐陽修頗相似，都繼承了南唐的遺緒，近馮延巳所作。三人詞作時有混淆之處，不過大晏詞深情內斂，自有個人獨具的風貌。葉嘉瑩在〈大晏詞的欣賞〉一文中，分析他的特色有四點：第一是情中有思的意境，第二是閒雅的情調，第三是傷感中有著曠達的懷抱，第四是寫富貴而不鄙俗，寫豔情而不纖佻。

這一首詞頗能呈現晏殊閒雅的風格，淡淡的語調中，傳達出詞人淡淡的情緒，娓娓道來，特別有韻味。在我們的日常生活裡，不是也會有這樣的經驗？一邊沉醉在與往常一樣的快樂活動中，另一方面卻又意識到有些事物在時間的變化中已有所不同，因而引起了一點點感傷的情緒。這首詞用很平淡自然的敘述口吻，敘寫了這種交雜著歡欣與感慨的心理變化過程。

「一曲新詞酒一杯」，聽一首新的歌曲，喝一杯酒，為這首詞的開篇渲染了相當愉悅的氣氛。對酒當歌，本是人生樂事，更何況聽的是新詞，而不是舊曲重彈。這一點點的變化帶給人一種新鮮感，為習以為常的生活增添樂趣。

「去年天氣舊亭臺」，寫出了歡宴時的氣候和地點，與去年的情況一樣。這句話一方面讓人感覺生活的延續性，今年和去年重複著相同的事物，有種安定的幸福感。另一方面，當然是回應上一句，藉此反襯今年增添新詞的意義，暗示了生活並非一成不變。不過，當詞人有了「新」與「舊」的相對意念時，無形中已意識到今年與去年畢竟是有差別的。時移勢轉是必然的事實，怎能借不變的假象來自我欺騙？

第二句承上啟下，帶出了第三句，「夕陽西下幾時回」。黃昏時候，夕陽西下，它什麼時候會再次出現？大家都知道，明日早上太陽又會從東方升起。詞人當然也知道太陽的運行，但他在乎的是美好時光一去不復返。從「變」的觀點看，世間事物隨時在變動，無法永遠都是一樣的。

我們面對時光流逝又能如何？下片說「無可奈何花落去，似曾相識燕歸來」，花最能代表春天的精神和面貌，美麗而充滿生機。花的凋落，則象徵春天的消逝。我們通常以美好的春光，代指人生的青春歲月。花期有限，春光短暫，而人生璀璨的年華也不久常。時間總會帶走美好的一切，這是不可抗拒的自然規律，雖然惋惜、流連也無濟於事。所以詞人用「無可奈何」四個字表達了這種無能為力的感嘆。

然而在這個暮春時節，一方面固然看見花兒凋殘，有種無法留住春光的感傷，但另一方面也有令人欣喜的事物出現，那歸來的燕子不就像去年在這裡築巢的舊相識嗎？詞人用「似曾相識」四個字表達了一種又得以重逢的喜悅。這可以看出晏殊的胸襟，他有較通達的生活體驗，不讓自己完全陷落在春去花落的悲情中，反而能由去年燕子的歸來，閃耀出一線希望。

這兩句詞之所以能得到歷來詞評的讚賞，因為它寫出了惋惜與欣喜交織並存的一種帶有生活哲理的感思，讓人在失落之餘重新找到一種熟悉感，心靈不至於空虛無著。同時也讓人感覺時間從過去延展到眼前，塑造了彷彿不變的幻象，提供了一種慰藉。不過，這畢竟不是真正一樣的事物，只是「似曾相識」罷了。詞人何嘗不知，今年的燕子已非去年的燕子，時間已改變了一切。因此，剛剛才得到的一點點慰藉，此刻又感到一絲絲惆悵。

於是最後一句說，「小園香徑獨徘徊」。在園中落花飄香的小路上，詞人獨自徘徊，像是要對所見所感的情緒做一番反省與思索。那時的心情，既感慨又欣慰，還帶點惆悵。在這來回往復的動作中，也流露出作者對即將逝去的春光有一種流連不捨的深情。

晏殊這一首詞娓娓道出時間流逝、美景不再的感觸，情中有理。他在詞中表達哲思，不像後期詞人那樣直接表述，而是在日常閒雅的生活裡體會出來的，讀來頗有韻味。

∞

至於面對春天的消逝，相對於「俊於思」的晏殊，「深於情」的歐陽修則有更多感觸，表現也就更激切了。請看他的〈浪淘沙〉：

把酒祝東風，且共從容。垂楊紫陌洛城東。總是當時攜手處，遊遍芳叢。　聚散苦匆匆，此恨無窮。今年花勝去年紅。可惜明年花更好，知與誰同。

歐陽修這首詞是說，舉起酒杯向東風禱告，請為我多停留一下吧，遍植垂楊的洛陽東郊大道上，各處盛開美麗花朵的名勝，都是我們當年攜手同行、盡情遊賞的地方啊。可是，相聚的時間是那麼短暫，留下的是無窮的離恨。今年春天的花朵比去年開得更紅豔，可惜的是明年的花兒一定開得更好，但那個時候又能跟誰來欣賞呢？

俞陛雲《宋詞選釋》評論說：「因惜花而懷友，前歡寂寂，後會悠悠。至情語以一氣揮寫，可謂深情如水，行氣如虹矣。」這首詞不只傷春，也有懷遠的心情；不但有時間推移的感嘆，也有空間相隔的離恨。它表達的情意比晏殊激切而不那麼拘謹。那是因為歐陽修對人、對事用情較深，也更執著，因此他的詞情表現也就更熱切而奔放。

最後，再舉南渡初時朱敦儒的一首寫好景不常的詞，讓大家知道宋詞裡寫「時變的感思」這一課題，還有更深層的一面。不只晏、歐詞那樣寫個人的感慨而已，也有反映時代悲哀的。我們來看朱敦儒的〈朝中措〉：

登臨何處自消憂。直北看揚州。朱雀橋邊晚市，石頭城下新秋。　昔人何在，悲涼故國，寂寞潮頭。箇是一場春夢，長江不住東流。

朱敦儒是洛陽人，志行高潔，雖為布衣而有朝野之望。北宋後期，金兵入侵，他避亂南渡，客居廣東。高宗紹興年初曾出來做官，但不久就辭歸了，晚年退居秀州（今浙江嘉興），過著蕭然自得的生活，卒年九十餘。他工於詩，也能填詞，詞集名《樵歌》。詞多白描之作、塵外之想，亦有傷時感舊淒婉之篇，而以清麗之筆寫傷感之情，是《樵歌》的真正好處。

這一首〈朝中措〉可作代表，寫出了今昔盛衰之感。詞人在建康，就是今日的南京。他本想藉著登樓來消解憂愁，可是遠望揚州，近看石頭城、朱雀橋的情景，感覺已大不如前了。「昔人何在，悲涼故國，寂寞潮頭」，這裡用了劉禹錫〈石頭城〉「山圍故國周遭在，潮打空城寂寞回」的詩意，以江山景色依舊來做對照，抒發了物是人非、故國不堪回首的悲嘆。回首前塵往事，一去不復返，真像一場春夢，美好卻短暫，醒後就不能再續夢了，而世間所有的一切都隨時間消逝，如長江水一般不停地流逝。

∞

以上透過晏殊、歐陽修和朱敦儒三家詞的介紹，大家應該對宋詞的時間意識有了基本的認識。美景不再的感觸，是宋詞中時間主題的重要內容之一。雖然詞人的感受各自不同，表現方式亦有差別，但感傷時光流逝這一基調是一致的。

02 不堪回首的悵惘

柳永〈少年遊〉、秦觀〈千秋歲〉、李清照〈臨江仙〉、陳與義〈臨江仙〉

這一節的主題「不堪回首的悵惘」，相對於上一節所談的「美景不再的感觸」，其不同的是，因為牽涉到個人具體的身世之感，在明顯的年華、時代盛衰的對照中，這類詞激起的情緒尤其強烈。下面將舉南北宋四家詞為例，分析所謂「不堪回首」的幾個狀況，讓大家更明白，詞人如何運用悲歡離合的相對情境，深化詞體的抒情特性。

第一種情況是，晚年之時，懷想年少歲月，所產生的今不如昔的感傷。越是緬懷往日之歡樂美好，越感到今日之孤單淒涼。

我們來看柳永的〈少年遊〉：

長安古道馬遲遲，高柳亂蟬嘶。夕陽鳥外，秋風原上，目斷四天垂。　歸雲一去無蹤跡，何處是前期。狎興生疏，酒徒蕭索，不似少年時。

柳永是大家都熟悉的詞人，他為人放達，不加檢點，填詞又喜歡用纖佻鄙俗的語言，頗不為士大夫所喜。他一生仕宦不得意，縱情歌樓酒肆間，落拓以終。柳詞在藝術技巧上，以音律諧婉、善於鋪敘、用語明白家常，而備受稱譽；但也因為好用俚語俗曲，時或不免淺近卑俗，而令人詬病。在題材內容方面，柳詞大致不離羈旅行役、男女豔情兩個主題。

柳永可以說是開啟宋詞新階段的代表作家。柳詞十分之八為長調，數量既多，技巧也出色，他在詞史上的地位，就是奠定在長調的質與量上。

這首〈少年遊〉雖然是小令，卻也寫得十分佳妙。在士大夫悲秋這個題材上，柳永用長調〈雨霖鈴〉、〈八聲甘州〉等名篇，開拓出新的意境。而他的小令不僅僅延續花間詞的風情，也能如長調一般將士人的悲感注入其中，這首〈少年遊〉就是他的代表作。

柳永既懷有用世之志，卻又浪漫不羈，進退之間充滿著矛盾。當年考試落第之後，雖然可以藉著沉醉於歌樓妓院的生活中，稍稍得到些慰藉，也能藉「淺斟低唱」來排遣苦悶，但在年華老去之後，則對冶遊之事再也提不起興致，反而增添一種無所寄託的哀傷。這首〈少年遊〉便抒發了這樣一種不堪回首的悲慨。

「長安古道馬遲遲，高柳亂蟬嘶」，詞人心中充滿失意的悲感，所見的秋景自然瀰漫一片蕭瑟的色調，所述說的口吻也帶著低沉的聲籟。詞人騎著馬兒，緩緩地走在長安古道上，而兩旁高高的柳樹上傳來秋蟬的嘶叫聲。用「遲遲」來形容馬的步伐，讓人猜想那騎在馬上的人應該不是意興高昂，而應是有種意志消沉的神態，慢慢走來，若有所思。至於用一個「亂」字形容蟬聲，既表現了蟬鳴的撩亂，也反映了詩人煩悶的心情。

「夕陽鳥外，秋風原上，目斷四天垂」，寫詞人走出長安古道，縱身秋日的郊野上，眼前一片淒清遼闊的景象。「夕陽鳥外」一句，是說夕陽在天邊遠處逐漸沉落，一則寫出空間的寥廓無垠，一則也暗示時間的推移變化。葉嘉瑩先生引杜牧詩句「長安濸濸孤鳥沒」（〈登樂遊原〉），解釋說：「飛鳥之隱沒在長空之外，而夕陽之隱沒則更在飛鳥之外，故曰『夕陽鳥外』也。值此日暮之時，郊原上寒風四起，故又曰『秋風原上』，此景此情，讀之如在目前。」這個時候，極目所望，四周的天空好像低垂的帷幕，渺渺茫茫的，給人一片空寂、不知何處是歸宿的感覺。

上片從秋天蕭條冷落的景色著筆，由近而遠，景中有情，寓含很深的悲慨。下片則主要在抒情。

「歸雲一去無蹤跡，何處是前期」，以雲的歸去比喻人的離散，亦可指一切消逝不可復見的事物。這句寫出了人生所追求的美好事物都如過眼雲煙，稍縱即逝。這是一般的比喻，有「風流雲散」的意思。

接著，下句具體說明詞人的感慨，「何處是前期」？所謂「前期」，指舊日的志意心期，就是從前的願望或對人生的期待，也可以指舊日的歡愛約期，就是以前與人訂下再度重聚的盟約。這兩者對柳永來說，同樣都落空了。昔日所期待的理想已無法實踐，舊日歡情已逝，如今也難以再續前緣。用「何處」二字，表達了如何能找到、如何能重覓的疑惑，其實心裡知道根本是無處可尋，是更深一層的否定。

於是，詞人在最後三句就直接寫出他現在最真實的感受，「狎興生疏，酒徒蕭索，不似少年時」。他說，如今尋歡作樂的興致已經淡漠了，而往日與我一起飲酒的伙伴也都散去，再也不像少年時候那樣的狂放不羈。

作者藉著回憶，對比現在與過去，深切體會到如今的處境與心境，與少年時已大不相同。過去的溫馨美好，反差對照，今日的落拓無成，不會令人更加悲痛嗎？當年好友已飄散凋零，自己現在卻無可告訴，也再無興致尋歡作樂、借酒澆愁，來排解憂愁與苦悶，那麼心中鬱結的痛楚有多深，那就可想而知了。

這種今不如昔、不復少年時的悲慨，乃人之常情，宋詞裡有很多這樣的內容。譬如黃庭堅的〈虞美人〉：「平生箇裡願杯深，去國十年老盡少年心。」賀鑄的〈浣溪沙〉：「記得西樓凝醉眼，昔年風物似如今。只無人與共登臨。」都表現了相似的情懷。

8

第二種「不堪回首」的情況是為官升降浮沉的感嘆，主要是去官或貶謫者的心聲，那是以今日的落魄天涯對照昔日的仕途風光所產生的落差，而激起的沉痛心情。

我們來看秦觀的〈千秋歲〉：

水邊沙外，城郭春寒退。花影亂，鶯聲碎。飄零疏酒盞，離別寬衣帶。人不見，碧雲暮合空相對。憶昔西池會，鵷鷺同飛蓋。攜手處，今誰在。日邊清夢斷，鏡裡朱顏改。春去也，飛紅萬點愁如海。

秦觀，字少游，是「蘇門四學士」之一，東坡最愛賞的門生。他的詩不如他的詞有名，他的詞在淺淡的字句中有著深刻的情意，能藉豔情之體抒發一己之情，淒婉而動人，最能表現詞婉約幽微的韻致。

葉嘉瑩〈論秦觀詞〉說：「秦觀最善於表達心靈中一種最為柔婉精微的感受。」「他一向的長處，原是對於景物及情思都能以其銳感做出最精確的捕捉和敘寫，而且善於將外在之景與內在之情，做出一種微妙的結合。」可以這樣說，秦少游是個多愁善感的人，與詞富有陰柔之美的特質相當能配合，因此最能表現詞體的相對性美感，特別哀怨動人。過去的詞評家就曾說他最具「詞心」。

秦少游用情深，有時耽溺於情中而無法自拔。這首〈千秋歲〉，是他四十六歲謫監處州酒稅，第二年遊府治南園時所作。處州在今天的浙江麗水縣。

詞的上片寫春日遊南園，無心賞景，反而觸發了個人的身世之感。

「水邊沙外，城郭春寒退」，他所在的地方，處州的南園，是在水邊、沙岸旁。因為春天來了，處州城裡城外的寒氣已慢慢減退，正適合出來遊賞。「花影亂，鶯聲碎」，這是他對南園春景的描述，也反映了他的心情。他說，看見的滿是零亂的花影，聽到的盡是細碎的鶯聲。用「亂」、「碎」來形容花鳥，可見他心煩意亂，無心欣賞這園中的春天景色。他感傷的是為什麼來到這陌生地方，如此春色卻沒有熟悉的朋友一起來欣賞。

所以他說「飄零疏酒盞，離別寬衣帶」，如今異地飄零，孤零零的一個人，被貶官淪落到這裡，所以就疏遠了酒杯，不再有和朋友飲酒賞花的樂事了；也由於和他們離別了，從此人就憔悴消瘦，以至於衣帶也越來越寬鬆了。這兩句強調的是「飄零」和「離別」的事實，帶給他身心極大的創傷。

「人不見，碧雲暮合空相對」，他總是想著以前在汴京的那些好友，如蘇軾、黃庭堅等人，同樣因為黨爭的緣故，紛紛離開了朝廷，貶謫到各處。所謂「人不見」，是指再也見不到故人，也意味著再也回不了朝廷，回到從前那樣美好的生活。現在與我徒然相對的，只是日暮黃昏時天邊合攏的碧雲。

南朝江淹的詩有這兩句：「日暮碧雲合，佳人殊未來。」（〈休上人怨別〉）是說傍晚時天上的雲都凝成一片了，為什麼所懷念的人卻還沒有來？過去，往往用浮雲飄泊、雲彩散滅，比喻人們輕易的分離，現在連雲都可以合攏在一起，而人卻不能重聚，不是令人觸景傷情，更感到悲痛無奈嗎？詞人之所以那麼悲痛，因為他總是忘不了過去的美好。

「憶昔西池會，鵷鷺同飛蓋」，他追憶當年在祕書省做官的時候，參加在汴京西郊金明池的聚會，同僚一起坐著車子飛馳赴會的盛況。「鵷」和「鷺」是兩種鳥，據說牠們飛翔的時候是很有次序的。「鵷鷺」是兩行，這裡用來形容有傘蓋的車子絡繹不絕地奔馳，整齊有序地排成兩行。這些片段象徵秦少游在京城做官最風光、最美好的一段歲月。

可惜好景不常，「攜手處，今誰在」？那些當年我們攜手同遊的地方，如今還有誰在那裡呢？因為黨爭再起，舊黨人物通通被斥退，都貶謫遠方，無人能留在汴京了。

「日邊清夢斷，鏡裡朱顏改」，這兩句表達了相當沉痛的心情。秦少游心性敏感，一遭到挫折，他就悲觀絕望了。所謂「日邊清夢」，是有一個典故的。相傳伊尹曾作夢，夢見自己在天上遊逛，經過日月的旁邊，後來他得到湯王的賞識，從而輔佐成湯，實現了他用世的志意。「日邊」，也就代表君主或朝廷。秦少游要說的是，他入朝輔佐君主、成就一番事業的好夢已經斷絕了。而自己快將五十歲，對著鏡子看看自己的容顏也都改變了，一天一天地衰老，也沒什麼希望可期待了。

最後他以十分激切的口吻，訴說極度悲傷的心情，「春去也，飛紅萬點愁如海」。「春」代表人生的青春歲月、少年時候的豪情壯志、充滿美好憧憬的夢想，但這一切果然是留不住了、都消失了，如萬點紅花驟然飛落，一片都不留。這是多麼無奈，多麼令人痛心啊！

李後主說「流水落花春去也」（〈浪淘沙〉），那是國破家亡的絕望心情，但秦少游只是被貶官而已，卻表現得如此悲痛逾恆，這就太過作繭自縛了。你看，他說他的哀愁像什麼？像海一樣的深，像海一樣的無邊無際。秦少游這樣悲傷的心情，固然是他的個性使然，也是當時險惡的政治環境所導致的。

這是他個人的身世之感，也隱含了他對自己所屬政黨失勢的深沉哀痛。難怪這首詞傳出來之後，立刻引起很大的共鳴，他的好友蘇軾、黃庭堅、孔平仲、李之儀等都有次韻之作。

∞

第三種「不堪回首」的情況是，面對國破家亡、飄泊他鄉、年華漸老，不忍回顧舊日情事的心境，因為深怕一觸動，便一發不可收拾，讓人難以承受。

李清照的〈臨江仙〉可作為代表：

庭院深深幾許，雲窗霧閣常扃。柳梢梅萼漸分明。春歸秣陵樹，人老建康城。感月吟風多少事，如今老去無成。誰憐憔悴更凋零。試燈無意思，踏雪沒心情。

李清照是南北宋間最傑出的女詞人。她以女子的多情與銳感為詞，最能掌握詞的聲情與韻味，而出之以清超之才、雅健之筆，別有一種駿逸的姿態。易安詞既有「閨房之秀」，亦具「文士之豪」，形成了語意跌宕的獨特詞風，使人玩味無窮。而隨著年歲、環境的改變，她的詞境也有所不同，早年靈秀而清麗，南渡後逐漸變得沉健悲涼。

李清照的丈夫趙明誠在南宋高宗建炎二年（一一二八）九月擔任建康知府，隔年（一一二九）三月離職。這首詞談到「秣陵」、「建康」，都是現今南京的古稱。詞中有「柳梢梅萼」、「試燈」、「踏雪」等語，應該是建炎三年正月時候所作的。李清照避禍南遷來到建康，心情相當落寞沉鬱。

「庭院深深幾許，雲窗霧閣常扃」，寫她過著自我封閉的生活。深深的庭院，如同她的內心世界，幽暗深邃。面對這幽深的庭院，又時有雲霧籠罩著樓閣的周圍，她總是把窗子緊閉起來。「扃」字的原意是門窗上的栓鎖，引申為關閉的意思。雖然門窗閉鎖，但她還是不時關心著外在景物的變化。「柳梢梅萼漸分明」，楊柳長出了新枝，梅花也開了，春回大地的訊息慢慢明顯起來。

可是這本該令人興奮鼓舞的事，卻惹來她年華老去、時局不寧、離鄉背井的感傷。「春歸秣陵樹，人老建康城」，所謂春回大地，對時刻想著故鄉的她來說，又如何能接受這裡的事物呢？她不但高興不起來，反而有「春歸人老」的悲慨。

下片轉入今昔之感。「感月吟風多少事，如今老去無成」，想起以前對月感懷，臨風吟詠，許多美好的遊賞、唱酬的樂事，如今經歷了國破家亡，人也老了，什麼事都不想做，以致一事無成，因為已經沒有那種興致與心情了。

「誰憐憔悴更凋零」，則用反問的語句表示深深的嘆息。她的答案是沒有人會憐惜你的憔悴和凋零，凸顯出她孤單無助的心境。「憔悴」指人的形貌衰老，「凋零」原指草木的凋謝，這裡比喻為人的流離失所。在動蕩的時局下，多數人都遭逢不幸，自顧不暇，誰都沒有能力去關心別人了。這是時代的悲哀。

「試燈無意思，踏雪沒心情」，想來元宵節快到了，去觀看預賞的花燈，覺得沒什麼意思；至於到外面去賞雪，也沒有這份心情了。所謂「曾經滄海難為水」（元稹〈離思〉），李清照之前在汴京度過最美好的元宵節，看過最美麗的花燈，現在來到建康，今非昔比，現在的一切都感到了無趣味。從前在山東，與丈夫常在冬天踏雪尋梅、賦詩品茗，現下時世艱難，已經失去了那種優遊閒雅的心情。

8

第四種「不堪回首」的情況是，藉個人生涯的今昔對比，抒發強烈的時代盛衰之感。作者以一份豪情，追憶少年時的舊遊生活，煥發一種生命的光彩，展現極度飛揚的意態，但時移事變，這份堅持、這份理想徒然落了空，帶來的反差，化為極度的沉痛悲涼。

我們就以陳與義的〈臨江仙．夜登小閣憶洛中舊遊〉這首詞稍作說明：

憶昔午橋橋上飲，坐中多是豪英。長溝流月去無聲。杏花疏影裡，吹笛到天明。二十餘年如一夢，此身雖在堪驚。閒登小閣看新晴。古今多少事，漁唱起三更。

陳與義是跨越南北宋的人，綜觀他的一生，壯歲安閒，中年流落，晚年雖位望通顯，曾官至翰林學士、參知政事，而心情未免空虛。他不是一個政治人才，雖處高位，但為時不久，對於高宗紹興時局沒起到什麼作用，留給當時及後世的只有那六百多首詩。

他是宋詩的大家之一，蘇軾、黃庭堅以後，詩家首推陳師道及陳與義。他的詩思致精深，格調高朗，而波浪不夠壯闊。晚年時嘗試以詩之餘力填詞，雖然只有十八首傳世，但都屬佳品。他的詞的特色是，在疏放俊拔的語言中蘊含沉摯悲愴的情思。這首詞大概是在宋高宗紹興五年（一一三五）或六年（一一三六），陳與義退居湖州青墩鎮僧舍時所作，時年四十六或四十七歲。

陳與義是洛陽人，他追憶二十多年前的洛中舊遊，那時是宋徽宗政和年間，天下尚承平無事，可以有遊賞之樂。「憶昔午橋橋上飲，坐中多是豪英」，他說回想年輕時在洛陽城南十里的午橋上宴飲，坐中大多是傑出的才俊。當時一夥人的意氣風發，躍然紙上。

「長溝流月去無聲。杏花疏影裡，吹笛到天明」，這三句是說，午橋底下有長長的溝水，月光隨水波流動，而溝水靜悄悄地往前流去。酒罷後，繼之圍坐杏花樹底，盡情地吹著悠揚的笛子，直到天明。回憶中的畫面分外恬靜、閒雅，充滿著詩意。可是這美好的情事也如「長溝流月」一般，無聲地消逝了。

上片回憶往事，下片是如今的感嘆，對比十分強烈。「二十餘年如一夢，此身雖在堪驚」，他說這二十多年如同一場夢境，沒想到有那麼大的變化，實在難以逆料。此身劫後雖存，仍感到心有餘悸，驚惶不已！這兩句概括了這段時間裡國家和個人的激烈變化，包含了二十多年來國事滄桑、知交零落之感。經歷了國破家亡、顛沛流離，曾在一起飲酒吟詩的豪英，如今安在哉？二十餘年以來，時代變遷，英豪代謝，現下自己雖苟存於世，卻已不復有英豪共飲的生活了，只能憑藉著記憶以為悼念。

最後，詞的結尾說「閒登小閣看新晴。古今多少事，漁唱起三更」。如今閒登小樓，觀賞雨後初晴的月夜美景，藉此以慰寂寥。在詞人的眼底，古今多少世事都如雲煙般過去了，只有把它們編成歌的漁夫，還在那半夜三更裡低聲歌唱著。這就是陳與義詞一貫的特色，好像看破世情，表現疏闊放達，其實情思是沉鬱而悲愴的。

∞

以上按時代的先後，以及個人與時代的關係，將宋詞裡抒發「不堪回首的悵惘」的內容，歸納出四個不同的情況，分析它們在今昔對照下的運作方式，及其所引發的深淺濃淡不同的情緒。這些都是與時間有關的課題。

03 身不由己的哀嘆

王安石〈千秋歲引〉、朱敦儒〈臨江仙〉、蔣捷〈一剪梅〉

前面所談的「美景不再的感觸」、「不堪回首的悵惘」，主要是就時空的相對性，論述詞人盛衰今昔之感。換言之，他們是因為時間的變化，意識到某些事物已經消逝，而引起感傷的情緒，或是以過去生活或年輕歲月的美好，反襯出個人現在飄泊失意的悲痛，這兩者很明顯都有時移勢轉的情節內容。

而這一節要談的「身不由己的哀嘆」，則比較側重詞人個體主觀的感受，主要是觀看他們面對時空變幻，不能自主，所表現出來的無力感。

所謂「身不由己」，是指受到外力的擺布控制，或內在心理因素的影響，而失去自主的能力，身體不能由自己支配，心裡感覺無法自我做主，對生命充滿著無奈與感傷。而這個時候偏偏又意識到歲月催人老的時間壓力，使人身心更感焦慮不安。這樣的時間意識實在令人沮喪。

古語有云「人在江湖，身不由己」，人不能完全按照自己的想法過活，而人與人在家庭、社會、政治等方面的關係，未必都和諧融洽。此外，我們面對不同的文化習俗和各種的倫理規範，也未必都適應、能配合，很多時候必須調整自己，有所妥協，甚至也只能委曲求全，再不然就只得憤然離去。

但不管怎樣，事實卻是人總不能完全遂行自己的意願而行事，往往會受到各種不同的限制和阻礙，或者遇上莫名其妙的際遇讓人束手無策，感覺好像被命運操縱似的，弄到身不由己，不知如何是好。而更深層的體認則是時不我與。我們終究無法掌握時間，只能眼睜睜看著它帶走一切，包括我們的青春、年華、愛侶、理想、功名事業，乃至我們的生命。我們無力加以挽留、予以拒抗，只得認命，徒留憾恨。這是人類最大的悲劇來源。

宋人多情，而詞最關切的就是時間課題，因此詞人藉詞反映身不由己之嘆，是相當深切、哀怨而動人的。尤其在詞人面對政治迫害、戰爭摧殘時，引起人世滄桑之感會特別深刻。下面就舉三首詞來概括說明。

第一首是王安石的〈千秋歲引〉：

別館寒砧，孤城畫角。一派秋聲入寥廓。東歸燕從海上去，南來雁向沙頭落。楚臺風，庾樓月，宛如昨。　無奈被些名利縛，無奈被他情擔閣。可惜風流總閒卻。當初謾留華表語，而今誤我秦樓約。夢闌時，酒醒後，思量著。

北宋神宗有志革新，用王安石為宰相，主持新法，不過在熙寧九年（一〇七六）他被逼去職，退居金陵。過去許多學者認為這首詞是王安石晚年時，因推行新法失敗，退居金陵後的作品。他們認為王安石積極用世，勇於任事，一心想兼濟天下，沒想到卻被他提拔的新黨的人所逼退，心中不免憤恨，也頓感無奈。這首〈千秋歲引〉表露了他對功名誤身的感慨，藉以抒發自己對政治的厭倦之情，和對無羈無絆生活的留戀與嚮往。

不過，我以為無須過度去詮釋，就是不須將詞中的內容緊緊扣合王安石本身所遭遇的政治事況，以及他現實的心境體驗去作解釋。這首詞既無編年，很難妄斷去判定它必應是作者退居金陵後所作。再者，詞在王安石創作的時代多是應歌而填寫的，很少是個人抒情言志之作。當時像晏殊、歐陽修等人的詞篇，雖然會隱約透露個人的某些主觀看法，但都是蘊含在普遍的人間題材中。這些題材像是相思怨別、羈旅情懷、思鄉愁緒等，都是一般人常有的經驗，王安石這首詞相信也不例外。

詞的上片，內容是這樣的：傳入旅舍的搗衣聲，應和著城頭的畫角聲，在廣闊的天地間迴蕩著這樣一片秋天的聲籟。因為秋天到了，燕子歸往東邊的海上，而大雁飛來南方，棲息在沙灘上。這兒有楚王與宋玉在蘭臺遊賞時感受到的愜意涼風，有庾亮與殷浩輩在南樓吟詠時觀賞到的美好月色。這樣的清風明月，和以前所看見的、所感覺到的，彷彿都一樣。

這裡從時序的變化，寫人在旅途中所見所感的秋天景象所引發的情思。秋士悲感，是詩詞常見的題材。燕子和鴻雁，年年秋天都會由北方飛到東南方避寒，都有固定的行程，而旅人一方面看著飛鳥的蹤跡，一方面孤獨地在旅舍裡聽著淒涼的秋聲，當然會觸發一己有家不得歸、客居異鄉的愁緒。這裡的樓臺，清風明月依舊，但心底裡何嘗沒有意識到其實已物是人非、今不如昔？

詞的轉折安排，往往會由意識到人事的變化，然後導引出心中一份不渝之情，以此表現一種生命意志，以執著的精神對抗外在的一切。

這首詞的下片，先從悔不當初說起。人生的抉擇有時真的很難逆料它的後果。他說「無奈被些名利縛，無奈被他情擔閣。可惜風流總閒卻」，回顧從前種種，最感無奈的是，一則被功名利祿所羈縛，一則被那難以割捨的入世情懷所耽誤，以至於那些風流韻事就這樣很可惜地被丟到一邊了。這幾句很沉痛地訴說了進退兩難的局面。因為既難以放棄對功名事業的追求，可是卻未能如願，而想回到之前那樣溫馨的世界，又已是不太可能了。

「當初謾留華表語，而今誤我秦樓約。夢闌時，酒醒後，思量著」，當初允諾功成身退時定會歸來，卻成了空話，直到如今都不能如願，耽誤了我與佳人重聚的約會。當夢斷了，酒醒後，我細細地思量著。這幾句可以看出詞中人的痛苦，想借酒澆愁，逃入夢鄉，然而酒醉也罷，作夢也罷，終究都會醒來，醒來後的愁怨會更深。而陷入沉思當中，又混雜著許多失意、無奈和悔恨的情緒。

王安石這首詞，平實生動地寫出了一般讀書人的悲哀，一種身不由己的感嘆，詞中所見所感都是人之常情。

∞

另一種情況是，經歷人生更大的波折，亂世人的心聲則有更深的無奈與虛妄感。我們試看南北宋之間朱敦儒作的〈臨江仙〉：

堪笑一場顛倒夢，元來恰似浮雲。塵勞何事最相親。今朝忙到夜，過臘又逢春。流水滔滔無住處，飛光忽忽西沉。世間誰是百年人。個中須著眼，認取自家身。

前面介紹過朱敦儒的詞風，他的特色是在清麗疏曠的語態中，有著沉著傷感之情。這首詞應該是朱敦儒南渡後，歷盡滄桑，有感而發的。

「堪笑一場顛倒夢，元來恰似浮雲」，人生像一場顛倒的夢，真是十分可笑，世事原來就像飄忽不定的浮雲，瞬間變幻。那麼人生有什麼可依恃的呢？

所以他說「塵勞何事最相親」，勞苦的紅塵中，什麼最令人感到可親？我們每天勞勞碌碌，為生活而奔忙，不知所為何來。「今朝忙到夜，過臘又逢春」，從早晨忙到夜晚，過了臘月又是新春。整天都勞累忙碌，不知不覺中就這樣虛度了歲月。

「流水滔滔無住處，飛光忽忽西沉」，時光像江水奔流不止，落日轉眼間飛快地西沉。時間如「流水」，落日如「飛光」，是比喻時間流逝、人事變遷的快速。詞人對世間事物驟然產生一種空虛的失落感，反覆用不同的景況來顯示心中複雜的思緒，因此發出「世間誰是百年人」的感嘆，進而引出最後兩句，「個中須著眼，認取自家身」。

他說，這其間最應該留意的是，認清自己的本真。意思是說，人生難得長命百歲，在有限的生命中，不管怎樣，就儘量做一個忠於自己本性的人吧。這是在身不由己的情況下，維持人生尊嚴的一種方式。

最後，我們跳到宋末元初，看看國破家亡後，詞人感懷身世有怎樣的表現。舉的例子是蔣捷的〈一剪梅〉：

一片春愁待酒澆。江上舟搖，樓上簾招。秋娘渡與泰娘橋。風又飄飄，雨又蕭蕭。何日歸家洗客袍。銀字笙調，心字香燒。流光容易把人拋。紅了櫻桃，綠了芭蕉。

蔣捷，生卒年不詳。他是江蘇陽羨（今宜興）人，南宋咸淳十年（一二七四）進士。宋亡之後，他深懷亡國之痛，隱居不仕，人稱「竹山先生」。蔣捷氣節高尚，為時人所重，長於填詞，與周密、王沂孫、張炎並稱「宋末四大家」。他的詞多抒發故國之思、山河之慟，風格多樣，而以悲涼清俊為主。他的詞其實已屬元調（元朝的格調），與南宋不同。所謂元調詞，它的佳處是排比鋪敘，層層推進，而能以流轉之氣、深沉之思運之，開闔變化，而不板滯。

這一首詞的題目是「舟過吳江」，是蔣捷乘船經過江蘇吳江縣時所作的，表達了飄泊途中倦遊思歸的心情，與時光流逝的無窮感嘆。

「一片春愁待酒澆。江上舟搖，樓上簾招。秋娘渡與泰娘橋。風又飄飄，雨又蕭蕭」，這份春愁，指的是眼睜睜看著大好春光即將消逝，一年佳景沒有好好珍惜，而美好希望也隨之落空，心中引發特別深濃的愁怨。船在吳江上，往前搖蕩，岸邊樓臺上掛著的酒簾向人招手，讓人好想稍稍停下來，借酒澆愁，緩和一下情緒。船隻經過當地的名勝秋娘渡與泰娘橋，也沒有心情去欣賞了，而且天候不佳，「風又飄飄，雨又瀟瀟」，著實令人煩惱。

人在船上，而船在水中，給人一種到處飄蕩又不安穩的感覺。而風雨飄搖，則製造出一片幽冷淒然、寂寥蕭瑟，無端令人神傷的氛圍。這暗喻了宋遺民在亡國後那種茫茫不知所歸的飄零之感。

前路茫茫，羈旅情愁不斷，詞人於是在下片就從想像出發，描述心中美麗的憧憬。

「何日歸家洗客袍。銀字笙調，心字香燒」，哪一天能回家去，清洗一直在外穿著的衣袍，結束客遊勞頓的生活呢？哪一天能和家人團聚，調弄鑲有銀字的笙，點燃薰爐裡心字形的盤香？那是多麼令人嚮往的美好溫馨的家居生活啊。越是懷想舊日生活的美好，越反襯出今日的孤單寂寥。所謂「何日」，用一個反問句，表示那將是遙遙無期了。更令人擔憂的是，歲月無情，此生恐怕無法實踐這理想，一切的美好希望終究會落空。

就在如此仍不得歸的急切心情下，詞人不禁發出感慨，「流光容易把人拋。紅了櫻桃，綠了芭蕉」。意思是說，時光如流水，快速變化，容易把人拋在後面，怎麼追都追趕不上，這個時候櫻桃花變紅了，芭蕉也綠了，轉眼間春去夏又來。原來時間是可以從豔麗的色彩中，看到它的變換跡象的。

花葉年年美麗如故，可是人呢，只能觸景傷情。除了暗自慨嘆年華易逝，也沒有其他辦法了。這種身不由己的悲嘆，在風雨飄搖的時世中，飄泊流浪的生活體驗下，尤其感到沉痛，特別無奈。

∞

以上所討論的三闋詞，分別代表了北宋時期、宋室南渡到宋末元初三個階段，詞人的三種「身不由己」的模式。從中可以看見時局世情對詞人的影響，也看見了詞人的反應態度，以及他們不同的表達形式。

04

功名未就的無奈

范仲淹〈漁家傲〉、陸游〈訴衷情〉、辛棄疾〈破陣子〉

所謂「身不由己的哀嘆」，那樣的情緒，多少是因為受制於外在因素，讓人失去自主的能力，甚至有種宿命的感覺，產生了時不我與的哀傷和生命的無力感。至於那些寫「功名未就的無奈」的詞，它們的時間意識更具悲劇感，所抒發的生命情調則充滿一種執著無悔地與命運對抗的精神，表達了人強烈的生命意志。

孔子說：「逝者如斯夫，不舍晝夜。」（《論語．子罕》）又說：「君子疾沒世而名不稱焉。」（《論語．衛靈公》）中國的讀書人普遍都有時間壓力帶來的焦慮感，一則面對時間匆匆消逝，本身就無能為力，而在有限的生命裡有著追求的理想，卻時刻擔心在生命結束前都無法達成。

《詩經．小雅．小宛》說：「夙興夜寐，無忝爾所生。」就是要人充分利用時間，孜孜矻矻，努力學習，不只為自己，也為蒼生做些有益的事，不愧對父母，得到世人的敬重。這是我們文化裡視為理所當然、為人處事須踏實認真的基本態度。至於才能越高、抱負越大的人，則須要求自己肩負更多責任，這樣才不會辜負自己，因己而及人，帶給人群更大的福祉，並能樹立典範，以啟發後來的人繼續前進。這是推動人類文明發展最重要的生命力量。

儒家所謂的「三不朽」，即立德、立言、立功，是人們賴以對抗時間無窮的壓力、命運無情的操弄，所展現出來的意志與精神。相信只要忠於自己，憑藉砥礪德行，戮力從公，發憤著書，便可在人世間留下美名，成就不朽的人生，由此證明人的存在意義和生命價值。有為者當如是，他們抱著積極入世的情懷，將使命感轉化為信念之後，便有勇往直前的力量。雖然會遇到各式各樣的阻撓，明知會有無法掙脫的限制，讓人想放棄卻又不甘心，還是堅定信念、百折不撓、全力以赴，他們承受的苦楚不是一般人所能體會的。

其所展現的情志，正是一種「知其不可而為之」的精神，而這種精神是儒家入世情懷最佳的表現，也展現了人忠於自己、為自己做出生命抉擇、並為這抉擇勇於承擔、努力不服輸的精神。它見證了人性的尊嚴，以及對生命的熱愛。

這些精神特質很早便出現在我們的神話傳說裡，如「夸父逐日」、「女媧補天」、「精衛填海」等故事，日後更貫徹在我們的文化之中。那是緣於一份不忍人之心、一份悲憫的情懷，在有限的生命中、時間的催迫下，激發出來的一種生命的鬥志、一種執著的熱誠、一種永不放棄的毅力。

中國文學裡最能展現這種悲劇精神的，是屈原的〈離騷〉。屈原為楚國貴族，任三閭大夫、左徒，兼管內政外交大事。他主張對內舉賢能、明法度，對外力主聯齊抗秦。後來因為遭受貴族排擠，被流放於沅湘流域，最後投江自盡。他在〈離騷〉中抒發了熾熱的忠君愛國之情、對理想的不懈追求，以及為此九死不悔的心志。

屈原自矜才華，不斷修養德行，一心想報效家國，卻遭讒害。〈離騷〉裡有十分強烈的時間意識，表現出有志難酬的悲慨。他說：「汨余若將不及兮，恐年歲之不吾與。」又說：「日月忽其不淹兮，春與秋其代序。惟草木之零落兮，恐美人之遲暮。」意思是我匆忙地像趕不上了，唯恐年歲不待我就飛逝。日月倏忽變換，不稍停留，春去秋來，不停地更迭代謝。想到草木的時刻凋落，恐怕美人也隨將老去。

不過即使如此，他說：「亦余心之所善兮，雖九死其猶未悔。」就是說這一切都是我的嗜好，雖然歷經多次極大的危險，甚至面對死亡也不後悔。這充分表現出他的意志堅定，絕不動搖退縮。後來的詩人作家亦多以屈原為典範，承繼了這種知其不可而為之，「雖千萬人吾往矣」的精神。

之前曾說過，詞是宋代文學的代表，因為它具現了宋人陰柔中有韌性的特質。宋詞在表現「好景不常、人生易逝」的悲感時，通常會注入一種「此情不渝」的精神。這種「不渝」、不會變的「情」，不僅指男女、親人朋友方面，也包含了故鄉、家國之情。

寫男女相思、人間悲歡離合的情懷，多屬婉約之作。而面對動亂時局，詞人在進退之間，仍不忘家國安危之事，發而為文，則多出之以豪放的筆調。以個人面對大我的世界，承受的壓力非常大，時間的壓迫感則更強，讓人感到能力不足、時不我與。但詞人以一種無比執著的熱誠加以對抗，試圖力挽狂瀾，就形成極大的張力，飽滿悲鬱的情緒，特別撼動人心。

悲哀是一種下沉的力量，而豪情則喚起一種往上提振的精神，在不斷迎拒、對抗的過程中，情緒就有了上下起伏的變化，形成跌宕不已的旋律節奏。所謂「豪」，簡單來說，就是能擔當的意思。能擔當故能豪邁，這是性情上、襟懷抱負上的事。

下面介紹三位豪放派名家的詞，看他們如何抒發功名未就、報國無路的感慨。觀察的重點是，他們如何在時不我與的意識下，表現出有志難酬的悲哀。

∞

首先，我們來看范仲淹的〈漁家傲〉：

塞下秋來風景異，衡陽雁去無留意。四面邊聲連角起。千嶂裡，長煙落日孤城閉。　濁酒一杯家萬里，燕然未勒歸無計。羌管悠悠霜滿地。人不寐，將軍白髮征夫淚。

范仲淹是北宋名臣，曾以龍圖閣直學士，與韓琦並為陝西經略安撫副使，其後官至樞密副使、參知政事，以資政殿學士為陝西四路宣撫使。范仲淹在陝西守衛邊塞多年，西夏不敢來犯，說他「胸中自有數萬甲兵」，羌人敬之，呼為「龍圖老子」。他主張政治革新，主持「慶曆新政」，可是因為守舊派的阻撓，未見成果。

范仲淹才高志遠，嘗以天下為己任，文章就是他的「餘事」罷了。〈岳陽樓記〉說：「先天下之憂而憂，後天下之樂而樂。」可以看出他的胸襟抱負。詞則有〈漁家傲〉、〈蘇幕遮〉、〈御街行〉等名篇傳世。他的詞作章法綿密，筆調哀婉蒼涼，別具特色。

范仲淹在宋仁宗康定元年（一〇四〇）任陝西經略副使兼知延州，至慶曆三年（一〇四三）回朝，這一首詞大概就寫在這段時間。這首〈漁家傲〉寫戍守邊關所見所苦之事，反映了將士們的邊塞生活和思鄉心情，也流露出功業未成而人已老邁的無奈心聲。

上片寫邊塞的蒼涼。「塞下秋來風景異，衡陽雁去無留意。四面邊聲連角起。千嶂裡，長煙落日孤城閉」，意思是說在邊境上，秋天一來，風光就全都不同了。這個時候，雁兒向衡陽飛去，毫不留戀荒涼的西北邊區。黃昏時分，城頭軍中號角吹起，邊地四周的馬鳴、風聲隨之相應，形成一片悲涼之聲。這裡山峰並列像屏嶂，炊煙裊裊直上，夕陽沉落，而這座孤零零的城緊緊關閉著。遠征的人身在邊關，驚覺風光殊異，所聽、所見、所感受的，都會無端惹起更為深切的思鄉與羈旅愁情，令人更覺孤單寂寥。

但為什麼征人要長期過著這樣孤寂的生活呢？下片就寫出久戍未歸的原因，以及他的心情。「濁酒一杯家萬里，燕然未勒歸無計」，飲一杯濁酒，以紓解思念遠方家鄉的愁緒。「燕然未勒」，是說未能在燕然山刻石記功。據《後漢書》記載，東漢車騎將軍竇憲大破匈奴，登燕然山，刻石勒功而還。這裡是指邊患未平、功業未立的意思。這樣的話，只能長期戍守在此地，想回家也是沒辦法了。

「羌管悠悠霜滿地。人不寐，將軍白髮征夫淚」，此時，遠方傳來悠揚的羌笛聲，寒霜灑滿大地，面對這樣的境況，將軍與征夫自然都難以入睡。想到大家為了保家衛國，長期戍守邊關，鬚髮都變白了，不禁流下傷心的眼淚。霜雪之白，映照鬢髮之白，營造出蒼涼的景象。

這首詞寫出了邊地的蒼茫悲涼之感，以及征人思歸之情。誠如劉永濟的評論：「此詞雖有思歸之情而無怨尤之意。蓋抵禦侵略，義不容辭，然征夫久戍，亦非所宜，故詞旨雖雄壯而取境卻蒼涼也。」就是說，這首詞揉入了詞人真實的家山萬里的感觸，和長久不能回家的無奈，但也吐露出將軍與征人「匈奴未滅，何以家為」（霍去病語）的壯志與胸懷，造成了這首詞豪壯中有悲涼的意韻。

∞

接著，我們來看南宋陸游的一首詞〈訴衷情〉：

當年萬里覓封侯，匹馬戍梁州。關河夢斷何處，塵暗舊貂裘。　胡未滅，鬢先秋，淚空流。此生誰料，心在天山，身老滄洲。

陸游，字務觀，號放翁，越州山陰（今浙江紹興）人。宋高宗紹興中應禮部試，為秦檜所黜。孝宗即位，賜進士出身，曾任鎮江、隆興通判。乾道六年（一一七〇）入蜀，任夔州通判。乾道八年（一一七二）入四川宣撫使王炎幕府。晚年退居家鄉。陸游各體文皆工，尤長於詩，與尤袤、楊萬里、范成大並稱「南宋四大家」。他的詞兼具流麗綿密、感慨激昂之美，纖麗處似秦少游，雄慨處則似蘇東坡。

這一首〈訴衷情〉是陸游晚年隱居山陰時所作。宋孝宗乾道八年，陸游應四川宣撫使王炎之邀，從夔州前往當時西北前線重鎮南鄭軍中任職，度過了八個多月的戎馬生活。淳熙十六年（一一八九），他被彈劾罷官後，退隱山陰故居長達十二年。這期間他常常回首往事、夢遊梁州，寫下了一系列愛國詩詞。這首〈訴衷情〉便是其中的一篇。

這首詞敘寫作者一生中最值得懷念的一段歲月，透過今昔對照，反映出一位愛國志士的坎坷經歷和不幸遭遇，表達了作者壯志未酬、報國無門的悲憤之情。

起首兩句說「當年萬里覓封侯，匹馬戍梁州」，是追述自己壯年單身匹馬，遠赴邊疆，覓取建功立業機會的情境。古梁州，即當今陝西漢中，在四川東部一帶，因梁山而得名。這是指陸游四十八歲在漢中任職川陜宣撫使幕府的情形。

之後轉筆至目前處境，「關河夢斷何處，塵暗舊貂裘」，是說收復山河的夢已經破滅了，而昔日沙場上穿的老舊貂裘沾滿了灰塵，顏色也變黯淡。意謂長期投閒置散，英雄已無用武之地。兩句今昔對比，語言平淡含蓄，情意卻十分悲憤淒涼。陸游懷著愛國的情操，希望拯救國家民族的苦難，卻沒有機會施展抱負、實踐理想，他內心的痛苦與煩惱不難想像。

過片說「胡未滅，鬢先秋，淚空流」，是說敵寇還沒消滅，年歲已老大不小，只能感傷落淚。愛國詞人不免因歲月不饒人、壯志終難酬，而灑下傷心的淚水。這裡既有感於理想徒然落空的無奈，也流露出永遠關切家國的不渝之情。因此就帶出結尾的三句話。

「此生誰料，心在天山，身老滄洲」，當前的處境誰能料想得到？此心猶在西北邊塞，始終都懷抱著為國效力建功、收復失土的希望，然而此身卻只能終老江湖，對國事無能為力，這份志業終究難以達成。這裡寫出了作者雖意識到身體衰老，但心中仍有一份此志不移的信念。所謂「烈士暮年，壯心不已」（曹操〈步出夏門行〉），陸游在這首詞裡做了很好的詮釋。

∞

最後，我們看另一位愛國詞人辛棄疾的詞〈破陣子〉：

醉裡挑燈看劍，夢回吹角連營。八百里分麾下炙，五十絃翻塞外聲。沙場秋點兵。　馬作的盧飛快，弓如霹靂弦驚。了卻君王天下事，贏得生前身後名。可憐白髮生。

辛棄疾少年時在山東，目擊戰亂的劫難，承受祖父辛贊的薰陶，萌生了澄清中原的壯志。他在二十二歲時，趁金主完顏亮督師南侵，中原人民紛紛起義，他就聚集兩千民眾，加入了耿京領導的義軍。隨後決策南向，投歸了南宋。

稼軒南歸後的前二十年，即二十四歲到四十二歲期間，輾轉於江淮兩湖一帶任地方官。後來被彈劾而免職，閒居上饒帶湖十年。五十二歲才又被起用，不到三年又被彈劾而免職。罷官後，稼軒再次回到上饒家中。未料第二年帶湖居宅失火，全家移居鉛山縣期思村瓢泉新居，就這樣閒散了幾年。寧宗朝，韓侂胄有意興兵北伐，擢用主戰人士，年已六十四歲的辛棄疾再被起用，但不久又被以「誤薦人材」的過失而罷職。稼軒滿懷悲憤，重返鉛山故宅，未幾，卒於家中。

辛棄疾是忠義奮發、功名慷慨之士，也是南宋詞壇的巨擘。稼軒詞六百多首，根源於他一生動蕩的身世、鬱勃的懷抱，所以能夠深厚雄闊、蒼渾沉鬱，於剪紅刻翠之外，屹然別立一宗。他的成就不盡由於他才大氣雄、學識淵博，更重要的是他所處的時代與地方。北人南渡，臨事操切的個性，與當時江南風氣不合，頗為當路所忌，屢黜屢起，未盡其才，遂形成其詞沉鬱頓挫、欲飛還斂的特色。

這首〈破陣子〉是稼軒擔任福州知府兼福建安撫使任上，寫給他的好友陳亮的詞。詞題是「為陳同父賦壯語以寄」。陳亮也是慷慨之士，也是主戰派的代表人物，兩人惺惺相惜。稼軒以豪情入詞，寫出自己的身世盛衰之感，強烈表達了自己一生的抱負和極端失落的情緒。如果不是深交摯友，這首詞的語意是不會如此剴切、坦然而真誠的。這首詞在豪壯的語調中，蘊含著沉痛與悲涼，可以說是一首失意英雄的慷慨悲歌。

這首詞主要的架構，是以回憶過去，並以理想化的英雄事蹟、激昂的氣勢、熱切的情緒，對照今日現實世界中自己年歲之老邁、意志之消沉，以及功名未就的無奈與深悲。

詞的內容大概是這樣的：趁著醉意，挑亮油燈，觀看手中的寶劍。嗚嗚的號角聲在軍營間繚繞，驚醒了征人的好夢。把烤好的牛肉分給部下享用，讓五十弦的瑟樂器奏起塞外雄壯的樂聲。正在秋天時分，舉行了出戰前的閱兵。我們騎的戰馬，飛快似的盧；我們拉響弓弦，聲如霹靂，非常響亮。只待替君王完成了收復國家失地、恢復中原的大業，為生前身後爭得不朽的名聲。可悲的是，我已白髮頻生，錯失了大好時機。

這首詞最奇特的地方，是它的章法布局。它在結構上打破了詞體上下分片、前後對比的基本格式。前面九句一氣貫串，酣暢淋漓，由醉夢到醒來，由帳內到戶外，從軍營生活到閱兵待發，從陣前進攻的氣勢到為君主效命的偉大抱負，把一股豪情有層次地醞釀，推進到一個極端的境地。以為必有所成的期待，卻在結句峰迴路轉，立刻轉筆換意，來一個極大的翻覆，一聲「可憐白髮生」的浩嘆，節奏急促收煞，並一氣推倒了先前預設的美好假象，散落一場空，讓人措手不及。

如此不相稱的對比方式，形成極大的張力，使得詞中盛衰之感尤其顯著，抒發的悲鬱情緒就更形激烈了。

∞

以上這些以豪邁之氣寫功名未就之情，充滿了悲劇感，十分深切動人，更流露出堅韌不渝的情志，不但拓寬了詞的抒情世界，也豐富了抒情文學的內涵。

在這一講裡，透過「美景不再」、「不堪回首」、「身不由己」和「功名未就」等主題，可以了解宋人在意識到時間的變化時，怎樣去表現感觸、悵惘、哀嘆或無奈的情緒。事實上，人間情意千千萬萬種，很難說盡，以上所述不過是略窺一二而已。希望大家能夠舉一反三，體會到時間意識的重要性，並對這類情意內容所產生的運作模式，有最基本的認識。

不過，以上這些都屬現象的描述。至於宋人如何深刻地洞察問題的癥結，對時空意識有更透徹的思考，他們又如何面對時間推移帶來的焦慮不安，怎樣去紓解這些負面情緒，就需要走進詞人的內心世界，同情共感地體察他們用情的態度與化解的方式。蘇軾和其他情理兼具的詞人都是值得觀察的對象，接下來的兩講會有詳盡的介紹。

之七

時空的失落

蘇軾詞中的人生空漠之感

我們平常只要意識到時光流變、歲月消逝，就會因時、因地、因實際事況及時空環境，而產生大小輕重不一的情緒反應，那是人之常情。詞作為一種獨特的文體，它的情節內容通常是以「今昔對比」的方式來設計安排。在今不如昔，表示對世事不滿、慨嘆人不能自主的情況下，將傳統文學中最常見的「美人遲暮」、「懷才不遇」等題材，擴展到更多面向的抒寫。

所謂相對性的結構，那是以過去和現在的情境做對比，在主體與客體的衝突情況下，有感於個人的有限性，就會產生頓然失落、焦慮不安的情緒。而人越是有所追求，越是執著於某些信念或事物，就越會感到時間的迫切性，時刻都處於緊張的狀態，引發的情緒就更為悲憤、激切。這樣的情意內容，配合詞情隨著音樂往前推進的抒情特質、向人傾訴的話語方式，以及它的相對性結構形式，譬如上下片、對句的使用等等，形成了跌宕起伏的旋律，和幽怨纏綿的情調。

不過，當詞慢慢脫離音樂的屬性，衍變為文人抒情的載體，而文人由於身世際遇的複雜多變，感慨自然更深刻，或由於個人的胸襟懷抱宏大，關心的層面較深廣，他們的體會就越深切，那麼詞中所開拓的意境就大不相同了。

換言之，詞人對於時間問題，不只有一般的經驗感受與反應而已，有時會有更深層的思考，涉及到存在意義的問題。譬如，人在茫茫宇宙中何其渺小，有著那麼多的限制，怎樣能自我肯定？如何在流變的歲月中找到生命的定位？人生究竟有何意義？這些問題在宋詞逐漸成熟後，就開始在詞裡出現，如同詩人在詩中處理過相關的論題一樣。

蘇軾是這方面的代表作家，他將詞中關於時間問題的思辨層次推展到一個新的階段。這一講，我們先就東坡三首名作〈永遇樂〉、〈洞仙歌〉、〈念奴嬌〉，看他有著怎樣的時間憂慮，如何在時空流變中思考人生的出處、探問人的存在價值。概括來說，我們想問的是：他為什麼會有歲月滄桑、人生虛妄之感？

首先，請大家注意兩點。

第一，這三首詞都屬長調。作者換了新的體製來處理這個時間課題，他不採之前唐宋詞人慣用的短篇小令來抒發心中的感受，而是用更長的篇幅來鋪敘事況，表達他更多面向的思辨與探索。

第二，過去詞作的時空設計，顯得狹小而短促，空間不出亭臺樓閣，時間多以一兩天為主，而情境的今昔對照也僅屬個人生涯前後的對比。東坡這三闋詞突破了一般情詞的格局，擴大了空間，也拉長了時間，加入了歷史意識，從個人經驗變為普遍的人類經驗。在人生的體驗裡，拓寬並增強時間與空間的幅度，便意味著改變了幽閉的時間觀，縱身在一個開放、未知的世界。一方面讓人更感孤獨渺小，無疑增加了生命的空虛與無力之感；另一方面卻讓人走入既幽深又寬闊的世界，擴大了視野，加深了體驗。

人如果能認真面對、勇於反省，也許便能洞察生命底蘊，激發智慧火光，在茫然的生涯中尋得定力與方向。

王國維《人間詞話》說：「詩人對宇宙人生，須入乎其內，又須出乎其外。入乎其內，故能寫之；出乎其外，故能觀之。」我們在東坡詞中，可以看見他深入面對生命的幽暗面，體會人世艱難的困境，深刻了解人生的悲劇性，而且他都能夠用優美的文字書寫出來。這一講主要就是談他「入乎其內」這方面的體驗。至於他「出乎其外」的那些富有哲思、超然曠達的表現，則留待後面的章節再做介紹。

01

舊歡新怨

蘇軾〈永遇樂〉

在正式談論蘇軾詞的「時空之感」這個課題前，我想先簡單介紹一下東坡詞的基本特色。

蘇軾的《東坡詞》是宋詞的奇葩，也是東坡文學中最動人心弦的一體。東坡為詞，融入了詩的技法與意境，擴大並提升了詞的內容與境界，使詞體得以脫離小道末技，進而取得與詩文同等的地位，成為文人抒情言志的新體裁。

東坡憑藉他個人的才華、性情、學問、襟抱，發而為詞，逸懷浩氣，表現為疏宕豪放、清麗舒徐的筆調，無論是寫什麼樣的題材，都可以看出他的真性情與真感受，而且能呈現曠達溫厚、清麗動人的意境，這些都不是一般作家所能企及的境界。

這些作品中所表達的情懷，都與東坡一生跌宕起伏的生涯、立身行事的態度息息相關。可以這樣說，在宋代詞人中，最能表達深摯又多種情意、最具倫理情懷且最有啟發性的作家，應該就是蘇東坡了。

東坡多情，也長於思辨。在詞的世界裡，他所抒寫的情、所呈現的意境，有多樣的姿態，在出入之間展現出各種悲喜欣慨的情懷，充滿著興發感動的力量。我們讀東坡詞，會讀到一種勇於面對生命的態度，一種自由意志和創新精神的展現。

如果回到文體的屬性去思考，東坡在詞中最關切的核心課題又是什麼？東坡為何填詞？他的詞中有著怎樣重要的主題意識？葉嘉瑩《靈谿詞說》說：「蘇軾之開始致力於詞之寫作，原來正是他的『以天下為己任』之志意受到打擊挫折後方才開始的。」又說：「蘇詞中，雖以超曠為其主調，然而其中卻時而也隱現一種失志流轉之悲。」這些說法是值得參考的。不過，我以為若要追根究柢，應該和他特別的時間意識有關。

東坡二十六歲那年通過制科考試，被派到陝西鳳翔任簽判，弟弟蘇轍送他到鄭州。東坡平生第一次和子由分別，寫了一首詩給他，其中有兩句說：「亦知人生要有別，但恐歲月去飄忽。」這是東坡有感於別離，而興起時空失落感嘆的開端，是他心靈底處最深層的憂傷與寂寞。東坡往後的人生到處遷徙，難得安定，如何在「人生有別」、「歲月飄忽」的情形下，在時間流逝、空間移動中尋得生命的安頓，找到心靈的歸宿，是他一生的重要課題。

十年後，因為王安石執政了，東坡黯然離開朝廷，去到杭州擔任通判。東坡詞的寫作就是在杭州時期開始的。東坡找到了最能表現時間意識的詞來抒發他年華漸老、傷時感舊的哀嘆。在杭州三年後，東坡到了山東的密州，再三年後改任徐州知州，去了江蘇的彭城。這幾年間，寂寞之感、老病之嘆緊緊相隨。到了徐州的第二年，東坡四十三歲，感到人生如夢，寫下了這首〈永遇樂〉，表達了人生虛妄的哀嘆。

∞

〈永遇樂〉的詞序是「彭城夜宿燕子樓，夢盼盼，因作此詞」，詞的內容如下：

明月如霜，好風如水，清景無限。曲港跳魚，圓荷瀉露，寂寞無人見。紞如三鼓，鏗然一葉，黯黯夢雲驚斷。夜茫茫，重尋無處，覺來小園行徧。天涯倦客，山中歸路，望斷故園心眼。燕子樓空，佳人何在，空鎖樓中燕。古今如夢，何曾夢覺，但有舊歡新怨。異時對，黃樓夜景，為余浩嘆。

這首詞談到徐州兩個地方——燕子樓和黃樓，一個是舊時留下來的古蹟，一個是新建的樓臺。

先說黃樓。在寫這首詞的前一年，子由跟著東坡到徐州，中秋過後才離開。子由離去不久，黃河氾濫，徐州大水，東坡率同軍民對抗這場水患。水退之後，他又耗費許多心力向朝廷爭取款項，修建大堤，進行種種治水工程。之後，東坡在東門之上修建了一座樓臺，特別以黃泥塗壁，命名為「黃樓」，取五行中「土能剋水」的意思，希望從此以後水患遠離徐州。這座樓臺見證了東坡在徐州的功業。

燕子樓是徐州城的古蹟，相傳是唐代檢校工部尚書張建封之子張愔任徐州刺史時為其愛妾盼盼所建的。張愔去世後，盼盼獨居在這裡十餘年，寂寞以終。東坡詞序裡說「夜宿燕子樓夢盼盼」，說他有一晚住在燕子樓，作了一個夢，夢見了盼盼。醒來後，有感而發，寫下了這一首時空意識特別強烈的詞篇。但整闋詞卻沒有敘述夢中情節，即與盼盼相見之事，只是借題發揮，引發出人生如夢的慨嘆。

燕子樓和黃樓是兩座不同世代的建築，一為美人而建，一與百姓福祉、治水功績有關。樓臺有新舊之別，建築目的各有不同，然而東坡藉由這兩座樓臺，聯想到過去、現在與未來，所有人事原來都在一場大夢之中，循環著各種成敗得失、歡怨悲喜的情節。這是夢裡人生永遠不變的生命困境，難以自主，一切都好像被擺布著。

這闋詞開篇三句，「明月如霜，好風如水，清景無限」，寫出了月白風清，一片無限清幽的景象。這是眼前看到的景色？還是夢中景致？作者沒有清楚說明。這裡先鋪墊好一種氣氛，彷彿天地間充滿著一片平和靜好。

接著，畫面開始有些動態了，「曲港跳魚，圓荷瀉露」。我們要知道動作在文學中的示意作用，有動作就能帶出情節，引起情緒反應，因而就會顯露出時間意識。文學中情意的生發，就是從動作意象開始的。他說曲曲折折的港灣，時有魚兒白水面躍出，撲通一聲又落回水中，於是一圈圈的漣漪便兀自散開；而圓圓的荷葉上凝結了露珠，夜風拂過，荷葉輕翻，露珠就從葉面滑了下來，落入水中，於是又緩緩蕩開一圈圈的漣漪。

這裡形容湖岸是曲折的，荷葉是圓圓的，構成遠近錯落有致的圖像；而魚兒與露珠，一上一下的跳躍和滑落，也帶出水紋不斷擴散的畫面。這首詞的時空意識彷彿就從一點水滴開始，隨著漣漪逐漸擴大，推至無邊無際的界域。

這些景象，詞中形容是「寂寞無人見」。東坡是說這樣「寂寞」的夜景無人見過？還是指這裡空無一人，連自己也不在其中，徒留無限的寂寞？不管怎樣，這三句在字面上已經營造出一個絕對寧靜、沒有人為干擾的世界。這也許就是作者的用意，讓讀者跟著他專心去體會時間真實的存在。

東坡一向喜歡運用無聲寂靜的背景，透露時間的變動。譬如他在〈陽關曲〉說「銀漢無聲轉玉盤」，天上的銀河不像人間的河川，可以聽見它流動的聲音，而在銀河無聲無息之中，月亮正轉變著位置。隨著空間移動，相對的，表示時間也在運行著。

回頭看前面的景物，魚兒跳躍，露水瀉落，蕩開了一個一個的漣漪，自然產生了微微的聲籟，也暗示時間由短而長的推移。魚兒起落的時間非常短暫，露水由荷葉上滾落則需較長一點的時間。當人們意識到時間的存在，內心不免會引起某些情緒反應。此時，心情受到影響，就不再那麼安靜了，而且越在乎時間，就更容易驚覺時間變化速度之快。

東坡用了一連串的聲音意象，敘述時間逼人而來的感覺。夢裡夢外，聲音從遠到近，由弱而強，叫人不由得不驚醒。「紞如三鼓，鏗然一葉，黯黯夢雲驚斷」，遠近傳來輕重不一的聲響，打破了此間的沉寂。三更鼓聲，紞然響起，一片葉子從樹上掉落，聲音非常清脆，清晰可聞，遂令「夢雲驚斷」，人就從幽暗不清的夢境中清醒過來。

三更，指子時，即晚上十一點到隔天一點，也稱為夜半，是一天將盡、另一天剛開始的時間。東坡很喜歡寫這個時候的情事，往往寓含生命轉折變化的契機。「鏗然一葉」，是指梧桐葉落，聲音如金石彈擊般清脆響亮。所謂一葉知秋，點明了當下的時令。這兩句的時間變化，已從剛才的幾個鐘頭推展到一天的轉變，然後到秋天來臨，一年又將盡了。

他被聲音驚醒過來後，又有著怎樣迷離徜恍的心情？「夜茫茫，重尋無處，覺來小園行徧」，茫茫夜色中，他走遍了整座園子，想尋覓些什麼，卻怎麼找都再也找不著了。他要尋找失落的夢境？而夢境又是什麼？是「明月如霜，好風如水」的景象？還是他現在醒來，走遍小園，所看到的才是前述清幽之景，而遍尋不著的是另一個迷濛不清的夢中世界？然則最初六句所寫的是夢是真，一時之間竟也難以分辨了。東坡在這裡似乎製造了模稜兩可的狀態，把人生如夢的感覺隱隱呈現出來。

夢中的一切，如真實的一般，可是一覺醒來，轉瞬之間，方才所經歷的事情皆成過往，無論如何費盡心力去尋找，想重回那個時空，都再也找不到、再也回不去了。而時間推移，空間變換，我們回不去的又豈只是夢境而已？剛才所夢，不是幾分幾秒前的事嗎？然而一跨出夢境之外，就怎樣都無法重返夢中世界了。人生許多大大小小的事情不也是這樣？時移勢易，轉眼成空。

作者因此而推想，人有生離死別之嘆，也是相當類似的情況。下片「天涯倦客，山中歸路，望斷故園心眼」，是說自己倦於作客遠方，很想沿著山中歸路返鄉，可是故鄉渺遠，怎麼看都看不見，怎麼盼都盼不得了。這是「生離」的哀感。「燕子樓空，佳人何在，空鎖樓中燕」，現在的燕子樓空蕩蕩的，當年居住在這裡的一代佳人，如今又安在哉？人死不能復生，誰也不能超越時間，得到永恆。不變的是，燕子年年歸來，正對照出人去樓空的悲涼。這是「死別」的悲嘆。

離家的難以重返故園，離世的無法回到人間，如同夢斷就不能再續夢緣。世間一切原來都是變動不居的，誰也無從克服時空的差距，因此東坡感悟到人生擺脫不掉的宿命。「古今如夢，何曾夢覺，但有舊歡新怨」，他說古往今來，如同一場大夢，誰能真正從夢中醒來？

莊子〈齊物論〉說：「方其夢也，不知其夢也。夢之中又占其夢焉。覺而後知其夢也。且有大覺而後知此其大夢也。」當我們正在作夢，都不會當它是夢。必須等到醒來，對照現實的境況，才會發現剛剛真實無比的一切竟然只是虛幻的夢境。那麼，我們整個人生所經歷的各式各樣悲歡離合的事情，是否也是一場尚未醒來的大夢中的情節？只是要從人生的大夢中醒悟，得到真正的解脫，實在不容易。人往往都執迷不悟。

於是，我們就糾纏在各種成敗得失、悲喜歡怨的事情中，一直都被相對的情境所困擾，而引起高低起伏的情緒，就好像鐘擺一樣，永不停息。換言之，世間一切都如夢中的情節，任由難以捉摸的命運所操弄，人是無法自主的，心靈就不得寧靜。除非我們能夠參透這虛幻，從人生的大夢中覺醒，否則便永遠得不到解縛，做個真正自由的人。

東坡從自身的經驗，最後歸納出這個令人哀傷的結論，「異時對，黃樓夜景，為余浩嘆」。古往今來，人類不斷重複著類似的情節。東坡說，現在我在燕子樓憑弔盼盼，不勝感嘆；他日後人對著黃樓夜景憑弔今日之我時，應該也會為我長嘆不已。這段話說來有著一份頗為自得之意，為自己立下的功績感到欣慰，但也令人沉痛悲傷。

王羲之〈蘭亭集序〉說：「後之視今，亦猶今之視昔。」以後的人看今日的我們，就如同今日的我們看以前的人一樣。世世代代都循環著這份憑弔往昔的悲情。這似乎是人生的宿命，因物換星移而感嘆人事全非，這是輪迴不已的人間情節。

8

細細讀來，這首詞其實抒發的是一種極為深沉的時間之傷。它的時空意識，完全突破了一般情詞的規範，尤其是表達時間不斷擴散、拉長，更是詞裡從未有過的展現方式。上片由夜間魚兒跳出水面的幾秒鐘，到露水凝結然後掉落的幾刻鐘，到夜之將盡而新的一天即將開始的三更時分，再到葉落知秋的歲時更迭；發展到下片，進而推及自己離家十餘年，盼盼去世已兩百多年，最後歸結在「古今如夢」的概念裡，乃將過去、現在、未來的時間長流納入一個「大夢」中。

我們為什麼會有人生如夢的想法？夢，是最巧妙且曖昧的主觀心理運作。當我們在現實人生中遭逢挫折、感到失意，都可逃入夢中，藉由一場美夢，使落寞受傷的心靈獲得暫時的安慰與滿足。不過一夢醒來，有時反而更感迷惘、更覺空虛。長久下去，處於極度焦慮不安的狀態中，失去了人生的方向，也找不到安頓立足之處，就會有人生如夢的體認。

通常有此體認的人，大多遭逢生活極大的變化，身心有著極大的痛苦，而內心卻依舊對人世有所眷戀，對往事不能忘懷，可是最終竟發現一切努力都是徒然，原來一切都無法挽回，所以他們開始質疑人生，甚至否定它的價值。就像李後主〈子夜歌〉說：「往事已成空，還如一夢中。」亡國之痛和作為俘虜的恥辱，實在讓他難以承受，頓感生活已失去了意義，一切都覺得空虛如夢。

李後主只就個人的經歷來抒發感受，表現為一種悔恨，其實仍然是執迷不悟。至於蘇東坡在〈永遇樂〉一詞中所表達的人生如夢之感，關照的層面比李後主廣遠，體悟更深刻。他由個人的體會，化為人類的普遍經驗，思考的是人的存在意義，扣問的是生命本質的問題，寫出了人類共同的悲感。

如何化解這份悲情，能夠「出乎其外」，在人生的大夢中轉醒，成就更自在的人生？這是東坡往後要努力的方向，是一條艱辛又漫長的道路。「烏臺詩案」後，東坡在黃州先後寫作〈洞仙歌〉、〈念奴嬌〉，基本上是延續〈永遇樂〉的主題，出入古今，思索人生的定位與去向，體認生命意義的真實與虛妄。換言之，它們是一脈相連的，這些詞都見證了東坡認真面對人生問題的態度。

02

流年偷換

蘇軾〈洞仙歌〉

東坡的〈永遇樂〉一詞處理了「時間」的問題，也寫出了一種人間空漠之感。然而此時的東坡糾纏在政治的漩渦中，遭受的迫害越來越逼切，煩惱也多，實在沒有餘暇去梳理那樣的情緒。

宋神宗元豐二年（一〇七九），東坡四十四歲，從江蘇的徐州調到浙江的湖州任知州。他四月底到任，七月底就被指控詩文作品中論及新政事務的文句，對君王、朝政多所怨望譏謗，於是被逮捕，遞送京師御史臺查辦。經過嚴厲的調查審問，到十二月才定讞，東坡幸免於死，貶任黃州團練副使。這個事件就是有名的「烏臺詩案」。

元豐三年（一〇八〇）至元豐七年（一〇八四）之間，東坡四十五歲到四十九歲，貶謫湖北的黃州。對他來說，「烏臺詩案」簡直就像一場噩夢，而這一場夢何時能結束？東坡也茫然不知。經歷過這場政治災難，現實的無情、理想的失落，對東坡的身心影響極大，無疑加深了他的人世無常之感。

不過，從另一個角度看，「烏臺詩案」看似中斷了他的仕途，卻讓他暫時停止了繁忙且不斷變動的官宦生活，給了他沉澱、自省的機會。他在貶謫黃州期間，可以真正的面對自己，梳理內在疲憊紛亂的心思，重新找到自我的定位與方向。換言之，「烏臺詩案」衝擊了他過往堅持的某些理念和想法，卻也深化了他的人生體悟，啟發了不一樣的生命智慧。然則，「烏臺詩案」可以說是東坡整個人生的重要分水嶺，也是他創作生涯的轉捩點。

東坡剛到黃州，內心餘悸猶存。年餘之後，他逐漸適應了逐客生活，心情平靜許多。但時間虛度的哀感，仍時刻襲上心頭。元豐五年（一〇八二），東坡四十七歲，來黃州的第三年，是他情緒波動最大、寫作生涯中最重要的一年。簡單敘述一下他在這一年的作品，就知道他心境的複雜程度，而他如何由「入其內」到「出其外」的心路歷程，亦可窺知一二。

春天作〈寒食雨〉兩首，是東坡一生中最沉痛悲涼的詩歌。眼看剛整理好耕地，且自號「東坡居士」，以為從此就可展開躬耕生活，感覺自己彷彿陶淵明再世。〈江城子〉詞說：「夢中了了醉中醒。只淵明，是前生。走遍人間，依舊卻躬耕。」豈料天不從人願，連下了將近兩個月的雨，他的心情跌落了谷底。〈寒食雨〉詩的最後四句說：「君門深九重，墳墓在萬里。也擬哭途窮，死灰吹不起。」所謂報國無門，歸家不得，進退失據，完全陷入了淒然絕望的境地。

老天好像故意考驗他似的。詩寫後不久，雨停了，趁著天氣轉晴，東坡和朋友到沙湖去看田地，回程又遇到下雨，還好沒多久天就放晴了。他因而填了一闋〈定風波〉，寫出悠然自得於雨中的心情，以及超越人世風雨晴陽，達到寵辱皆忘、得失不縈於心之境：「回首向來蕭瑟處，歸去，也無風雨也無晴。」不過很多事情是知易行難，東坡雖有此體會，但真正要做到超然物外，還需要一番歷練。東坡晚年自海南島歷劫歸來，賦詩云：「雲散月明誰點綴，天容海色本澄清。」（〈六月二十日夜渡海〉）展現出坦然自在的生命意境，那時距離寫〈定風波〉已經十八年了。

元豐五年入秋後，東坡的赤壁文學，包括〈念奴嬌〉、前後〈赤壁賦〉相繼出現，記錄了他出入「個人—歷史—自然」間情理思辨的過程。東坡要處理的是如何克服時間的焦慮，在歲月的長河中得到生命安頓。而在這之前的夏天，東坡因想起四十年前家鄉的童年舊事，作了一首〈洞仙歌〉。這首詞所關心的仍然是時間的問題。因此，要了解東坡如何深化他的時間意識，是不能忽略這首詞的寫作動機和意義的。

∞

現在，我們就來欣賞這一闋寫在元豐五年夏日的詞〈洞仙歌〉，看四十七歲的東坡如何更深一層地展現他的時間意識。

冰肌玉骨，自清涼無汗。水殿風來暗香滿。繡簾開、一點明月窺人，人未寢，攲枕釵橫鬢亂。　起來攜素手，庭戶無聲，時見疏星渡河漢。試問夜如何，夜已三更，金波淡、玉繩低轉。但屈指西風幾時來，又不道流年，暗中偷換。

東坡另外撰寫了一篇序文，敘述這首詞的緣起：「余七歲時，見眉山老尼，姓朱，忘其名，年九十餘。自言：嘗隨其師入蜀主孟昶宮中。一日大熱，蜀主與花蕊夫人夜納涼摩訶池上，作一詞。朱具能記之。今四十年，朱已死久矣，人無知此詞者，但記其首兩句。暇日尋味，豈〈洞仙歌令〉乎？乃為足之云。」

大意是說：他七歲時，在家鄉眉山認識了一位九十幾歲的朱姓老尼，聽老尼講述年少時隨師父入蜀主孟昶宮中的事。有一天晚上，天氣很熱，花蕊夫人與蜀主在摩訶池上納涼，蜀主當時為夫人填了一闋詞。後來改朝換代，過了幾十年，老尼卻依然記得那些往事，而且能完整地背誦那闋詞。四十年後，老尼早已去世多年，東坡還記得詞的首兩句，至於全詞的內容，則已無人知曉了。四十七歲的東坡憑藉記憶，再三尋味，猜測原作可能就是〈洞仙歌令〉，於是就以這兩句起篇，用〈洞仙歌〉這個詞調自行往下填寫，把整闋詞補足完成。

東坡就記憶所及，揣測當日的情境，模擬花蕊夫人的心態而創作詞的內容，可見這已非原本的面貌，而是東坡在黃州的時空背景下，以現今的心情加以詮釋的，正投射了東坡此時此刻的心境。那麼，謫居黃州的東坡為何忽然想起這段往事，而且執意要把那闋詞補足完成呢？

對離家多年的遊子來說，在異地回憶故鄉舊事，在時空流轉中喚起過去溫馨熟悉的感覺，自有尋求心理慰藉的作用。而無憂無慮的童年生活則更令人懷想，那是多麼天真美好的歲月。當年從老尼口中得悉宮廷掌故、貴妃情事，在東坡童稚的心靈世界裡必定充滿奇幻色彩，令他產生許多遐想，所以印象特別深刻。對於夏日經常滿頭大汗的小孩來說，聽到老尼所背誦的詞中，竟然形容花蕊夫人「冰肌玉骨，自清涼無汗」，更是覺得神奇且難以想像吧。

不過，這兩句究竟是真的出自原詞的句子，抑或已被東坡重新創造、加以改寫了呢？而東坡自覺或不自覺地形成了這樣的記憶圖像，將花蕊夫人變成他內心深處虛幻化的美女形象，彷彿遙不可及的仙靈，是否也象徵他一直想保有的純真心靈世界？

這樣的推想不是沒有道理的。你看東坡選擇〈洞仙歌令〉這個詞調，難道不是因為「洞仙」（洞中仙子）這個概念，正與有著「冰肌玉骨」的花蕊夫人如同仙靈般的形貌暗暗貼合？再者，想像中如此高貴脫俗的花蕊夫人，那樣的美人圖像，何嘗不是現實中飽受挫敗的東坡，咸自矜持，意欲對抗俗世價值顛倒的情況下，在內心世界所塑造的一種無比高雅的精神形象，反映出心所嚮往之的一種清新絕塵的生命意境？

唐宋詞人基本上都兼具兩種相反相成的特質：一是接受物質文明，不能過度排斥現實生活、美的事物，因為詞體典雅細緻，它本身就是美的化身；一是在精神面上要有品味，要維持清雅、孤高的身段，表現為一種不易動搖的信念、不甘心墮落的心境。就是說，詞人必須具備心靈的潔癖感。

詞人以此高潔情操保住人格精神之不墜，是傳統文人自我肯定的一種方式，如屈原〈離騷〉、陶淵明〈閒情賦〉等作品中描述對美人的追慕，都有著這種象徵意味。然而在這自我肯定的意識中，東坡生命的底層卻一直充滿著時間推移的焦慮感。東坡之寫花蕊夫人，並賦予她內在的精神，其實已融合了他個人的體驗，藉此表達他對生命本質的詮釋。

∞

我們現在就來仔細賞析這闋詞。東坡的〈洞仙歌〉，是依據記憶裡老尼敘述的花蕊夫人夏夜納涼的情景，採取由外而內的寫法，首先描繪花蕊夫人的外貌行止，然後寫她的心思與感受。整闋詞的情調氣氛，就以東坡猶能記憶的「冰肌玉骨，自清涼無汗」兩句推衍鋪染，奠定一種清雅的格調，展現了出塵脫俗的姿態。東坡以自己當下的心境來詮釋這個童年故事，賦予回憶以現在的意義。

「冰肌玉骨，自清涼無汗」，詞的開篇是東坡記憶中不曾或忘的美人意象。她的肌膚如冰之瑩潔，體質如玉之溫潤，自身時刻都感到清涼，不會因暑熱而流出汗水來。花蕊夫人一出場就展現出一副與別不同的樣子，彷彿不食人間煙火的仙女。

當時孟昶的詞裡是否就有這兩句，已不得而知。孟昶是五代後蜀國主，在位三十一年（九三四—九六五），國亡降宋。《十國春秋》稱其好學能文，亦工聲曲。花蕊夫人是孟昶的貴妃，姓徐，花蕊夫人是她的別號，亡國後也隨著孟昶入宋。吳曾《能改齋漫錄》說：「徐匡璋納女於孟昶，拜貴妃，別號花蕊夫人，意花不足擬其色，似花蕊之翾輕也。」她不只貌美，而且能詩文，尤長於宮詞。

接著寫她居住的環境，「水殿風來暗香滿」。宮殿在水中央，夜風飄散著花香。一片清幽淡雅，襯托出美人的身分地位與氣質。我們可以想像，住在這座種滿荷花的摩訶池上的宮殿，屹立在群花之上的她，不就像花中的仙子？作者很巧妙地藉著創造清冷、馨逸的氛圍，透露了「花蕊夫人」這一名號所代表的高貴特質。

東坡寫美人出場更是奇特，「繡簾開，一點明月窺人，人未寢，攲枕釵橫鬢亂」。他不直接描寫她的樣貌，而是採取逐漸推進的方式，從戶外寫到室內，再帶出人物來。關鍵是上句所提到的風。夏夜悶熱，掀開簾子，可以通風，因此荷花池上的微風就可以吹入房間，同時月光從這個開口處斜斜地照進了屋內。

「一點明月窺人」，是很生動的擬人手法，彷彿月亮也想一窺人間仙子的美貌。這樣的敘寫有點像電影鏡頭的運作，從高處傾斜的角度慢慢推進，然後聚焦在人物上。簾幕微微掀開，一束月光直照入內，彷彿攝影師打燈，將光線集中映照室內的女子身上，以凸顯她的形貌。當大家正期待將會出現一位丰姿美豔的絕代佳人時，沒想到作者給我們看見的是，尚未就寢的那女子正斜靠著枕頭，鬢髮頭飾有些凌亂，顯得有點慵懶的神態。

我想，作者之所以擺落凡俗，不用精緻美豔的筆墨來形容，無非是為了呼應花蕊夫人「冰肌玉骨」的特質，特別強調她的自然素淡，彰顯她不假修飾、獨有的美感。東坡一向就愛事物本質的美，譬如他寫西湖：「欲把西湖比西子，淡妝濃抹總相宜。」（〈飲湖上初晴後雨．其二〉）西湖和西施真正的美，不是美在她們濃淡皆宜的外貌，而是美在她們的本質。花蕊夫人亦如是。

下片接著寫納涼的情事。如何將人從室內帶到室外去乘涼？「起來攜素手」，花蕊夫人終於起身了，因為有人（孟昶）牽起她白淨的手，帶她走出去。

踏出房門，走到庭園，迎接他們的是「庭戶無聲，時見疏星渡河漢」的情景。外頭一片寂靜，所謂「庭戶無聲」，作者難道是想製造「夜半無人私語時」的氛圍，營造浪漫溫馨的情節？結果不是。作者讓一切都安靜下來，原來是要我們深切體會時空的轉變。「時見疏星渡河漢」，靜夜裡偶而會看見稀疏幾顆星星掠過銀河。看似靜止的星空，其實一直都有些變動；看似毫無動靜的周遭世界，時間依舊默默地行進，永不停息。

既已導引出時間的問題，下文便藉由花蕊夫人的探問，表達作者的時間意識。「試問夜如何，夜已三更，金波淡、玉繩低轉」，她想問夜有多深？看見月色較先前暗淡，玉繩星也移轉到比較低的角度，她就知道現在已是三更時分了。三更，就是一天要結束、另一天將開始的時段。前面提過，東坡的月夜作品很喜歡藉此暗示某種人生體驗的轉折變化。

時光如流水，不停地流動變化，那麼我們能推算出準確的時間嗎？詞的最後，扣合納涼一事，寫道「但屈指西風幾時來，又不道流年，暗中偷換」。這時暑熱難耐，屈指推算一下，距離秋風吹來的時節還有多久？等過了若干時日就是秋天了，西風吹來，自然涼快，那就舒服多了。可是深一層去體察，當我們屈指計算時日的當下，時間不也在不知不覺中偷偷地變換著？我們能確切掌握時間嗎？不，我們怎麼算都算不準，因為時間就如流水，總會溜過我們的指縫，怎麼抓也抓不牢，留也留不住的。

這是花蕊夫人的體悟嗎？當然不是。東坡借題發揮，表達了對時光流變的感傷，是顯而易見的。

東坡以當下的心情喚起童年的記憶，不獨沒有帶來甜美溫馨的感覺，反而興起更深沉的時空失落的悲感。他在〈洞仙歌〉詞中創造了「冰肌玉骨」的美人形象，卻又以「不道流年，暗中偷換」來終結詞篇，一方面重新喚醒心中的一份高潔情操，另一方面卻揮不去長久以來的時間憂懼感。

就連如仙子一般的花蕊夫人都有難以掌握時間的憂慮，我們不也一樣，只得任由時間推移，徒生哀嘆？蜀國的花蕊夫人和眉山老尼早已不在人世，而東坡現正貶謫黃州，已經四十七歲了，一轉眼就是四十年，而時間仍不斷流逝。東坡認為一切都在變，而不變的也許就是人們對流年偷換的感傷。花蕊夫人如是，東坡如是，後世讀者也應如是。所謂「洞仙」之「歌」，它所詠嘆的無關愛情，也非鄉愁，而是時間。換言之，東坡的〈洞仙歌〉就是一首時間的哀歌。

∞

從〈永遇樂〉到〈洞仙歌〉，東坡詞已導向人與歷史對照的命題。這種時間的憂懼感，如果與真實的歷史人物映照，對仍是貶官身分的東坡來說，又會引發怎樣沉痛的心情？請看下一節〈念奴嬌．赤壁懷古〉的分析。

03

人生如夢

蘇軾〈念奴嬌〉

〈永遇樂〉、〈洞仙歌〉兩首詞都與女性有關。〈永遇樂〉是寫在燕子樓夢見盼盼，有感而發，表達了古今如夢、人生虛妄之感；〈洞仙歌〉則是回憶童年時在家鄉聽女尼述說花蕊夫人的故事，重新塑造了他心目中花蕊夫人的形貌，並賦予她特殊的精神特質，藉此抒發流年偷換的感嘆。兩首詞既有清麗的意境、舒徐的筆調，也有陰柔之美的特性，娓娓道來，充滿著幽怨哀傷的時空意識。

我們談論「蘇軾詞中的人生空漠之感」，不得不讀的懷古名篇〈念奴嬌〉，卻是不一樣的面貌。宋神宗元豐五年，四十七歲的東坡在貶謫黃州的第三年秋天，填寫了這一首〈念奴嬌·赤壁懷古〉，詞中所抒發的是因歷史遺跡、英雄人物而興起的懷古傷今之情。

這是從文人士大夫本身的際遇，感嘆事功之失落、生涯之落拓，從而思索個體的生命意義、自己的歷史定位，乃至人類的存在價值等問題。因為它所述說的內容與己身經歷有貼切的關係，人我成敗得失的相對情境更為顯著，因此激起的時空意識特別強烈，引起的情緒就更為豪宕。

東坡的〈念奴嬌．赤壁懷古〉，一般都認為是他豪放詞的代表。這首詞的內容，想必大家都耳熟能詳，不過我還是先引錄全文，然後再就它的時空設計，分析東坡所要表達的情意：

大江東去，浪淘盡、千古風流人物。故壘西邊，人道是、三國周郎赤壁。亂石崩雲，驚濤裂岸，捲起千堆雪。江山如畫，一時多少豪傑。　遙想公瑾當年，小喬初嫁了，雄姿英發。羽扇綸巾，談笑間，強虜灰飛煙滅。故國神遊，多情應笑我，早生華髮。人生如夢，一尊還酹江月。

針對「赤壁懷古」這個詞題，我想先拆開「赤壁」和「懷古」這兩個概念，簡單介紹一下東坡身處貶謫地方黃州的赤壁，以及他寫作這首詞的背景和動機。

以「赤壁」為名的地方，在湖北境內就有四處。一在嘉魚縣東北，長江南岸，三國時周瑜破曹操、火燒曹軍船艦的著名戰役「赤壁之戰」，就是發生在這個地方。二在黃岡縣城外，又名「赤鼻磯」，東坡謫黃州時期再三來遊，寫下名篇的就在此處。另外兩個赤壁，一在武昌縣東南，一在漢陽縣。

黃州赤壁兼具山水之勝，江面上風露浩然，煙波渺茫，絳赤色的崖壁在夜色中冷峻森峭，同時展現了大自然的清遠悠然與深沉難測。再加上誤為曹操大戰周瑜的地方，這種歷史傳說，更使這裡的山光水色迴蕩著時移事往的滄桑。東坡就在其中體悟了自然的無盡無私，和人事的有限渺小。〈念奴嬌〉和〈赤壁賦〉抒寫的正是他面對赤壁的沉思。對東坡而言，赤壁不只是一處名勝，或是歷史遺跡，它更是大自然提供給他反身觀照的一面「鏡子」。

「懷古」，原是詩的一種類型，詩人藉著思念古代的人和事來抒發自身的感情，它跟「詠史詩」著重歷史事實的描述和議論不同。東坡在詞中寫「懷古」這樣的題材，無疑是他「以詩為詞」的積極表現。而所謂「赤壁懷古」，就是以赤壁這個空間來映照時間上的古今情事，在詞中納入山川地理和歷史人物的元素，突破了一般情詞的藩籬，讓人縱身於廣闊的天地中，形成詞人強大的心理壓力，產生極度焦慮不安的情緒，因而有更深沉的時空流轉的悲感。

詞中說「人道是、三國周郎赤壁」，表明那是別人所說的，顯見東坡應該知道所在的黃州赤壁，並不是真正發生赤壁之戰的地方。東坡將錯就錯，目的是借題發揮，想藉著赤壁相關的人事，表達一己的生涯之嘆。因此，這是一首懷古傷今的詞。換言之，它不在評述議論歷史人物的功過是非，而是緬懷古人古事，以抒發自己當下的情緒。那麼，既然重在抒情，詞中必然帶著主觀色彩，裡面所寫之景、所述之事，都是經過作者的詮釋，未必是眼前的實景，或歷史的事實。

這是文學創作，作者緣情為文，就這些客觀材料加以增刪處理，然後運用想像力，創造出一種意境，形成一個有機的結構，以傳達他的情志。我們閱讀這闋詞，就是依據它所塑造的各種景色、人物、意象，順著文本脈絡去體會它的情意。

前面介紹〈洞仙歌〉時，我們已約略知道東坡貶謫黃州時的處境和心境，而東坡四十七歲這一年，是他生涯中十分重要的一年。東坡這個時候面對的問題，比前兩年矛盾複雜得多。他的生活依然貧困，身體疾病纏身。這一年開始，在現實生活上，他不得不下田工作，躬耕於東坡；而精神方面，他既潛心於佛道思想，以求靜而達的境界，卻又不能盡忘家國之事，徒生許多煩惱。

元豐四、五年間，東坡在黃州生活逐漸安穩下來後，心境放寬了些，朋友來往不少，書信往返增多了，言談暢論之中，不免激起熱切關懷時政的心情。譬如元豐五年西夏戰事起了變化，東坡憂慮不已，便主動寫信給他的朋友滕達道，問他「西事得其詳乎」？他在〈黃州上文潞公書〉，就是給文彥博的信裡，也表達了憂心徐州諸郡盜賊為患的事。

可是越有濟世的想法，越是心繫家國大事，對儒家思想越加肯定，東坡卻有心無力，生命徒然落空的悲哀難免襲上心頭。他曾沉痛地說：「舊學消亡，夙心掃地，枵然為世之廢物矣！」（〈題子明詩後〉）他否定了自己所學的一切、所堅持的理想，感到自己一無是處，好像廢物一般。「烏臺詩案」對東坡的打擊是十分沉重的。如今成為放廢之人，對未來就更不敢想像了。

然而東坡用世之心真的能消除嗎？他甘心如此度過這一生嗎？他的煩惱就在這裡。他始終有著儒家入世的情懷，不願辜負此生的所思所學。他不時會想，如果將己身放置於歷史的長河中，究竟佔著怎樣的地位呢？短暫的一生，如何能成就不朽的名聲？現在如此落拓，神遊故國，緬懷前人的功績，他怎不會感到羞愧？

所謂懷古，重點在傷今，宣洩的是一己的深悲。東坡的赤壁文學，就是在這樣的背景下產生的。長久以來對時空變換的憂懼，夾雜時事的關懷，有著歷史的感悟，自然拓寬了他審視人生意境的幅度。

∞

現在，我們就來看這首最能抒發時間感傷之情的〈念奴嬌〉吧。這闋詞有兩重的對比，一是不變的江河對照短暫的人生，一是偉大的英雄事蹟對照自己的失意落魄。英雄人物可以用功成名就創造不朽的功業，來證明生命存在的意義，以此對抗時間無情的壓力。可是貶謫的人身心受創，既被惡劣艱困的環境所限，又須面對年華衰老的事實，如何與英雄相比？又如何對抗命運，創造有意義的人生呢？東坡這首詞不只抒發了個人的悲鬱情緒，也寫出了人間普遍的悲劇感。

「大江東去，浪淘盡、千古風流人物」，這闋詞一開篇就展現一種鬱勃的氣勢，傾瀉而下，給人無法掙脫的感覺。江水，在這裡象徵時間的流動，永不停息。大江東去，水流不斷，穿越了空間，帶走了時間，世間種種隨水而逝，一去不返。然而在歷史的舞台上，「千古」以來多少「風流人物」，用盡心力去建立功業，企圖抗拒時間的推移，但終究敵不過歲月無情的摧殘，時間的巨浪最後還是捲走了一切。這是人類可悲的命運。

雖然如此，人類可貴之處，就是不向命運低頭。他們以無比的毅力，知其不可而為之的態度，一代接一代地秉持著這份精神，寫下了可歌可泣的歷史，見證了人類存在的意義。我們緬懷這些建立豐功偉業的人物，就是希望能煥發一種向上的精神力量，讓自己不至於對人世絕望，對生命仍有所肯定。這一種信念，我們只要仍舊相信它，它便永遠存在。

「故壘西邊，人道是、三國周郎赤壁」，是說有人告訴東坡，在黃州舊時駐軍防守的營舍西邊，就是三國時周瑜擊退曹操的赤壁。關於東漢的歷史，東坡小時候在家鄉就跟著母親讀過不少，「赤壁之戰」他當然是熟悉的。現在聽聞赤壁之名，臨江遠眺，心中必然會喚起思古之幽情。

懷想周瑜，對於英雄事業，東坡依舊存有一份嚮往之情。在慨嘆歲月無情，人類無數事功都將被時間的長河沖刷殆盡之後，「三國周郎赤壁」這一句，彷彿穿越所有時空，聚光燈只照射在一人身上。由千古而三國，由三國而集中於周瑜一人，那麼周瑜就好像屹立在歷史舞臺的中心，光彩耀目，是吸引著我們注意的唯一英雄人物。而眼前的「赤壁」也不再只是一個地理名詞，而是「三國周郎」建立偉大戰功的古戰場。

既然提到三國周瑜建立不朽功名的地方赤壁，作者便順勢帶領我們穿越時光隧道，目擊當時的戰況，「亂石崩雲，驚濤裂岸，捲起千堆雪」。過去的解釋，大多以為這三句是東坡當下在黃州赤壁眼前所見的景象。不過，我以為這不是現場景色的描寫，而是東坡融情入景，帶著激烈熱切的心情，擬想當日兩軍在赤壁對峙的狀態，所引發的驚天動地的場面，如萬馬奔騰般的氣勢。那是文學家的想像之辭，用山水奇麗壯闊的姿態，和其中蘊含的澎湃力量，烘托人為努力所掀起的翻天巨浪。

「亂石崩雲」，是寫磊磊山石，高聳挺拔，好像要將天上的雲層崩裂開來。「驚濤裂岸」，則是形容江水洶湧澎湃，撞擊著江岸，彷彿能將岩岸撞裂。這樣的衝擊，激起了一層又一層的雪白浪花，翻捲滾動，滔滔不絕。有的版本「崩雲」作「穿空」，「裂岸」作「拍岸」、「掠岸」，氣勢則稍嫌平弱，所以不採用。

如果說人的一生終將隨時間的流水消逝，那麼在赤壁奮起迎敵的周瑜，豈非就像是不甘屈服於命運，努力抗爭，遂以一場轟轟烈烈的大戰，在歷史的軌跡上刻下了難以磨滅的記痕？這番功業鋪天蓋地而來，順勢就將過往的一些風流人物都比了下去。所謂「長江後浪推前浪」，這是對周瑜偉大功業的讚嘆。

東坡在上片主要寫「赤壁」，表面上都是繞著山水做敘述。赤壁之戰的氣勢和周瑜功業的讚嘆，都化入山水的氣勢中，用暗喻的方式來呈現。那麼怎樣帶出「懷古」的主題，將周瑜這個人物搬到舞臺上來觀賞對照呢？詞的上片最後兩句說，「江山如畫，一時多少豪傑」。作者對眼前風光詠嘆一番，所謂地靈人傑，自然從山水中引出了英雄人物。「一時多少豪傑」，就讓我們想到三國時代風起雲湧，出現了許多不世之才。東坡真的很會寫人物，他讓周瑜在眾星拱照中出場，那個時代的豪傑竟都做了陪襯。

我們另須注意的是，如畫江山成就了許多豪傑，而江山依舊，那時的豪傑如今又在哪裡？而自己又能否有所成就，堪稱豪傑？東坡在這裡寓含了今昔對照、物是人非之意。下片「懷古傷今」，就是要表達這些內容。

「遙想公瑾當年，小喬初嫁了，雄姿英發。羽扇綸巾，談笑間，強虜灰飛煙滅」。周瑜走出歷史，躍然眼前，形象十分鮮明而突出。他年輕有為，英姿煥發，二十四歲時娶了小喬，所謂英雄美人相得益彰。十年後，周瑜三十四歲，統領大軍，輕鬆自在地贏得一場重要的戰役，史稱「赤壁之戰」。「羽扇綸巾」，是手揮長毛羽扇，頭戴絲帶製成的便巾，這是三國兩晉時名士的休閒裝扮，後來用來形容人的輕便灑脫。「強虜」，是強大的敵人，指曹軍。有些版本作「檣櫓」，是船或戰艦的代稱；檣是船上掛帆的桅杆，櫓是划船的槳。

《三國志》對赤壁之戰中周瑜的形貌神態沒有多加描述，這是東坡自己創造出來的英雄圖像。周瑜泰然自若，談笑用兵，輕易便贏得勝利。這跟後來《三國演義》所描述的周瑜形象很不一樣。東坡所塑造的周瑜，有點像前人記錄東晉謝安在「淝水之戰」時的舉止神態。東坡一向仰慕謝安，那麼他在〈念奴嬌〉一詞中，是否將他心目中的謝安形象投影在周瑜身上？值得細加探究。

東坡懷著欽羨的心情進入公瑾的英雄世界，娓娓道來，如晤故人。就在這個時候，東坡情緒高揚，對他來說，公瑾一人幾乎匯聚了所有人生期望的美好。赤壁的熊熊火光，如同他最耀眼的光彩。曹操大軍來勢洶洶的氣勢，都在這光彩中燒成灰燼。

灰飛煙滅後，江水寂寂，東坡亢奮的心情似亦轉趨黯然，一種淒涼寂寞之感隨即湧上心頭。公瑾何人也，吾亦何人？有為者當如是，但自己此刻又如何能有所作為？三十四歲的周瑜統領吳國三萬水師，大破五十四歲的曹操所率領的十五萬大軍，建立了不朽的功業。而四十七歲的東坡又如何？他還是待罪之身，謫居黃州，任時光無情流逝，卻也無能為力。這時想著周瑜的成就，對照自己的處境，真是情何以堪。

往事如煙，東坡從歷史的帷幕中重返現實，回過神來，感嘆地說「故國神遊，多情應笑我，早生華髮」。「多情應笑我」，是「應笑我多情」的倒裝。東坡意識到自己已不復年少，而在貶謫的歲月裡，雄心壯志亦漸消磨，實在不能與公瑾相比，自己還能成就些什麼？

「多情應笑我」，止是東坡的自我解嘲，反省過去一生的成敗得失，就是因為太過於多情了。因為多情，就有許多眷戀與執著；因為多情，就會無端生出許多煩惱；明知不可為卻為之，想放棄又不忍，弄到自己進也不能、退也不是，內心充滿著矛盾衝突。這樣的用情態度，造成身心的創傷，以至於壯志消沉，白髮頻生。在如此「多情多感仍多病」（〈采桑子〉）的情況下，想求取不朽的事業，要與時間抗衡，都只是妄想罷了。

如何化解人生的苦惱？東坡最後的體認是，「人生如夢，一尊還酹江月」。誠如〈永遇樂〉所說：「古今如夢，何曾夢覺？」我們都活在夢中相對的世界裡，總是糾結著許多成敗得失的情事、悲喜歡怨的情緒。當年公瑾，今日東坡，或貴或賤，得意失意，真真假假，都屬虛幻。換言之，周瑜的功成名就，與東坡的窮愁潦倒，都不過是夢中的情節，而相對於此，眼前的江水明月才是永遠不變的真實存在。

因此，與其終日惶惶不安，何不放開懷抱融入自然之中，忘懷得失？「一尊還酹江月」，那麼就舉起一杯酒，灑在明月映照的江水中，來表達虔敬的心意吧。東坡的意思是，如果人能將生命融入寬闊的宇宙，消解許多執念，心靈便能得到安頓，得到真正的快樂和自由。

8

我們回顧歷史，希望從古人的立身行事，確認某種價值觀，以堅定一己的信念。有時不但找不到一絲絲安慰，反而陷入與古人對比的情境中，產生了今不如昔、我不如人的感嘆，帶來更大的傷害。如何走出歷史的迷障，泯除相對情境帶來的緊張與焦慮，回歸自然，重覓生命的安頓，在儒釋道的思想中都有著相類似的指引。東坡也意識到這一點，心亦嚮往之。不過要達到這境界，需要一番實踐工夫。

東坡在〈念奴嬌〉最後幾句，大概已知道如何面對人生空漠之感，初步提出了由窄往寬處紓解的方案。不過他怎樣體悟「人生如夢」的虛妄，而有「一尊還酹江月」的曠達，詞中對這過程只是一筆帶過，沒有明白交代，也許是受到詞調的篇幅限制，無法再作說明。換言之，在這個重要的人生課題上，東坡顯然未能深加體察，好好加以處理。不久後出現的〈赤壁賦〉，應該就是針對〈念奴嬌〉遺留下來的問題而作的。東坡改用賦體，用更長的篇幅、較理性的文體鋪排論述，可見他認真處理的態度。

正因為他能「入其內」，勇於面對，以理導情，所以能「出其外」，開拓出更寬闊、更高遠的人生意境。元豐五年之後，東坡文學即出現新的面貌、新的格局，表現出更曠達的胸襟、更多的閒情逸趣。

之八

執迷與感悟

宋人化解時間憂慮的方式

我們一生中不如意的事十常八九，難免會因為事與願違，有所失落而悲傷難過。當中，時間的焦慮是關鍵的要素，因為生命本身就是最大的限制。在我們的生命裡，既有身體軀殼，也有靈魂、慾望和感情，前者限制了我們的發展，人終究會死去這一事實是無法違逆的；後者則引申為一種執念、一種妄想、一種理想的追尋，以為可以永遠保有，可以任意去求得，卻不容易得到真正的滿足。因此，身體與情意之間便產生了許多矛盾衝突，往往弄到身心煎熬、焦慮不安。

李商隱〈暮秋獨遊曲江〉詩說：「深知身在情長在，悵望江頭江水聲。」雖然深深知道只要身體在，情也在，卻只能眺望著江邊的流水，嗚咽成聲。有身體就會有感覺，有感覺就會動情，有情就會有所執著，想留住青春歲月，想實踐心中理想，想擁有最美好的一切，但總是無法得償所願，這是人生的無奈。我們明明是知道的，有其因必有其果，情感與慾望會帶來傷痛，卻無法放棄，總是執迷不悟。又是為了什麼？

老子說：「吾所以有大患者，為吾有身，及吾無身，吾有何患？」老子認為，芸芸眾生總是被自身創造出來的各種寵辱得失的概念所迷惑，驟然得到它就為之驚喜，一旦失去就為之驚懼。人們所以有患得患失的憂患，是因為只顧自身私念。但要達到這無憂患的境界，做到忘得失、破除情的執念，對一般人來說真是談何容易。所以李商隱就只能感嘆地說：身在，情在，恨也在；而這種因情愛而生的憾恨是無窮無盡的，如江水一般綿綿不絕。

我們讀蘇東坡的〈念奴嬌〉，他不也點出人生痛苦的根由？「多情應笑我，早生華髮」，人之多情，便有許多眷戀與執著，當然會為生命帶來甜美與幸福，但更多時候卻讓人身心受創，弄到自己進也不能、退也不是，糾纏在其中而不得解脫。怎樣可以化解它呢？人真的能做到忘情、無情嗎？人能夠不動情，除非是麻木了，不然就是有所頓悟，化成一種大智慧，那已是聖哲得道的境界，然而芸芸眾生既非草木，也難超脫，因此一生當中總是為情所苦、為情所困，那似乎是在所難免了。

我在前言中曾說：多情，難免帶來煩惱，但也只有情能讓生命展現光彩，不至於枯萎。因此，我們可以看到宋人詞情的兩面：一方面是因情生出許多的怨恨，一方面又因不放棄這份情而展現出堅韌的生命意志，為人生賦予正向意義。這也是我一直強調的，宋詞具有一種「陰柔中有韌性」的特質，詞人雖然有著「好景不常、人生易逝」的感傷，骨子裡卻有一份「此情不渝」的精神支撐著，與宋代士大夫那種「知其不可而為之」的精神是互相呼應的。

我們讀宋詞，會讀到他們面對時間憂慮的各種態度與方式，及其形成的不同的生命情調和意境。有的詞著重抒發淒婉之情、壯慨之懷、鬱勃之氣，有的詞則書寫遣玩之意、閒雅之趣，或者表現為執著的熱誠、豪宕的意興、曠達的懷抱，皆可見作家依違迎拒的心態，跌宕起伏的情思。

詞人有所感，能寫作，「入乎其內」，這表示他們願意接受情愛及其所帶來的悲喜感受，明知糾結難解，日夜沉吟，深陷其中，也不失為一種認真的態度。如能不甘受限，有所擔當，意欲反撲哀愁，欲飛還斂之際，時而喚起強烈的生命意志，亦自是一種令人激賞的豪情。另一方面，人因為勇敢面對，深刻體悟，所以能「出乎其外」，最終能在人情世界中尋得安頓，無怨無愧，成就更自在的人生意境。

詞人隨著生涯變化而填詞，其實就是一段嚴峻的體驗、沉湎、梳理或參悟人間情愛的歷程。

01

執著的熱誠

柳永〈蝶戀花〉、周邦彥〈玉樓春〉

執著的熱誠，是宋人「此情不渝」精神中最熱切的一種表現方式。那是絕不動搖的信念，相信愛情，堅守情誼，以此對抗時空的流轉，證明生命存在的意義。因為有愛，一切的痛苦都可接受。這類的詞，情意真切，用語不含糊，表現得相當決絕。

例如韋莊〈思帝鄉〉詞：「春日遊。杏花吹滿頭。陌上誰家年少，足風流。妾擬將身嫁與，一生休。縱被無情棄，不能羞。」說一女子於春日踏青郊遊，風吹杏花滿頭。在田間路上遇見不知哪家的少年郎，如此風流倜儻。她想以身相許嫁給他，一生別無他求。即使最後被休棄了，也不會感到羞恥。這首詞寫出少女對愛情的大膽追求，和對幸福生活的殷切期望。這裡所展現的，是願為理想而獻身、不惜代價去爭取、殉身無悔的精神，為一般情詞賦予了更深摯的內容。

這種情感意境充滿著熱能與動力，可以讓人提振精神，容易引發讀者深刻的感動與豐富的聯想。

在宋詞裡，柳永的名篇〈蝶戀花〉，或稱〈鳳棲梧〉，寫出了一種殉身無悔的精神，歷來為讀者所傳誦：

> 獨倚危樓風細細。望極春愁，黯黯生天際。草色煙光殘照裡，無言誰會凭闌意。擬把疏狂圖一醉。對酒當歌，強樂還無味。衣帶漸寬終不悔，為伊消得人憔悴。

這首詞上片寫春日登高遠望，觸景傷情，下片寫無法紓解的苦悶，透露出為愛而甘心領受苦痛的執著。

首先，我們來看他的情意是怎樣被觸發的。「獨倚危樓風細細。望極春愁，黯黯生天際」，獨自靠在高樓上，柔和的春風細細地吹拂著，遠望天邊，傷春惜別的愁緒，淒然湧上心頭。黯黯，是一種神傷的情貌，形容心情沮喪。作者融情入景，寫來頗淒婉動人。

袁行霈先生說：「按詞意應是：『望極天際，春愁黯黯生。』果真如此，則拙矣。柳永將內心感情外化，不言愁生於心，而曰愁生於天際。不言望極天際，而曰望極春愁。主觀之愁，化為客觀之物。不可見之愁，化為可見之物。詞人用筆之妙，能不令人嘆服。」這評語相當精到細緻。黯黯，或解作昏暗貌。這兩句可以解釋為：遠望天邊，昏暗一片，春愁也隨之而生。

這「春愁」是怎樣的一種愁呢？下兩句透露了一些消息。「草色煙光殘照裡，無言誰會凭闌意」，落日的餘暉斜照著草色煙光，一片淒迷的景象，加深了愁怨的色澤與感覺。草，是跟離愁有關的。作者的春愁是由草色所觸動，因草色而引起懷人念遠的心情。至於「煙光」，則以迷濛之景渲染悵惘之感。而這些景色全都映照在「殘照裡」，顯示色彩逐漸黯淡，心情變得哀傷。

春將去，日將落，能不令人惆悵？詩詞的敘寫，由景及情，意識到時間推移的變化，是當中重要的環節。因此下一句就有情緒反應了——「無言誰會凭闌意」。自己既有無限春愁，便希望有所宣洩，有人理解。但故人不在，知音難求，誰又能理解我憑欄遠望、終日無言的心情？意思是自從與故人分別以後，再也沒有可談心說話的人了。柳永的〈雨霖鈴〉不是說過這樣的話：「此去經年，應是良辰好景虛設。便縱有千種風情，更與何人說？」既然無言以對，那麼堆積在心頭的鬱悶又如何能化解？作者顯然努力過，但總是無效。

「擬把疏狂圖一醉。對酒當歌，強樂還無味」，詞人打算狂放不羈地喝個爛醉，勉強尋歡作樂，終究是興味索然。他顯然意識到縱酒高歌、圖一時之快意，絕不能真正解決問題，只不過是麻醉自己、暫時逃避的方式。說到這裡，這「春愁」既無法說與人知、讓人理解，又無法借酒澆愁、得以排除，它緊緊繫住人心的程度，可見有多糾纏了。

歸根究柢，這「春愁」乃源自一份堅貞不渝的感情。作者說「衣帶漸寬終不悔，為伊消得人憔悴」，為了我那心上人，我甘願一天一天消瘦下去，哪怕是衣帶日漸寬鬆，弄到容顏憔悴，也是值得的，我始終都不會後悔！最後這兩句，語意決絕，表現出一片癡情，是多麼堅貞、無比執著。至情至深的言語，著實令人動容。這樣的作為也許容易摧折生命，讓人感到不捨和疼惜，但這何嘗不是一種堅忍的生命態度？在掙扎無奈中仍不失對人間情愛的信任。

如此執著無悔的精神，不但提升了愛情的意境，王國維更借它來比喻為「古今之成大事業大學問者，必經過三種之境界」的第二種境界。柳永在詞中原是表達對愛情的態度，但在情感本質上，這種擇一固執而殉身無悔的精神，正與古今仁人志士為實現既定目標而全力獻身的精神是一致的。之前大家讀過馮延巳的詞句，「日日花前常病酒，不辭鏡裡朱顏瘦」，也表現出類似的執著情懷。

∞

接著，再來介紹一首處理這個主題而表現得更精深的一闋詞，就是周邦彥的〈玉樓春〉。周邦彥和柳永一樣，都是深諳樂理的詞家。周邦彥在宋徽宗時提舉大晟府，掌理朝廷樂律。他既妙解音律，又博學能賦，善於融化前人詩句，周濟說他是「集大成者」。周邦彥所製歌詞，渾厚和雅，音律嚴整，文辭典麗，極鋪敘勾勒之工。

周詞向來被推為詞家正宗，在詞史上具承先啟後的地位。歷來評論家特別欣賞清真居士以賦筆為詞，極具思力安排的妙趣；也讚揚他以健筆寫柔情，有種奇特挺拔的姿態。這首〈玉樓春〉可以看出他的某些藝術表現特色。

> 桃溪不作從容住，秋藕絕來無續處。當時相候赤闌橋，今日獨尋黃葉路。 煙中列岫青無數，雁背夕陽紅欲暮。人如風後入江雲，情似雨餘黏地絮。

〈玉樓春〉這個詞調共八句，有點像律詩的結構，最能反映相對性的美感。周邦彥用了四組對句來架構這一闋詞，透過相對的情景，在變與不變的對照下，表達了時空流轉的悲傷，也呈現出此情不渝的精神。

「桃溪不作從容住，秋藕絕來無續處」，這兩句呈現出兩種相對落差的情境。所謂「桃溪」，在這裡不必確實指為陶淵明的桃花源，或是劉晨、阮肇入天臺山採藥，遇仙女於桃花溪上的事。「桃溪」，取其象徵意義，它代表的應是美好如神仙眷侶一般的世界，此處是借「桃溪」來表示一段浪漫的戀情。「從容」，是悠閒的、不迫促的情態。這句是說，有人不願意安心地在這樣美好的感情世界住下來，卻偏偏選擇了離開。「秋藕絕來無續處」，一旦分離之後，就如同斷裂的秋藕，再也無法復合。

前一句寫過去，是春天的景色，用桃花的紅豔來象徵它的美好；後一句寫現在，是秋天的時節，則用蓮藕相對黯淡的色澤來形容生活與心境的變化。用蓮藕這個意象，其實另有一層含意。「秋藕」雖斷，但藕斷絲連，這個「絲」是相思之「思」的諧音。就是說，你和我雖分開兩處，但思念之情不會中斷。這兩句詞表達了一種悔恨，恨當初的輕言離別，也流露出不能忘情的心意，很想再續前緣。

「當時相候赤欄橋，今日獨尋黃葉路」，這對句也是今昔對寫的。當年常常是你等我、我等你的相約在赤欄橋上見面；今日獨自回到這裡，重尋舊蹤跡，路上卻鋪滿著黃葉。在畫面上，也是用有強烈色彩字面的意象來做對比，「赤」與「黃」，就是以過去的鮮明與溫暖，反襯現在的蕭瑟與落拓。

下片筆鋒一轉，就寫眼前所見景象，有空間的敘寫，也透露出時間的變化。「煙中列岫青無數，雁背夕陽紅欲暮」，兩句鋪疊了許多色彩，具有渲染情感的效果。「煙中列岫」，是指在暮色將臨之時，看到煙嵐為山峰蒙上青蒼的色澤。煙霧瀰漫代表一種淒迷、哀傷的情緒。這一句的重點在於「青無數」，無論過去或現在，山色都是青青一片，這是永恆不變的景象。《三國演義》題詞說：「青山依舊在，幾度夕陽紅。」（原出楊慎〈臨江仙〉）既寫出空間的永恆性，也寫出時間的變換推移，和周邦彥這兩句詞的意境頗相似。

「雁背夕陽紅欲暮」，一行鴻雁從頭上飛過，自北往南，而夕陽的餘暉就灑在雁背之上。鴻雁往前飛動，越飛越遠，時間彷彿也跟著被帶走，天上的紅口快要步入黃昏，逐漸地黯淡了下來。這句用飛翔的鳥兒展示空間的伸展，相對地交代了時光的變化，寫得靈動有致。

最後兩句，「人如風後入江雲，情似雨餘黏地絮」，又是「變」與「常」的強烈對比。人的離去有如被驟風吹亂、在江邊飄散的浮雲，用以比喻詞中主人翁與情人離散、難以聚合的情況。如雲的人生是變幻的人生，不知何處是歸宿。這句「人如風後入江雲」，道出了人世無常的感慨。

相對於此，「情似雨餘黏地絮」卻又寫出了一份不變的深情。縱然人會離散，形體不能復合，可是「情」永遠不會改變。所謂「黏地絮」，是說這份情感有如被雨打溼、黏在泥土上的柳絮，用來比喻永遠無法割捨離棄的情感。這首詞所要表達的，就是一份堅定執著的情。這正呼應了先前那句「秋藕絕來無續處」，因為藕斷絲連，這份情思是永遠不會斷滅的。

劉若愚在《北宋六大詞家》一書中評論這首詞，說：「一連串多處的對比，建立起全詞的架構，最後終於表現了這首詞的主旨——過去歡愛與眼前孤寂的對比。……這些對立的意象，一方面強調著詩中人無根的形態，另一方面，也表明了愛的恆久的本質。」

這闋詞充分運用對偶句，格律謹嚴。透過相對的情景，今昔映照交錯，轉景生情之間，頗富張力，在變化之境中顯現不變之情，密麗冷凝的色澤中飽含著強烈執著的情懷，把對比的美感發揮得淋漓盡致，鮮明地展現了詞體特有的抒情風貌。

∞

透過柳永的〈蝶戀花〉、周邦彥的〈玉樓春〉，可以看到宋人以執著的熱誠，面對時空流變，展現出一種陰柔中的堅韌力量，一種此志不渝的精神。那是忠於愛情的強烈表現，讀來令人感動不已。

02 豪宕的逸興

蘇軾〈江城子〉、黃庭堅〈鷓鴣天〉

宋詞裡另一種對抗時間壓力的方式，就是表現出豪宕的逸興。所謂逸興，是指一種高昂的興致，表現為放逸不羈、盡情賞玩，有點放浪形骸的意味。有句成語「逸興遄飛」，意思是超逸的意興勃發飛揚。

李白詩說：「俱懷逸興壯思飛，欲上青天攬明月。」（〈宣州謝朓樓餞別校書叔雲〉）展現了豪情壯志、高舉振揚的力量。面對時間的壓力，李白想以個人的才具成就不朽的功業，如同懷抱著天上的月亮，擁有了永恆。這一種逸興浩懷，是發之於內的胸襟氣魄，表現於外便形成一種氣勢，也是一種強烈的存在意識，一種勇於突破而不願屈服於命運的不服輸精神。它展現出來的氣勢與張力，足以震撼人心。

換言之，這跟作者的個性學問、胸襟懷抱都有關係。通常這一類作家都熱愛生命，多有賞玩生活的興致，當他們感覺傷感悲哀，都會努力地排遣，要向這些負面的、失落的情緒反撲，從而表現出一種豪興。悲哀傷感是一種下沉的陷溺，反撲卻是一種上揚的振奮，這兩種力量的拉扯，起伏之間，造成了作品特有的跌宕姿態。

在詞的創作上，這類作家憑藉他們個性上豪邁放達的特質，在作品中抒發其遣玩生活的逸興，語言風格上已非如婉約詞那樣的含蓄婉轉，而是展現出一種豪放的格調，語言奔放自然，氣象既俊逸又恢弘。這一類豪宕之詞不只抒情，更顯現一種生命意志。那是詞境的突破。

面對時間的焦慮，憂傷老去無成，最先在詞中表達強烈的自我意識，而行為上亦有放逸豪邁表現的，就是蘇軾。

雖然在東坡之前，他的老師歐陽修面對離愁已表現出豪宕的逸興，以熱切的情懷介入生活，雖意識到好景不常，仍時刻保持賞玩世間美好事物的心情，表現出相當積極的人生態度。（下冊第九講會特別介紹他紓解離愁這方面的表現。）不過就時間意識而言，如同前面分析過，東坡的體驗是最深刻的。因此，他努力去紓解時間帶來心理壓力的意識最明顯，力度也最強。何況東坡從三十六、七歲通判杭州開始填詞，很快便由為酬贈他人的歌詞，過渡到表現自我的抒情詩，寫作送別、思鄉的主題，引申出深沉的時空流轉之嘆，開拓了詞的意境。

東坡三十九歲離開杭州，到密州任知州。由杭赴密期間，他先後走訪湖州、蘇州、揚州、海州等地，與多位舊雨新知相會。行程匆匆，聚散依依，更增添了他天涯飄泊的感受，所作詞篇多有「老」、「病」的字眼。這種老病之感，到了密州不但沒有消除，反而更為濃烈。

東坡之所以請求調往北方，是因為當時他的弟弟蘇轍（子由）任齊州（今山東濟南）掌書記，兩兄弟已三年不見，東坡希望有機會能就近與子由相聚。密州位於山東半島西南，治所在諸城。這個地方，「風俗朴陋，四方賓客不至」（蘇轍〈超然臺賦〉），東坡在〈蝶戀花〉詞中稱之為「寂寞山城」。

從山水秀麗、人文薈萃的杭州，驟然來到如此偏僻、桑麻叢生的密州，加上連年收成不好，到處都有盜賊，審理的案件也多不勝數，生活十分拮据，東坡的心情相當惡劣。不過，身為地方首長，自無暇陷溺在個人老病的傷感情懷中，加上東坡一向勇於任事，亟欲解決難題，減輕百姓的痛苦，因此，他剛上任即用心在驅除蝗蟲、緝捕盜匪的工作上，也頗有成效。除了政務逐漸上軌道外，經過一年的時間調養身心，東坡的心境好多了，比之前快樂了些。他的〈超然臺記〉記錄了這段歷程。

宋神宗熙寧八年（一〇七五），密州乾旱不雨，東坡親赴常山祈雨，不久，上蒼果然降下甘霖。因此這一年冬天，東坡再度前往常山祭謝。他在歸途中與同官梅戶曹會獵於鐵溝，同時寫下了這一首充滿豪情的詞〈江城子．密州出獵〉：

老夫聊發少年狂。左牽黃，右擎蒼。錦帽貂裘，千騎卷平岡。為報傾城隨太守，親射虎，看孫郎。酒酣胸膽尚開張。鬢微霜，又何妨。持節雲中，何日遣馮唐。

會挽雕弓如滿月，西北望，射天狼。

詞中一開篇就說「老夫」，下片繼續說「鬢微霜，又何妨」，顯見東坡頗在乎自己年老這件事。古人通常四十而稱老，這一年東坡剛好四十歲，因此他稱自己為「老夫」也沒有說錯。「老夫聊發少年狂」，他在年齡上雖然認老，在精神上卻有點不服氣，認為自己還保持少年人的豪情壯志。怎樣展現出來呢？你看他可以帶領部屬打獵，親自射虎，飲酒談心，放言高論，還說自己可以保家衛國。整首詞的語調流暢，氣勢激昂，顯露出一片雄豪的氣象。由此而知，東坡想藉行為舉止證明自己還沒衰老、尚能有所作為的意圖相當明顯。

「左牽黃，右擎蒼」，是說左手牽著黃犬，右手擎著蒼鷹，這樣的一位「老夫」出場，就是一派英偉神氣。「錦帽貂裘，千騎卷平岡」，跟隨他的隨從都頭戴錦蒙帽、身穿貂鼠裘，一群人騎著馬，佔據平坦的山岡。「千騎」，暗指知州的身分。〈陌上桑〉說：「東方千餘騎，夫壻居上頭。」太守級的地方官，隨從有千騎之多。古代「諸侯千乘」，知州略等於地方諸侯。這樣壯闊的場景，是小詞裡從未出現過的。

不只如此，東坡接著寫人物互動、官民同樂的情境，熱鬧歡騰，更是前所未見的畫面。「為報傾城隨太守，親射虎，看孫郎」，東坡說為了報答全城百姓，浩浩蕩蕩跟隨太守觀看打獵的盛情厚意，他要像孫權一樣，親自射殺猛虎，給他們看看自己有多威武。據《三國志》所載，孫權年輕時曾「親乘馬射虎於庱亭」，就是現在江蘇的丹陽東邊。東坡這裡是借孫權來比喻自己。

射虎的表現，激發了東坡更高昂的興致，於是他在下片便進一步表達老而能用的壯懷。「酒酣胸膽尚開張。鬢微霜，又何妨」？他說今天打獵歸來，眾人飲酒慶賀，他喝得很多，興致正濃，胸襟更為開闊，膽氣更加張揚。雖然兩鬢已出現些許白髮，又有什麼關係呢？東坡認為自己沒那麼衰老，因此仍大有作為。

「持節雲中，何日遣馮唐」？馮唐是漢文帝時的郎官，到老了還未能發揮所長得以重用。「馮唐易老」，是常見的典故。《史記．馮唐列傳》記載，漢文帝時魏尚為雲中太守，抵禦匈奴，頗有戰功，卻因上報戰果數字有出入，獲罪削職。馮唐向文帝勸諫，文帝便指派馮唐持節去赦免魏尚的罪，仍讓魏尚擔任雲中守，而拜馮唐為車騎都尉。東坡乃以馮唐自比。當年馮唐年邁仍能有所作為，而自己比馮唐年輕，何嘗不能出使邊關，督導國防工作，報效國家？

「會挽雕弓如滿月，西北望，射天狼」。天狼，即狼星。古代傳說，狼星出現，必有外來侵略。這裡是說，如獲朝廷重用，那個時候他定當使勁拉開弓箭，奮力擊退犯邊的敵人。

這樣的題材，這樣的筆調，完全改寫了詞體的面貌。東坡頗為自豪，他寫信給好友鮮于子駿說：「近卻頗作小詞，雖無柳七郎（柳永）風味，亦自是一家。呵呵！數日前獵於郊外，所獲頗多。作得一闋，令東州壯士抵掌頓足而歌之，吹笛擊鼓以為節，頗壯觀也。」東坡自覺要獨創自家風味，有別於柳永的婉約詞風。這寫作態度本身，見證了東坡不拘一格、勇於創新的精神，也反映了他強烈對抗形式（形體）限制的意志。

東坡的〈江城子〉，由射虎打獵寫到抗敵保邊，就是要抒發他老而能用的壯志逸懷。所謂「老夫聊發少年狂」，正表達了一種不向命運低頭、並與之抗衡的生命意志。不過這種抗老的執拗態度，容易造成精神緊張，而極度緊繃的情緒也會摧損生命，恐怕難以長期負荷。

這首詞畢竟是東坡一時氣盛之作，豪放終究不是他的本色。怎樣去化解人生的苦悶，擺脫內外的桎梏，表現為瀟灑的態度，是東坡朝往曠達意境的開拓所需面對的課題。

8

另一位要介紹的詞人是黃庭堅。黃庭堅為人剛毅俊偉，神態岸然，反映在他的詩中自有格律精嚴、工巧出奇的神采。他的詞雖不及他的詩和書法那麼有名，然而他效法東坡，以詩為詞，表現頗具特色，與秦觀並稱「秦黃」。黃庭堅的佳作頗能擺脫規範，勁峭挺拔，具體呈現了他誠摯的情意、放達的胸襟。

他的這首〈鷓鴣天〉詞，也展現出一種豪宕的逸興：

黃菊枝頭生曉寒，人生莫放酒杯乾。風前橫笛斜吹雨，醉裡簪花倒著冠。　身健在，且加餐，舞裙歌板盡清歡。黃花白髮相牽挽，付與時人冷眼看。

這首詞是黃庭堅五十四歲至五十六歲時，貶官自黔州到戎州，就是現在的四川宜賓縣，與新交的朋友史應之唱和而作的。黃庭堅之前是因為被誣修〈神宗實錄〉不實而被貶謫的，距今已經五年多了。他剛到戎州，寓居南寺，將自己的居所命名為「槁木寮」、「死灰庵」，表示他的心已如槁木死灰，可以看到他抑鬱悲憤的心情。這首詞寫的正是胸中不平之氣，卻以豪宕放逸之態表現出來。

上片是倡言及時行樂之辭，吹笛簪花，在醉意中尋找歡樂與慰藉。首兩句「黃菊枝頭生曉寒，人生莫放酒杯乾」，點明時令已是深秋，重陽節後的幾天，黃菊綻放枝頭，秋日的寒意也隨之而來。既是花開正盛之時，寒意催逼之際，秋光有限，人生苦短，我們就要及時行樂，對花飲酒，喝個不停，千萬莫讓酒杯乾竭。

「風前橫笛斜吹雨，醉裡簪花倒著冠」，著意寫出酒後的浪漫舉止和醉中的狂態。對著斜風細雨吹奏笛子，何妨插上花枝，把帽子倒過來戴在頭上。這些行為都是狂放而不合時宜的，恐怕只有在喝醉酒後才能如此放肆。做到這樣，彷彿旁若無人，所有的煩惱好像都消除了。當然這只是借酒澆愁罷了，不過作者表現得十分放曠瀟灑。

下片，先是表明自己甘願過著這種沉醉於歡樂的生活態度，「身健在，且加餐，舞裙歌板盡清歡」。當身體仍然健壯的時候，應該多吃一點，看舞聽歌，盡情享受清閒雅致的歡樂。黃庭堅此時正是貶謫之身，進也不能，退也不是，卻不得不做此選擇，但求眼前快樂，別的一無所求。他說這些輕鬆俏皮的話語背後，其實隱藏著無可名狀的悲哀，不足為外人道的辛酸。

接著，寫面對時光流逝，作者以堅定的信念表現出傲岸不屈的精神，「黃花白髮相牽挽，付與時人冷眼看」。老人簪花本來可笑，但作者偏偏不理會他人的看法。他想表達些什麼？菊花傲霜而開，常用來比喻人老而彌堅，表現出一種高雅的節操、傲然的骨氣，所以有「黃花晚節」之稱。這裡說白髮之人牽挽著黃花，明確表示自己有傲霜之志，不屈不撓，不會同流合汙，而且要特意在世人面前展現出來，即使讓他們冷眼相對亦無所謂。

這不禁讓人想起魯迅〈自嘲〉詩所說的，「橫眉冷對千夫指，俯首甘為孺子牛」。人雖老了，但心未死，志猶堅。黃庭堅的詞在最後激起一份豪情，傳達一種信念，即使無法為人所理解和容忍，被人冷眼對待，卻始終堅定不移。那是面對人情世變、自我得以肯定的存在價值。

∞

詞基本上多是抒發悲哀之情，而時間流逝的感傷是它重要的主題意識。讀蘇軾和黃庭堅這兩首詞，可以看到詞人在悲哀的基調中，仍然充滿著強烈的生存意志，在負面的情緒裡還有著正向的動力。他們在詞中展現這種豪宕的逸興，辭情跌宕之間，特別富有感發人心的力量。

03

當下的珍惜

宋祁〈玉樓春〉、晏幾道〈玉樓春〉、朱敦儒〈西江月〉

宋人化解時間的憂慮，第三種普遍的方式，就是「珍惜當下」。比起執著的熱誠、豪宕的逸興，當下的珍惜顯得沒有那麼激切，表現出那麼堅決強韌的態度，反而是認知好景不常、人生易逝的事實後，所選擇的一種稍作妥協、暫時得到安頓的生活方式。看似灑脫，往往卻無奈，有時也帶點認命的意味。

的確，當我們意識到過去的不能復返、未來的不可預期，那麼最實際且最能掌握的，就只有眼前的人情事物了。何況正逢青春歲月，美景當前，我們怎能辜負這美好，徒然留下遺憾！這樣看來，珍惜當下，及時行樂，亦不全然是消極的。因為那眷戀的心仍不曾熄滅，我們仍希望在時間的焦慮中，試圖留下一點美好的記憶，不至於一切都被命運擺布，白白度過一生。而在這無可奈何中，我們依舊努力活著，因為那是我們自己的抉擇。珍惜當下本身，不僅帶來歡樂，更為生活賦予了意義。

從宋初開始，我們就可看到宋代文人積極入世、熱愛生活的態度與精神。盡情享受生活的美好，在宋祁的代表作〈玉樓春〉中有很好的表現：

東城漸覺風光好，縠皺波紋迎客棹。綠楊煙外曉寒輕，紅杏枝頭春意鬧。　浮生長恨歡娛少，肯愛千金輕一笑。為君持酒勸斜陽，且向花間留晚照。

宋祁生長在宋真宗、宋仁宗年間，累官至翰林學士承旨、工部尚書。他文名甚盛，曾任史館修撰，與歐陽修同修《新唐書》。因所作〈玉樓春〉有「紅杏枝頭春意鬧」佳句名世，時人稱為「紅杏枝頭春意鬧尚書」。

這首詞寫春遊所見所感，讚頌春光之美好，表達了應要及時行樂的心聲。由景及情，寫景既具感官之美，言情則熱切動人，頗有感染力。作者頗能掌握詞體的律動，整首詞的情節乃沿著音樂逐漸往前推進的方式鋪寫，帶領讀者一路遊賞春日絢麗的景色，次第展開。

「東城漸覺風光好，縠皺波紋迎客棹」，感覺東城的風光越來越好了，春水泛起微波，如輕紗皺紋，迎向客船。一個「漸」字，是意識到變化。風光的變化，最明顯的是冬天的寒意真的消退了，春日的和暖真的到來。微風吹浪，遊人紛紛出來乘船遊賞，就是最好的證明。這個「漸」字也是貫串全篇的，它不但指春光的變化，也包括了由曉到晚。其實因為它是時間的意識，也蘊含了韶光易逝、風光也會漸漸不好的意思。

那麼當下東城風光如何的好？作者用最具體的意象勾畫出來。「綠楊煙外曉寒輕，紅杏枝頭春意鬧」，寫拂曉的時候，輕寒籠罩著如煙的楊柳，紅豔的杏花簇放枝頭。這裡「綠楊煙」與「紅杏枝」交相映襯，層次疏密有致；「曉寒輕」與「春意鬧」互為渲染，表現出春天生機勃勃的景象。這景象非常有質感，難怪令人讚賞，使人陶醉了。這兩個景不盡然是同時並置的，它們的安排應該是按時間先後序列，先是拂曉時分，然後是旭日映現。

第一句強調的是「輕」，在清曉微寒的薄霧中，綠楊顯得分外輕柔。在色彩學上，「綠」楊的「綠」是冷色調，加上寒煙的色澤，使楊柳的綠顯得更冷淡輕柔。相對的，「紅杏」的「紅」則是暖色調，在日光映照之下，使剛綻開的杏花更顯其豔麗照人。

第二句就是強調一個「鬧」字，是說杏花綻放枝頭，紅似火焰，顯得濃盛喧鬧。色彩是有溫度的，也有輕重的質感。一叢叢的杏花如火般怒放，給人既多且繁雜、勃發喧嚷、熱鬧不已的感覺。王國維《人間詞話》說：「『紅杏枝頭春意鬧』，著一『鬧』字，而境界全出。」因為這個「鬧」字，確實寫出了一派濃盛之境，充滿著盎然的春意、蓬勃的生機。

另有一層意思，須扣合全篇來體會。這個「鬧」字既寫出花貌，自然也帶出人意。杏花競放，觀賞的人就多，造成春日熱鬧的氣氛，賞花飲宴的場面就會出現。下片就是要敘說珍惜美好、盡情歡樂的情懷。

「浮生長恨歡娛少，肯愛千金輕一笑」，這兩句是說，在我們短暫的一生中，永遠的憾恨是歡娛日少、憂患苦多，因此，散盡還復來的千金又怎能比眼前這難得的歡樂情景（無限春光、佳餚美人、友儕情誼）更叫人珍惜呢？浮生已短，歡娛復少，於是代表歡娛的「一笑」就越發珍貴了。這表明了作者的人生態度，怎能只愛惜錢財，而捨棄人間的歡樂？

既然如此，那麼今天得閒春遊，又逢難得的美景，怎能輕易就放過它？所以最後兩句說「為君持酒勸斜陽，且向花間留晚照」。作者願意為一同出遊的友人拿起酒杯，勸夕陽不要那麼快便西沉，叫它停住腳步，暫且把餘暉留在「春意鬧」的杏花叢中，讓我們能延續飲宴賞花的歡樂時刻。這裡將代表時間的斜陽視作朋友一般，好好勸它留下，充滿著主觀的情懷，也正是依戀春光的一片癡情表現。

這首詞從曉寫起，最後寫到晚，寫足一整天遊春之事。作者最後表現出雖然意識到時間終將結束一切，但依然祈願歡樂心情不變，可以看出宋人熱愛生命的態度，積極用心的一面。

8

接著，我們來看最具詞心的作家晏幾道在這方面的體驗。晏幾道，號小山，是晏殊的幼子。二晏俱以詞名家，合稱「大小晏」。大晏一生歷任要職，富裕安適。小晏初為名相之子，中年以後家道漸式微，終身仕宦不顯，生平事蹟可考者甚少。他個性忠厚耿介，恃才傲物，不求仕進，是個以歌酒自放的世家子弟。

晏小山詞的內容大體未脫閨閣園林之景、傷春怨別之情，詞風承襲了花間、南唐的遺緒。詞中多屬緬懷往昔、自傷淪落之感。晏幾道在遣詞造句方面特別講究，他的作品大多構思精巧，音韻和美，造語秀逸，綿密地摹寫了高堂華燭、曲闌人散的悲戚，詞境延續晏、歐，遠在花間之上，而技巧更超越晏、歐，已達令詞之極致。

晏幾道既是傷感的詞人，他對時空流變極其敏感。面對春光易逝，晏幾道以其執著之情，表現出來的想留取美好的灑脫作為，比宋祁詞中所流露的情懷明顯地多了種深沉的無奈。我們來看他同樣用〈玉樓春〉這個詞牌所述說的心情：

> 東風又作無情計，豔粉嬌紅吹滿地。碧樓簾影不遮愁，還似去年今日意。　誰知錯管春殘事，到處登臨曾費淚。此時金盞直須深，看盡落花能幾醉。

「東風又作無情計，豔粉嬌紅吹滿地」，是說東風又做出無情的事來，把嬌豔的紅花吹落了滿地。一個「又」字，說明東風的無情是慣常的事，不是只有今年今日如此而已。下面說「碧樓簾影不遮愁，還似去年今日意」，青樓上的人怕見落花狼藉的景象，就把簾子放下來，儘管簾影深深，卻遮不住花殘春去的事實帶給他的愁緒，而這愁緒去年今日就有，今年今日還是依稀一樣。

上片這四句，語意層層疊進，令人倍增無奈沉痛之感。因為東風無情，遂令紅豔美麗的花被吹落；人則憐花惜春，因為有情，遂見花落而生愁。春來春去，年年如是，人隨著歲月變化，春日的愁怨只會不斷增加，卻不會減少，而且永遠都掙脫不了。

這就是之前馮延巳詞所吟唱的，「每到春來，惆悵還依舊」、「為問新愁，何事年年有」，年復一年都有的傷春情緒。而這愁恨，歸根究柢，與東風、與花何干？又何必怪罪於青樓簾影？因為「人生自是有情癡」，是人本身對情的執著、對美的眷戀所致。但真正能忘情又談何容易？所以年年惜春，年年傷感。

不過，花落生愁，今年看似跟去年一樣，但還是不會完全相同。畢竟年華歲月有變，過去和現在的心境亦略有差異，因此面對這份閒愁的態度，就會有所不同。所以下片就在「還似去年今日意」的前提下，寫出了今年較諸去年不一樣的處理方式。

「誰知錯管春殘事，到處登臨曾費淚」，當初我怎料到對花落春殘的事多所關心，原來是錯誤的事？花落春去，人力無法挽回，自己又何必作繭自縛？想想當日到處登山臨水，看到眼前花殘景象而傷心落淚，豈非徒然浪費心力、浪費感情？作者自怨自艾地說，惜春不僅是多管閒事，而且是「錯管」事。這看似有些怨悔，其實在說反話。當時不這樣做又能如何？憂傷情懷始終難以消除。他這樣說，無非是要證明今天的所作所為才是最正確、有效的解決方法。

「此時金盞直須深，看盡落花能幾醉」，這時候就該斟滿酒杯，喝個痛快。試想，看著百花落盡，能有幾回沉醉？「金盞」，是精美的酒杯。「直須」，是簡直應該、真的要的意思。他的語氣相當篤定決絕，似不容懷疑。既然過去錯管春殘之事，現在乾脆索性不管了，趁花還沒落盡，就拿起那精美酒杯痛飲吧。肆意欣賞花落，因為在花前醉倒的機會真的也不多啊！

晏幾道的父親晏殊也說過類似的話，「勸君莫作獨醒人，爛醉花間應有數」（〈玉樓春〉），那是自勸也是勸人，不要做那獨醒人，應該要與人及時行樂，因為即使爛醉在花間的時候也是有定數，那樣的時日是不多的。對花飲酒，暫得片刻的歡樂，以遣有生之涯，亦未嘗不是一種解脫的方式。珍惜當下，以喝酒代替流淚，看到人自我調適的一番努力。

但細究其情，實在百般無奈。今年看似不像去年那樣的痛苦，可是「舉杯銷愁愁更愁」，那麼所謂飲酒賞花，真的比單純的憐花落淚好嗎？恐怕不然，作者內心其實更為沉痛悲涼。

同樣意識到韶光易逝、要珍惜當下，宋祁表現為樂在其中，流連忘返，顯出較積極的精神；晏幾道則借酒忘憂，卻難掩心中的無奈。而更激切的表現，則莫過於經歷人生巨大的事變，詞人身心受創，進而產生極端無力之感，所採取的認命態度了。我們讀一讀南渡詞人朱敦儒這首〈西江月〉，就會略知一二：

> 世事短如春夢，人情薄似秋雲。不須計較苦勞心，萬事原來有命。　幸遇三盃酒

美，況逢一朵花新。片時歡笑且相親，明日陰晴未定。

這首詞的內容十分簡單，它的大意是說：世間萬事如春夢一般，雖然美好卻短暫。人間的情誼，輕離輕散，如輕輕薄薄的秋雲一樣，轉眼飄逝，再難重聚。我們不必為各種勞苦的事斤斤計較，因為萬事本來已經命中注定了，怎麼去費心都是徒勞無益的。那麼我們應該如何面對人生呢？今天幸好遇到三杯好酒，又看見一朵新開的鮮花，短暫的歡樂相聚是如此的親切，至於明天陰晴不定，誰能預料會有怎樣的變化？

這首詞看似灑脫，其實也是苦中作樂。委之於命，而作頹唐之舉，輕鬆瀟灑的語調下，包含著無限辛酸。對花對酒，及時行樂，所尋求的不過是片時的歡樂，最後所體會到的還是天道無常，使人又陷入更深的嘆息。這是充滿著身世之感的詞人在亂世中最深沉又無奈的心聲。宋詞裡，這類的作品，隨著國家動蕩、時勢艱難，在南渡以後至宋亡之時，也有不少。

∞

以上介紹宋人以珍惜當下的方式，面對並紓解時空流轉帶來的壓力，從中可以看見詞人在無可奈何中仍展現出熱愛生命的態度，雖則徒然，仍然努力去化解，那是宋詞陰柔中有韌性的一種表現，是值得肯定的。

04 生命的解悟

蘇軾〈臨江仙〉、朱敦儒〈好事近〉、辛棄疾〈西江月〉

前面所談執著的熱誠、豪宕的逸興和當下的珍惜這幾點，多少都帶點一往情深、豪情萬丈的興味，也表現出認命又認真的意氣和精神。不過這些畢竟都是一種對抗的方式，在反撲人生必然的悲感中，當然有它動人的地方，這樣的付出也自有其可肯定的價值。可是這類詞人背後的陰影仍在，面對好景不常、人生易逝的事實，心中難免感到束手無策，還是會焦慮不安。換言之，以上三種方式都難以做到心安理得，坦然自在。

之前約略提過王國維《人間詞話》的「入乎其內」和「出乎其外」兩種處理人間情誼的狀況。前面三種處理的態度，可以說都是「入乎其內」的表現。依違順逆在人情世界中，情緒難免起伏跌宕，不易得到真正的平靜。那是一般詞人的境界，「入乎其內」，「故能寫之」，亦「故有生氣」，表達得相當深刻而感人，亦展現出一種神采，一種生命的力量。至於「出乎其外」，則是少數人能達到的境界，那是詩人的境界，它需要一段歷練的過程才能達到。

王國維認為，詩人對於宇宙人生，必須深入其中，又必須超出其外；「出乎其外，故能觀之」，「出乎其外，故有高致」。也就是說，所謂「出乎其外」，不是繞過人生困境而採取一種逃脫的方式，而是先要認真地面對人生種種問題，深入內裡，勇敢去承擔，經由生活的歷練，憑藉個人的性情與才華、思想與學問，淬鍊出生命的智慧，透過理性思維反省深思，回到真實的自我，有所體悟，有所肯定，有所超脫，而展現出較開朗、豁達、放曠的人生觀。

這樣才能跳出藩籬，審視人生的得失，找到自己的定位與方向。所以說「出乎其外，故能觀之」。那麼，只要不受時空環境的拘束限制，心靈得到解放，便能實踐自己高尚的志趣，成就更高遠的人生意境。所以說「出乎其外，故有高致」。

有別於以上三種化解時間憂慮的方式，這一節要談的「生命的解悟」，它就不是「入乎其內」，而是「出乎其外」的表現。能夠做到這樣的詞人，基本上是有更強韌生命力的詞人。他們有能力看通、看透世間事物的本質，有更豐富的人生閱歷，歷經許多波折、挫敗，仍然沒有失去信心，努力想突破困境。這需要豪放的生命個性。他們有勇氣去面對、去承擔，也須有勇氣放下既有的一切，這樣才能突破，有所發現，成就不一樣的人生。

蘇軾、朱敦儒和辛棄疾三家的詞，在這方面有較為突出的表現。下面各舉一詞，讓大家簡單認識宋代詞人「解悟生命」的一些面貌。

首先，為大家介紹的是蘇軾的〈臨江仙・夜歸臨皋〉：

夜飲東坡醒復醉，歸來彷彿三更。家童鼻息已雷鳴。敲門都不應，倚仗聽江聲。長恨此身非我有，何時忘卻營營。夜闌風靜縠紋平。小舟從此逝，江海寄餘生。

這首詞寫於宋神宗元豐六年，東坡四十八歲。東坡剛經歷人生最艱困的一年（元豐五年），心靈從跌落谷底，幾經波折，到比較能釋懷，漸入佳境，其間不斷地在情理之間掙扎，然後經過一番思辨，才有更廓然的體悟。這首〈臨江仙〉可以用來論證東坡自我觀照，然後從中有所感悟，知道如何安頓生命的一段歷程。

臨皋亭是東坡貶謫黃州時的住所，詞題說「夜歸臨皋」，那天晚上他應該是從雪堂歸來。這兩個地方有著不同的意義。臨皋是東坡的家，是現實人生的歸宿，也是他無法迴避、須負責照顧及愛護之處。而在東坡耕地旁的雪堂，則是他耕種之餘休憩、讀書或與朋友聚會的處所，他在那裡可以靜心沉潛，暫時脫離凡塵雜事。

不管多晚，東坡都要從雪堂回到臨皋。這趟行程，正可象徵心靈世界與現實世界的往返。而在往返的過程中，難免會有波折，出入之間不那麼諧順，遇到不少有形無形的障礙，產生矛盾衝突，弄到身心俱疲。東坡這首〈臨江仙〉就是要處理這樣的人生難題。他敘述了一段反思生命的過程：回家遇到挫折—內外重新協調—得到心靈的自由。這是東坡的「靜夜思」。

詞的上片先交代回家卻不得其門而入的事況。大意是，東坡在雪堂飲酒，回到臨皋亭時，已經很晚了，家中童僕早已熟睡，他敲了許久的門，卻無人回應。東坡只好倚著枴杖，站在門外，靜靜聽著長江的水流聲。在這個事況中，表達了無法跨越空間的惆悵，而臨流興嘆，也流露出時間無情流逝的感傷。

詞的開篇說，「夜飲東坡醒復醉，歸來彷彿三更」，表示晚上因為在東坡雪堂暢飲，所以才逾時歸來。可是東坡一向不善飲酒，所謂「醒復醉」，這情況可就不尋常了，顯然是心情惡劣，借酒澆愁。這個晚上也許是想到什麼不如意的事，以致心情煩悶，所以才喝多了。所謂「醉夢人生」，我想東坡是有意用醉酒的情形，來比喻自己仍執迷不悟的狀態，以對應下文的覺醒。

他回到家，以為可以好好休息了，沒想到卻遇著麻煩。「家童鼻息已雷鳴。敲門都不應，倚仗聽江聲」，因為太晚了，童僕都已熟睡，鼾聲大作，怎麼敲門都沒反應。三更歸來，敲門不應，正象徵現實的挫折，也流露了理想與現實不能協調之後，無依無靠的寂寞。前面提過，東坡文學喜歡寫三更時分，借喻生命境界到了某種轉折的關鍵。過去東坡因為有很強的時間意識，他的作品都會相當準確地寫出時間。這裡卻說「彷彿三更」，只是約略彷彿，不那麼確定。想必是喝醉酒了，神智有點不清。

回不了家，東坡面對的是戶外深沉的夜，當他靜下心來，就聽到清晰的流水聲。「倚仗聽江聲」這一句，寫出了無法歸家安頓後淒然孤獨之感。「倚仗」，是倚著拐杖，表示人老的事實。而「江聲」，指長江水流聲，象徵時間的變化。既意識到人老了，又不斷地聽到時間流動的聲音，自然引起心中無限的感傷。

時間隨流水而去，東坡聽著聽著，心裡也翻滾著許多情緒。下片所寫的正是他「倚杖聽江聲」的所感所思。

「長恨此身非我有」，是說他一直以來最感痛苦的是，身體與行為不能完全由自己做主，卻往往受著外物所支配，俯仰由人，實在難以得到真正的快樂。東坡不禁自問，「何時忘卻營營」？「營營」，本來是往來不息的樣子，這裡則指為名利而忙碌奔走，紛擾勞神。我們「寓形宇宙間」（蘇軾〈和寄天選長官〉），生死無由，對自己的身體尚且無法自主，那麼汲汲營營，追求各種虛幻的功名利祿，所謂何來？所以東坡希望能做自己的主人，擺脫這些束縛，忘懷得失，獲得心靈的自由。

東坡反身觀照自己的問題，了解到他之所以身不由己，關鍵就在無法忘身物外，也就得不到恬淡自適的快樂。這當然不是一下子就能做到的，但起碼他已意識到問題的癥結，也有了新的領悟，「夜闌風靜縠紋平。小舟從此逝，江海寄餘生」。夜將盡了，風也靜止，江水平緩無波紋，這是眼前看見的景象，也似是大自然給予他的回應。天地無言，在一片寂靜之中，東坡的情緒慢慢地沉澱下來，他內在的情思亦隨之清澄明淨，因而興發了「小舟從此逝，江海寄餘生」的體悟。

小舟隨水向前流去，如同人隨著時間往前走一樣。東坡認為人如能忘記得失，不受時空約束，心靈便能遨遊在廣闊的天地，如同一葉輕舟蕩漾在遼闊的江海中，那樣的自由自在。這兩句表達出寬和曠達的心境，正遙應了〈後赤壁賦〉所體會的「放乎中流，聽其所止而休焉」的境界，也有著陶淵明詩所說的「縱浪大化中，不喜亦不懼」（〈神釋〉）的精神。

我們回頭看，東坡以〈臨江仙〉這個詞牌來敘述這番體認，是否別有用意？前人臨流而興嘆，東坡最後卻是臨江而有了超然的領悟。這首詞不但記錄了一段釋放身軀達到心靈自由的歷程，而且也揭示了由「身閒」到「心閒」的祕訣：能「忘」才能「遊」，身心才能得「閒」；能「閒」才能觀照萬物，無入而不自得。

東坡對生命的解悟是經歷許多艱難，不斷地修練，融合各種思想而體會得來的。它不是一種逃世的方式，東坡也絕不逃情。從這首詞的象徵意義來看，東坡終究是要回家，在人世間重新創造一種和諧，在限制中體證自由的精神。他往後的人生，就是朝這樣的方向去實踐的。

8

南渡詞人朱敦儒則是另一種表現。我們來看他的〈好事近〉：

搖首出紅塵，醒醉更無時節。活計綠蓑青笠，慣披霜衝雪。　晚來風定釣絲閒，上下是新月。千里水天一色，看孤鴻明滅。

宋高宗紹興十九年（一一四九），朱敦儒約六十九歲，自朝廷辭官後，就寓居於嘉禾（浙江嘉興），在城南放鶴洲築了一間別墅。在這期間，他用〈好事近〉的詞調，寫了六首漁父詞，來歌詠歸隱江湖的生活，這是其中的一首。透過這首詞，可以看見朱敦儒晚年對人生有深刻的體悟後，所展現的生活態度——借漁樵生涯，象徵自己心中所嚮往的境界。

「搖首出紅塵，醒醉更無時節」，是說轉身離開繁華塵世，做了漁人，生活就隨性多了，或醒或醉都不挑時候。「搖首」一句，表現出相當堅決的態度。這背後自有不得已而退避的隱痛，表面上看似無拘無束的生活，也隱藏著詞人對現實的失望。詞人既不願與俗世同流合汙，要忠於自己高尚的志趣，嚮往於閒適的境界，而選擇了漁人生活，就得勇敢承擔所有辛勞。

「活計綠蓑青笠，慣披霜衝雪」，他說換上漁人的裝具，青箬笠、綠蓑衣，從此以打魚為生計，對於霜雪的侵襲早就習以為常了。「披」和「衝」兩個字，表現出無所畏懼的神態。這裡的漁父形象是作者晚年的寫照。

上片說漁人生活比較實際的一面，下片寫這樣的生活如何帶給他精神慰藉，啟發了生命的意境。不過，作者是用融情入景的手法表現出來的。「晚來風定釣絲閒，上下是新月。千里水天一色，看孤鴻明滅」，是說夜半風平浪靜，釣絲閒置，此時天上的新月映照在水面上，千里溶溶，水天一色，在這一片浩瀚中，看著一點孤鴻忽隱忽現。這象徵一種寧靜又閒適的境界，不須語言陳述，因為此心已經與自然景物交融一起了。

那是需要一番歲月、多所歷練才能體會到的，所以說「晚來」。「風定」，比喻生活的平靜。而「釣絲閒」，指放下了工具，從容悠閒、無所用心的狀態。「晚來風定釣絲閒」，這一句的關鍵是「晚」、「定」和「閒」三個字，這三者包含著時間、空間與心境等概念。經過歲月淬鍊得來的智慧，讓人能找到生命的方向與定位，真正體會平靜生活的樂趣，才能有閒適的心境。所謂「萬物靜觀皆自得」（程顥〈秋日偶成〉），這個時候遂發現了天地的遼闊浩大，而人在其中雖感到渺小孤單，但也自由。「孤鴻明滅」一句，頗能展現一種與天地獨往來的精神。這是朱敦儒所嚮往的境界。

朱敦儒和蘇東坡的解悟方式，取徑不同。簡單地說，東坡是要回歸人間來實踐的。東坡認為在時空流變中，只要放下得失成敗之心，順其自然，自適其適，便能無入而不自得。他追求的是真正的精神自由與解放，出乎其外後再入乎其內，重新覓得一種新的和諧。而朱敦儒則出自一份豪情，擺落凡塵俗事，在自然中讓身心都得到安頓。

8

最後，我們再簡單看看辛棄疾的表現。那是他晚年寫的一闋詞〈西江月〉：

萬事雲煙忽過，百年蒲柳先衰。而今何事最相宜，宜醉宜遊宜睡。　早趁催科了納，更量出入收支。乃翁依舊管些兒，管竹管山管水。

這首詞是稼軒晚年閒居瓢泉時所作。詞的題目是「示兒曹，以家事付之」，說明這是給自家兒輩，把家務事交給他們而寫的。稼軒詞一向以豪放聞名，而且常帶牢騷氣。這首詞的語言風格，則顯得平淡、樸素而親切有味，且略帶幽默感。可見稼軒看遍人生，亦有他務實、灑脫、看得開放得下的一面。這首詞之所以寫給兒子們，因為稼軒不得不面對自己已老的事實，要為家中事早做安排。愛與責任感會逼使人理性去面對現實，無法一味地逃避，耽溺在個人的悲傷之中。

詞的上片，「萬事雲煙忽過，百年蒲柳先衰。而今何事最相宜，宜醉宜遊宜睡」，他說平生經歷許多事情，不管好的壞的都像過眼雲煙，消逝無蹤，而自己也像入秋的蒲柳過早衰老。他明白向兒子們說，自己身體已相當衰弱，很多事再也做不來了，而現在對他來說，做些什麼事最適宜呢？應該就是喝酒、遊玩和睡覺吧。

既然不想再操心家中的事，那就要已經長大的兒子們來承擔了。所以下片說：「早趁催科了納，更量出入收支。乃翁依舊管些兒，管竹管山管水。」他交代兒子把家務管好，賦稅要及早繳交，錢財更要懂得量入為出。這些家計全交給你們年輕人去負責。但我可沒有閒著啊，你老爸也還管些事兒。管些什麼事呢？就是管栽花種竹、遊山玩水。他說得認真，煞有介事的，原來是這等休閒玩樂。

整首詞是對兒子講話，交代家務事，自然平實，有著恰如其分的述說口吻和內容，它的好處就在「得體」兩個字。這些話語中可以看出稼軒務實的精神、關愛家庭的態度，以及其對閒適生活的嚮往。相對稼軒其他的豪放詞，這首詞的語調是輕鬆的，富有詼諧幽默的情趣。雖然稼軒在首兩句表達了既參悟人生，看破紅塵，卻又自傷年華衰老，感慨萬千，但他亦頗能正視生活的現實面、不忘追求生活的理想面，自己做出身心的調適，在三「宜」三「管」中，自我聊以遣懷。

但不要忘了，稼軒寫這首詞是要和兒子說話的，這樣的話語方式會強化人的倫理意識。身為父親須對家庭負責任，作為榜樣的他要正向地面對人生，要有理性的操持，隨時得調整自己的心態，而不應讓自己過度陷入情緒之中。這樣的處事態度才能讓家庭有著穩定的力量。另一方面，父親要和兒子交代家務事，雖則感嘆自己衰老了，但同時也意識到兒子已經長大，體會到生命傳承的意義，心中亦應感到安慰，也自有一種歡愉。

面對時空流轉，稼軒此詞所表現的，不是東坡式的覺今是而昨非，有超然物外的感悟後的釋然，也不是朱敦儒式的遠離塵世，在隱逸生活中尋得自然的安頓，而是一種較為務實的處理方式。

∞

我們透過這三家詞，約略地知道要化解時間的憂慮，得到真正的自在，不是一蹴而就的。它需要走出個人小小的天地，需要生活的歷練、理性的反省，並且要有勇氣承擔，也要有勇氣放下，要做自己的主人，但也不失對生命的熱愛，出入於人倫世界，或徜徉於自然天地，才能坦然釋然。

這一講和大家分析了宋人化解時間憂慮的四種方式：執著的熱誠、豪宕的逸興、當下的珍惜和生命的解悟，可以看到宋詞情感世界的豐富性。宋詞不只抒情，也有豪氣、理性和哲思，因此產生了各種不同的姿態。而令人激賞、敬佩又感動的，是他們面對時光飄逝，卻不失對人間情愛的信念、對生命的熱愛，充分展現出宋人積極入世的情懷。

詞篇索引

篇名　頁碼

YLNA97

一闋詞．一份情

唐宋詞的情感世界（上）

作者／劉少雄

副總編輯——鄭祥琳
副主編——陳懿文
行銷企劃——舒意雯
美術設計——陳春惠
出版一部總編輯暨總監——王明雪

發行人——王榮文
出版發行——遠流出版事業股份有限公司
地址——104005 台北市中山北路一段11號13樓
電話——（02）2571-0297　傳真——（02）2571-0197
郵撥——0189456-1
著作權顧問——蕭雄淋律師

2020年11月 1 日 初版一刷
2023年 3 月 10 日 初版二刷
定價——新台幣380元（缺頁或破損的書．請寄回更換）

ISBN 978-957-32-8895-4

遠流博識網 http://www.ylib.com
E-mail: ylib@ylib.com
遠流粉絲團http://facebook.com/ylibfans

國家圖書館出版品預行編目(CIP)資料

一闋詞.一份情：唐宋詞的情感世界 / 劉少雄著. -- 初版. -- 臺北市：
遠流, 2020.11
冊；　公分

ISBN 978-957-32-8895-4(上冊：平裝). --
ISBN 978-957-32-8896-1(下冊：平裝)

1.詞論 2.唐代 3.宋代

823.84　　109015705